루나

Luna
by Julie Anne Peters

루나

여자로 살고 싶은,
하지만 남자라 불리는 열일곱 청춘의 이야기

줄리 앤 피터스 | 정소연 옮김

궁리
KungRee

＊

프레드 C. 마티네즈 Jr.를 추모하며

(비욘세)

1985~2001

＊

＊

마음을 열고 삶의 이야기를 나누어 준

제이미 린 웨이크필드, 스프링 마리 워킨쇼, 로빈 페닝턴,

캐리 에드워즈, 제시카 레이븐, 바비에게 고마움을 전합니다.

여러분은 아름다움과 강함 그 자체예요.

이 프로젝트를 끝없는 열정과 무한한 격려로 감싸준

가족, 공동체, 집을 찾는 이들을 위한 안전한 쉼터인

덴버 성별정체성 센터에 진심으로 감사드립니다.

＊

| 이 책에 쏟아진 찬사 |

★ "총명하고 결연하기까지 한 트랜스젠더 청소년이 끌어가는 사려 깊은 소설이다. 리엄/루나는 감동적인 인물이다." ‒《뉴욕타임스》

★ "이 소설은 자신의 참 모습을 찾고자 하는 한 젊은이의 결단과, 그런 루나를 있는 그대로 받아들이고자 하는 가족의 고투를 진실하게 묘사한 청소년 소설의 새 지평이다." ‒《스쿨 라이브러리 저널》

★ "편견을 타파한 트랜스젠더 청소년을 다룬 세심하고 현실적인 소설. 저자는 정교하고 복잡한 인물들을 창조했다. 관련 책 중 으뜸이다. 도서관을 찾는 모든 청소년들이 필수적으로 읽어야 할 책이다." ‒《커커스 리뷰》

★ "트랜스젠더와 그들을 사랑하는 사람들이 겪는 고통을 섬세하게 묘사한 이 책은 독자들에게 자신의 정체성을 찾아가는 청소년의 여정과 사회가 그들을 억압하는 방식을 여실히 보여준다. 저자는 독자의 깊은 공감을 이끌어내 성전환에 대한 신중한 정보를 제공한다." ‒《KLIATT》

★ "정직하고, 가슴 아프고, 경이롭다. 루나는 우리 자신을 돌아보게 한다. '진정한 자신으로 살아가기 위해 어떻게 해야 하는가? 어떤 희생을 치러야 하는가?' 이 매혹적인 이야기에, 줄리 앤 피터스는 유머, 긴장, 독자를 압도하는 사랑과 구원의 느낌을 담아냈다. 타인을 배려하는 사람으로 살고자 하는 모든 이들이 꼭 읽어야 할 책이다." ‒ 제니퍼 피니 보일런(《뉴욕타임스》 베스트셀러 『그녀는 거기 없다(She's Not There)』의 저자이자 트랜스젠더 전문가)

★ "이 소설은 트랜스젠더인 오빠 리엄의 사투를 다루지만, 사실 여동생 레이건의 이야기다. 트랜스젠더라는 소재를 완전히 배제하고 보아도, 이 책은 여전히 필력과 인물의 힘

을 보여주는 훌륭한 청소년 소설이다. 저자는 소재를 우아하고 사려 깊게 그리고 매우 사실적으로 다룬다. 이 책은 '논쟁적 소재!' 라고 고함을 질러대지 않는다. 대신 민감한 소재를 끄집어내어 더없이 사실적으로 밝게 비추어 보여준다. 독자들은 뭔가를 배우며 책을 덮을 것이고, 희망컨대, 성별정체성으로 고민하는 사람들에게 보다 따뜻한 시선을 보내게 될 것이다." - VOYA(Voice of Youth Advocates)

★ "청소년 독자를 대상으로 쓰였지만, 어른에게도 좋은 책이다. 피터스는 전작 『너는 비밀(Keeping You a Secret)』에서와 같이, 성별정체성을 독자가 받아들일 수 있는 솔직한 방식으로 다루었다. 루나의 이야기는 독자의 마음을 끄는 서술의 표본이자, 타인에 대한 인내와 이해를 고무시키는 이상적인 소설이다." - 에이미 커핀(서평가)

★ "이 책은 '커밍아웃' 과 관련된 두려움과 기쁨의 혼재를 그린 수작이다. 망설임 없이 적극 추천한다." - 캐서린 커밍스(오스트레일리아 인권상 논픽션 부문 수상작 『캐서린의 일기(Katherine's Diary)』의 저자

★ "청소년 문학의 도발적인 주제를 섬세하게 다루었다. 레이건을 화자로 삼았기에 독자는 레이건의 오빠가 스스로를 받아들이려 분투하는 과정에서 가족이 느끼는 감정도 체험할 수 있다." - 틴 북 리뷰(Teen Book Review)

★ "이 책은 관계가 변화할 때 어떤 일이 일어나는지, 강한 유대를 흔들 위험을 감수하면서도 한 개인으로 성장해야 할 때가 언제인지를 솔직하고 섬세하게 탐구한다. 주인공의 부모에 관한 서술, 다른 사람들 앞으로 조심스럽게 나서기 시작하는 루나에 대한 묘사는 강력하고 인상적이다. 『루나』라는 소설 자체가 그렇다. 교육적인 동시에 독자들에게 영감을 불어넣을, 중요한 소설이다." - 린다 M. 카스텔리토(서평가)

차례

그녀가 내 방에 또 들어와 있다는 느낌에 잠이 깼다. 나는 침대에서 몸을 굴려 눈을 찌푸리고 탁자에 놓인 시계를 확인했다. "몇 시야?" 말이 잘 나오지 않았다. 흐릿하던 숫자가 서서히 눈에 들어왔다. 두 시 삼십삼 분. "두 시 삼십삼 분? 대체 잠은 언제 자?"

그녀는 대답하지 않았다.

일어나 앉아서 그녀가 무엇을 하고 있는지 보려고 침대 머리맡에 베개를 세웠다. "그건 또 뭐야?" 내가 말했다.

"마음에 들어?" 그녀가 거울 앞에서 몸을 흔들었다. 치맛자락에 겹겹이 달린 술이 물결쳤다.

"굿윌에서 찾아낸 옛날 드레스야." 그녀가 스타킹을 신은 발로 찰스턴 스텝을 밟았다. "빈티지지. 요새 다시 유행이잖아. 그렇지 않아? 이

예쁜 옷을 입고 졸업파티에 갈 거야."

내가 코웃음을 쳤다. 거울에 비친 그녀와 눈이 마주쳤다. 나는 얼른 웃음을 멈추었다. 설마 진심은 아니겠지.

그녀가 거울에 비친 자신을 살피며 긴 머리를 귀 뒤로 넘기고 엉덩이를 다시 흔들었다. 오늘 밤에는 금발 가발을 골랐다. 너무 싸 보여서 평소 그녀가 좋아하는 가발은 아니었다. 창녀 같다고 했다. 하지만 빨간 드레스와는 확실히 잘 어울렸다. 그녀가 내 시선을 눈치 채고 미소 지었다. "졸업무도회 여왕 선발에도 나갈 거야."

나는 웃음을 터뜨렸다가 소리를 죽이려 얼른 입을 틀어막았다. 위층의 부모님을 깨우고 싶지 않았다.

그녀는 웃지 않았다.

농담이겠지? 설마? "리아……."

"루나라고 해." 그녀가 말했다. "루나라는 이름을 쓰기로 했어." 그녀가 내 눈을 똑바로 마주 보았다. 반응을 보려는 것 같았다. 아니면 내가 찬성하기를 바라거나. 내가 어떻게 생각하든 무슨 상관이람?

"왜 바꿨어?" 내가 하품을 했다. "지금까지는 늘……."

"리아는 너무 비슷해. 리아 마리(Lia Marie)라니, 너무 비슷하단 말이야." 그녀가 바닥에 그득히 쌓인 옷과 각종 잡동사니 사이로 길을 내며 방을 가로질러 가더니 창문 앞에 서서 시선을 돌렸다. 지하방 창문으로 오싹한 달빛이 스며 들어왔다. 스포트라이트처럼, 흩어지는 달빛.

"루나," 그녀가 나에게 말했다기보다는 혼자 중얼거리듯 되풀이했다. "잘 어울리지 않아? 달빛 아래서만 보이는 소녀에게?"

갑자기 피로가 몰려왔다. 혹은 이 모든 일에 싫증이 난 것인지도 몰랐다.

"루나, 자러 가." 나는 다시 잠을 자려 애쓰며 이불 밑으로 파고들고 베개를 두드렸다. 잠이 들려면 몇 시간은 걸릴 터였다. 특히 루나가 남아서 화장을 한다면 말이다. 루나는 화장을 하리라.

나는 눈을 가느다랗게 뜨고 그녀를 살폈다. 뭔가 달랐다. 몸이 달라지지는 않았지만 그녀의 우주에 뭔가 변화가 찾아온 것 같았다. 변화가, 아니 어쩌면 균열이.

"브래지어 끈이 보여." 내가 말했다. "끈 없는 브라를 사야겠는데."

"정말?" 그녀가 어깨 쪽을 살피려 고개를 돌렸다. "있어?"

"현실적으로 생각해. 나한테 있다고 해도, 속옷은 빌려주지 않을 거야."

"어쨌든 안 맞을걸. 난 최소한 C컵이니까."

내가 한숨을 쉬었다. "희망사항이겠지."

나는 몸을 굴리며 투덜거렸다. "변태 같아."

그녀의 긴 머리가 베개 위로 흘러내려와 얼굴을 간질였다. "나도 알아." 그녀가 내 귓가에 대고 소곤거렸다. "하지만 날 사랑하지?" 그녀의 입술이 내 뺨을 스쳤다.

나는 그녀를 찰싹 쳐서 밀어냈다.

내 책상으로 다가가는 그녀의 묵직한 발소리가 들렸다. 내 책상에서 자신의 소중한 화장품 함을 열겠지. 체념의 한숨이 새어 나왔다. 그래, 나는 그녀를 사랑했다. 그러지 않을 수가 없었다. 그녀는 내 오빠였으니까.

2

"엄마가 집에 돌아와도 말하지 마렴. 깜짝 놀라게 해주고 싶단다." 아빠가 나와 리엄 오빠를 보며 미소 짓는다. 오빠는 여섯 살이고 나는 네 살이다. 우리는 소파에 앉아 아빠가 엄마에게 줄 새 세탁기와 건조기의 골판지 상자를 여는 모습을 지켜보고 있다. 아빠가 넥타이를 느슨하게 풀고 소매를 걷어 올린다. "너희한테 승진했다고 얘기했던가? 여러분은 시어스의 새 설비 매니저를 보고 계십니다. 다음 역은 세계의 제왕이지요." 아빠가 내게 윙크를 한다.

"아빠 만세!" 내가 박수를 친다.

아빠가 오빠 쪽을 바라보더니 얼굴을 찌푸린다. 오빠는 세탁기 사용설명서를 찾아내 들여다보고 있다. 요즘 오빠는 뭐든지 읽는다. 나에게 읽기를 가르쳐주려고도 하지만, 너무 지루하다. 나는 그냥 텔레비전을 보고 싶다.

"리엄!"

오빠가 고개를 홱 든다.

"자, 이 상자들을 뒷마당으로 옮기렴." 아빠가 상자 뚜껑을 단번에 잘라내며 말한다. "요새를 만들어 레이건과 놀아도 좋겠지."

리엄이 소파에서 미끄러져 내려온다. 우리는 골판지 더미를 끌고 뒷마당으로 통하는 미닫이문을 나선다. 상자를 뒤집혀 있는 어린이 풀장 옆에 세운다. 나는 상자 안에 들어갈 수 있지만 오빠는 이미 키가 너무 크다.

"가서 사만다 인형을 가져와." 오빠가 명령한다. "옷도 다 가져와. 아기침대, 젖병, 기저귀. 모두 다."

"오빠도 도와줘."

"싫어." 오빠가 상자 안을 이리저리 살핀다. "난 집을 꾸며야 해."

돌아와 보니 오빠는 상자 두 개를 연결하고, 내 놀이탁자를 상자 안에 끌어다 놓았다. 구석에는 내 리틀 타익스 부엌을 놓았다. 오빠는 식탁을 꾸미는 중이다. "아기침대는 저쪽 구석에 둬." 오빠가 맞은편 구석을 가리킨다.

내가 지나가자, 오빠는 내 사만다 인형을 가져다가 품에 안는다. 상냥하게 미소 띤 얼굴로 인형을 내려다보며 오빠가 선언한다. "내가 엄마 할 거야."

"싫어." 내가 칭얼거린다. "이번엔 내가 엄마 할 거야."

"다음에 하면 되잖아."

"만날 그러잖아." 나는 인형 옷을 모두 바닥에 던지고 쿵쾅대며 문으로 향한다.

"잠깐만, 레." 오빠가 쫓아온다. "네가 아빠 해. 아빠는 멋지잖아. 엄마한테 줄 깜짝선물을 갖고 집에 올 수도 있어. 100만 달러에 당첨돼서 나한테 새 집과 차를 사 줄 수도 있고. 게다가 내 자전거를 오토바이인 양 갖고 놀 수도 있지. 부릉, 부릉." 오빠가 핸들로 시동을 거는 시늉을 한다.

나는 팔짱을 끼고 생각에 잠긴다.

"응, 레이건, 이번 한 번만?" 오빠가 사만다의 분홍색 치마를 잔디밭에서 집어 올린다.

"응?" 오빠가 더없이 연약하게 청한다.

내가 팔을 푼다. "알았어."

오빠가 다시 우리의 놀이집에 들어간다. 나는 오빠가 이제 뭘 할지 안다. 인형 옷을 갈아입히리라. 오빠가 엄마 역을 맡으면 늘 그렇다. 인형에 옷을 입히고 또 갈아입히고…….

요란한 알람 소리에 몸을 벌떡 일으켰다. 침대 옆 스탠드 쪽을 대충 뒤져 알람을 껐다. 꿈이었을까, 기억이었을까? 상상이라기에는 지나치게 선명했다. 지나치게 현실적이었다. 오빠가 소꿉놀이를 좋아한다는 사실을 깨닫고, 오빠가 다르다는 사실을 처음 인식한 때였을까? 오빠가 머리와 가슴으로는 소녀임을 스스로는 알고 있었다는 사실을? 오빠가 트랜스젠더라는 것을?

아니, 다른 일이 있었다. 더 옛날, 우리가 더 어릴 때였다. 아직 잠이 덜 깬 상태라 기억이 선명히 떠오르지 않았다. 아니면 기억하고 싶지 않았거나. 내게는 기억하고 싶지 않은 일들이 아주 많다.

나는 반쯤 의식불명인 상태로 욕실에 들어갔다. 욕실에는 수증기가 가득했다. 오빠가 벌써 일어나 옷을 갈아입었다는 뜻이었다. 나는 따뜻한 기운이 몸에 스미는 것을 느끼며 옷을 벗었다. 그리고 충격을 각오하며 냉수 수도꼭지를 돌려 얼굴부터 들이밀었다.

지하실 계단을 터벅터벅 걸어 올라 부엌에 들어서니 아빠는 식탁 앞에서 만화를 보며 큭큭대고 있었고, 그 옆에 앉은 오빠는 그 대단한 뇌에 교과서를 쑤셔 넣으며 무심히 위트 첵스를 떠먹고 있었다. 나는 짜증스럽게 제목을 확인했다. '고급 공간물리학'이었다. 하나뿐인 동생한테 아이큐를 좀 나눠 줄 수도 있었잖아? 오빠는 자기 말마따나 역할에 맞는 옷을 입고 있었다. 남학생 역할. 다림질한 긴팔 셔츠는 턱까지 단추를 꼭 잠근 채였고, 운동화에 집어넣은 카키색 바지는 군인처럼 완벽하게 다려져 있었다.

나는 다림질이라는 말을 쓸 줄도 모른다. 나는 빛바랜 목공용 바지에 바닥에 쌓인 옷더미 중 문에 가장 가깝게 놓인 셔츠를 걸치고 있었다.

"안녕." 냉장고 옆에 서 있던 엄마가 주스 팩을 입에서 떼며 형식적인 인사를 건넸다. "좀비 같구나." 엄마가 오렌지 주스를 찬장에 도로 넣으며 말했다. "어디 아프니?"

"아뇨. 그냥 피곤해서요. 잠을 잘 못 잤어요." 나는 식탁 앞에 앉으며 옆자리의 오빠를 향해 눈을 부릅떴다. 오빠는 펜티엄급 속도로 양자물리학을 흡수하며 책장을 넘겼다.

"왜 잠을 못 잤니?" 아빠가 신문에서 고개를 들며 물었다.

"그냥요." 내가 웅얼거렸다.

엄마는 식탁 맞은편 자기 자리에 앉더니 아빠가 "잠을 잘 자야지. 여자애들은 잠을 충분히 자야 예뻐져"라고 말하는 사이에 휴대폰 버튼을 눌렀다.

오빠와 눈이 마주쳤다. 비웃을 줄 알았는데, 오빠는 나를 노려보았다.

왜? 아빠는 그냥 농담을 했을 뿐인데. 맙소사. 오빠는 가끔 너무 예민하다.

"응, 안녕, 앤디." 엄마가 휴대폰에 대고 말했다. "나야. 하트포트 예식장에 소렌슨 부부의 결혼식 예약을 확인했던가? 서류가 안 보여." 엄마가 커피를 저었다.

아빠가 눈살을 찌푸렸다. 아빠는 엄마의 일을 딱히 좋아하지 않았다. 엄마가 '아내와 엄마'에서 '좀 더 유의미한 다른 역할'로 지위를 높인 점을 특히 싫어했다. 그렇다고 아빠가 성차별주의자는 아니다. 아빠는 단지 따분하고 보수적인 사람일 뿐이다. 어떻게 아빠가 엄마의 일을 싫어할 수 있겠는가? 아빠가 시어스에서 구조조정을 당하고 홈데포에서 시시한 잡일을 맡은 다음부터 누군가는 가족을 먹여 살려야 했다.

"흐음." 엄마가 커피를 홀짝였다. "확실히 할 겸 내가 다시 전화하는 게 낫겠어. 야로우가(家) 신부가 검은색 장식을 얹은 케이크를 주문해도 되는지 물었단 얘긴 들었어? 검은색이래. 결혼식 케이크에 말이야." 엄마가 잠깐 말을 멈추더니, 갑자기 웃음을 터뜨렸다. "정말이지, 앤디, 당신이 없다면 난 어떡할까?"

아빠의 표정이 눈에 들어왔다. 신경이 곤두선 얼굴이었다.

갑작스러운 정적을 몰아내고픈 마음에 가방에서 화학책을 꺼내 식탁 위에 올렸다. 오늘 학교에서 공부할 내용을 생각하니 속이 느글거렸다. 책을 도로 넣었다. 눈에서 멀어지면 마음에서도 멀어지는 법. 시험관에 담아놓은 내 삶의 철학이다.

식탁 가운데에 놓인 회전쟁반에서 베이글을 집어 들어 딸기크림치즈를 잔뜩 발랐다.

아빠가 입을 열었다. "한 남자가 정기검진을 받으러 병원에 갔어. 의사가 '나쁜 소식과 더 나쁜 소식이 있습니다'라고 했지."

오빠와 내가 동시에 신음소리를 냈다. 아빠가 신문을 접었다.

"케이크 주문서는 작성했어. 하지만 걔 어머니와 얘기해볼 때까지 좀 기다릴지도 몰라. 틀림없이 기막혀 할걸. 어서 웨딩드레스를 보고 싶어. 뭐라고?" 엄마가 잠깐 귀를 기울이더니 다시 앤디의 말에 웃음을 터뜨렸다. 이렇게 이른 아침 시간에 그렇게 재미있을 일이 뭐가 있담.

"'나쁜 소식이 뭔가요?' 남자가 말했지." 아빠는 정말로 재미없었다.

"'나쁜 소식은 당신이 말기암이라는 겁니다.'"

"'맙소사.'" 아빠가 가슴팍을 움켜쥐더니 극적 효과를 위해 숨을 헐떡이며 신음했다. "남자가 물었지. '더 나쁜 소식은 뭔가요?' 그러자 의사가 말했어. '더 나쁜 소식은 당신이 치매에 걸렸단 거예요.' 남자가 안도의 한숨을 내쉬었지. '아이고 감사합니다, 암이 아니라 다행이군요.'"

오빠가 킥 웃었다. 한발 늦게 나도 웃음이 나왔지만, 아빠를 부추기지 않으려고 억지로 웃음을 참았다.

아빠가 우쭐해하며 웃었다. "괜찮은 농담이지?"

"앤디, 잊어버리기 전에 말할게. 가는 길에 처방전을 갱신해야 하니 몇 분 늦을지도 몰라."

어째서인지 그 말에 오빠가 반응했다. 엄마가 전화를 끊고 자리에서 일어났다. 휴대폰과 일정수첩을 식탁에 놓은 채 서둘러 뒤쪽 복도를 내려갔다. 각성제를 한 알 더 먹으러 가는 길이 분명했다.

"어제 헤윗 코치와 얘기했다." 아빠가 말했다.

팔의 털이 삐죽 솟았다. 오빠한테도 털이 있었다면 삐죽 섰으리라. 아빠가 말을 이었다. "팀에 들어오려면 이번 주에 자기를 만나러 오라더구나. 디아즈네가 멕시코로 돌아간 뒤로 빈자리가 몇 있대. 주전 자리까지 약속할 수는 없지만 부주전은 확실히 가능하다더군. 수요일에 실력 테스트가 있어. 네가 어느 포지션이냐고 묻기에 일루수라고 했다. 투수할 생각이 없다면 말이다." 아빠가 오빠의 팔을 장난스레 쳤다.

오빠는 매우 불안정해 보였다. 나는 오빠가 폭발할지도 모른다고 생각했다. 오빠는 모래를 씹듯이 첵스를 다시 먹기 시작했다.

아빠가 덧붙였다. "오늘 학교 마치고 오는 길에 스킵의 사무실에 들러라."

오빠가 시리얼을 꿀꺽 삼키고 차분히 말했다. "아빠, 전 야구를 하고 싶지 않아요."

숨이 턱 막혔다. 아빠를 보았다. 오빠는 한 번도 소리 내어 그렇게 말한 적이 없었다. 한 번도.

아빠의 표정은 그대로였으나 목소리는 달라져 있었다. "스킵은 내 부탁 때문에 이렇게까지 해주는 거다. 네가 졸업 전에 운동에 참여할 수 있게 말이다. 자기소개서의 인상도 좋아질 거야."

코웃음이 났다.

아빠가 눈으로 총을 쏘듯 나를 노려보았다. 파편을 맞은 나는 덧붙이려던 말을 삼켰다. "늘 지저분한 지하실에 앉아서 생각 없이 컴퓨터 게임이나 하고 있잖냐. 그러니 그렇게 안색이 안 좋지. 너희 둘 다."

나는 오빠를 향해 '그냥 날려버려'라는 무언의 메시지를 보내려고 했다. 그러나 오빠는 종종 그렇듯이, 바깥세상을 차단하고 있었다. 시리얼 그릇의 바닥을 응시하며 가라앉고 있었다.

  아빠가 신문을 길게 반으로 접더니 한 번 더 접었다. 천천히. 고의적으로. 아빠가 말했다. "날 위해 해다오."

  불공평했다. 너무나 불공평했다. 오빠의 목젖이 움직였다. 아빠가 오빠를 울리기라도 한다면…….

  "전 야구를 정말 못해요." 오빠가 조용히 말했다. "아빠도 아시잖아요. 전 운동을 정말 못해요. 이걸로 끝내죠."

  "이봐, 아들아, 그렇게 못하는 것도 아니야." 아빠가 오빠의 팔을 다시 쳤다. 오빠는 바람 빠진 샌드백처럼 반응했다. "그냥 노력을 안 했을 뿐이지. 꾸준히 하지를 않잖아. 넌 몸집도 있고 날렵하니 근육을 좀 키워서 몸에 힘을 붙이면 돼. 같이 Y에 가서 웨이트 트레이닝을 해도 좋겠군. 스킵이 영업시간 뒤에 우리를 연습실에 들여보내 줄 수 있다더라. 1학년 때 축구하는 널 보았을 때부터 뽑고 싶었대."

  오빠가 고개를 들어 아빠와 눈을 맞췄다. "그것도 아빠를 위해 했었죠."

  아빠가 접시와 수저를 달그락거리며 그러모아 부엌으로 휙 들어갔다. 우리는 서로를 살폈다. 내가 입을 열기 전에, 엄마가 서둘러 들어와 휴대폰을 핸드백에 챙겨 넣고 일정수첩을 펼쳤다. "오늘 밤에도 늦을지 몰라." 엄마가 수첩을 한 장 넘겼다. "네 시에 미용실에 가야 해. 레이건, 저녁으로 참치 캐서롤을 하는 게 어떻겠니? 뭘 넣으면 되는지 알잖아."

  물론이죠. 얼간이 눈알과 뱀 혀였죠.

엄마가 덧붙였다. "가사 수업을 듣고 있으니 실습 삼아 좋을 거야."

무슨 실습? 되묻고 싶었다. 가족에게 독을 먹이는데? "아기 돌보러 가야 해요." 내가 조금 과하게 기분 좋은 티를 내며 말했다.

엄마가, 또 집안일에 좀 더 도움을 주고 자신에게 죄책감을 유발하려 들지 말라는 잔소리를 시작하려는 찰나, 오빠가 끼어들었다. "제가 할게요."

"안 된다." 아빠가 큰 소리로 말했다. "그건 네 일이 아냐." 아빠가 팔짱을 끼고 부엌과 식당 사이 문 앞에 불쑥 나타났다.

"그럼 그게 왜 제 일이에요?" 내가 버럭 화를 냈다. 아까 아빠가 성차별주의자가 아니라고 했던 말은 잊어주시라. "전 요리가 질색이에요. 오빠가 하고 싶다면 하게 두면 되잖아요. 오빠가 더 나은……."

"레이건." 아빠가 한 손을 들어 내 말을 막았다. "엄마가 너한테 부탁했잖니. 집안일을 좀 더 돕는다고 죽기라도 하니? 너희 둘 다 말이다."

"그럴지도 모르죠." 내가 투덜거렸다. "먼지에 숨이 막혀 죽을지도 몰라요."

엄마가 나를 쏘아보았다.

"기꺼이 돕겠어요." 오빠가 나를 구하려고 뛰어들었다. "뭘 해야 하는지만 알려주세요. 뭘 할까요?" 오빠가 엄마에게 물었다.

엄마가 지친 한숨을 쉬었다. "다투고 싶지 않구나. 내가 그냥 일정을 바꿀게."

"누가 다투고 있는데요? 오빠가 하겠다면……."

"일정을 바꾸진 마." 아빠가 내 말을 무시하며 말했다. "레이건이 기꺼이 돕겠다는군."

"아빠, 말했잖아요. 일해야 한다니까요. 제가 뭘 어쩌길 바라시는데요? 일을 그만두고 집에서 아빠한테 밥 해주고, 청소하고, 빨래하고……."

나는 말을 멈췄다. 어디서 많이 들어본 소리였다. 엄마와 아빠가 당연히 서로의 시선을 피하며 나를 노려보았다.

엄마가 일정수첩을 핸드백에 쑤셔 넣었다. "오늘 꼭 미용실에 갈 필요는 없어. 내가 일정을 바꿀게."

아빠의 매서운 시선이 내게 박혔다. 왜? 참치 캐서롤을 먹을 수 있으니 좋은 거 아니에요?

부엌 카운터에 놓인 서류를 가지러 가는 길에, 엄마가 내 어깨에 손을 올렸다. 내가 움찔한 모양이었다. "맙소사, 레이건, 너 왜 이러니? 긴장해 있고 잠도 못 자잖니. 잠드는 데 도움 될 만한 거라도 필요해?"

"아뇨." 나는 엄마의 손아귀에서 몸을 비틀어 뺐다. "전 괜찮아요." 약물 중독자는 내가 아니라 엄마였다. 엄마의 약장은 각성제와 진정제, 동화제와 신경안정제로 넘쳐났다. 나는 엄마가 폐경기의 변화를 겪고 있다고 생각한다. 엄마가 그냥 약을 몽땅 버렸으면 좋겠다.

엄마는 나가지 않고 내 뒤를 맴돌았다. 유리문에 비친 내게 시선을 맞추었다. 진짜로 걱정스러운 표정이었다.

"전 괜찮아요." 나는 고개를 돌려 엄마를 쳐다보고 말했다. "그냥 이번 주에 시험이 몇 있어서요." 사실이긴 했다. 시험을 걱정하고 있지는 않지만 말이다. 오늘 화학 수업만큼 걱정되지는 않았다.

엄마는 미션으로 돌아가 서류를 챙기고 열쇠를 찰그랑대며 서둘러 문으로 뛰어갔다. "오늘 즐겁게 보내렴." 엄마가 허공에 대고 말했다.

"엄마도요." 오빠가 엄마의 등 뒤에 대고 소리쳤다.

아빠가 홈데포에서 누수 방지의 즐거움을 시연하기 전에 마지막으로 화장실에 가려고 몸을 일으켰다.

"나 태워줄 수 있어?" 오빠에게 물었다.

오빠는 대답하지 않았다. 나는 알겠다는 말로 알아들었다. 우리는 아무 말 없이 아침을 마저 삼켰다.

화장실 물 내리는 소리가 들렸다. 아빠가 곧 돌아온다는 뜻이었기에 우리는 얼른 짐을 쌌다. 아빠가 현관 앞에서 웃옷의 지퍼를 올리며 서 있었다. "약은 먹지 마라. 그냥 더 일찍 자도록 해." 아빠가 나에게 말하고 오빠에게 손가락질했다. "학교 마치고 스킵한테 가도록 해라."

"네, 각하." 오빠가 말했다.

문이 휙 열린 다음 쾅 닫혔다.

곁눈으로 오빠를 살폈지만, 오빠는 출구로 돌진하느라 내 시선을 놓쳤다.

책가방과 코트를 챙긴 뒤 오빠를 따라잡으려고 서둘러 달려 나갔다. 하지만 현관문을 잠그고 나니 오빠는 벌써 차에 오르고 있었다. "오빠, 기다려!" 나는 정원을 가로질러 뛰었다.

오빠가 시동을 걸고 차도로 들어갔다.

나는 차문에 매달렸다.

오빠가 천천히 고개를 돌렸다. 오빠의 얼굴에 떠오른 표정, 그 표정에 그대로 드러난 힘에 나는 손잡이를 놓고 비틀거리며 뒷걸음질 쳤다.

우리는 월쉬가의 주말 뒷마당 바비큐 파티에 가려고 길을 걷고 있다.

아니, 그보다 더 큰 행사였다. 기억이 떠올랐다. 생일이었다. 오빠의 아홉 번째 생일파티 날이었다. 실외에서 파티를 할 수 있을 만큼 따뜻한 날이었다.

오빠와 알리슨 언니의 생일을 함께 축하하는 파티다. 알리슨 언니는 유치원 때부터 오빠의 제일 친한 친구다. 우리 부모님과 언니네 부모님은 여러 해 전부터 친구다. 우리는 생일파티 같은 여러 가지 일을 함께 한다.

하지만 그 생일파티가 마지막이었다. 왜였지?

오빠와 알리슨 언니는 선물을 열어 볼 기대로 흥분해서 이리저리 뛰어다닌다. 학교 친구들을 여러 명 초대했다. 여자아이들만 초대한 사실을 아빠가 눈치 챈다. 월쉬 씨네 부엌에서 아빠가 엄마에게 말하는 소리가 들린다. "왜 남자애가 하나도 안 왔지? 리엄은 자기 친구가 한 명도 없나?"

나는 안 듣는 척하며 간이식탁 의자 위로 기어올라가 주위를 둘러본다.

"리엄한테도 친구 많아." 엄마가 케이크에 초를 꽂으며 말한다. "친구가 모두 여자아이들인 것뿐이지. 그게 뭐 잘못됐어?"

아빠가 성냥을 그어 초에 불을 붙인다. 나는 마음속으로 초의 수를 센다. 하나, 둘, 셋……

아빠가 고개를 흔든다. "저 나이 남자애가……." 아빠는 말을 끝맺지 않는다. "리엄이 써놓은 선물 목록을 장식장 위에서 봤어."

엄마가 뭔가를 잊어버린 듯 앞치마 주머니를 뒤적인다.

"바비인형? 브래지어?" 아빠가 눈살을 찌푸린다.

"잭, 장난일 뿐이야. 아이의 농담일 뿐이지."

"농담이라고? 걔는 왜 나한테 그걸 안 보여줬을까? 내가 엄청 재미있어 했을 텐데."

엄마는 대답하지 않는다.

아빠가 긴 한숨을 쉰다. "난 걜 모르겠어. 정말 이해가 안 돼."

⋯⋯일곱, 여덟, 그리고 불이 안 붙은 초 하나.

아빠가 덧붙인다. "가끔은 우리가 아빠와 아들답게 이어지지 못하는 듯한 기분이 들어. 어쩌면 내가 뭔가 잘못하고 있는지도 몰라."

"아빠, 제가 꺼도 돼요?"

아빠가 내가 있는 줄 모르다가 놀란 듯 몸을 휙 돌린다. "이런, 귀여운 우리 꼬마 레이-건. 이리 와서 다 해치워보렴." 아빠가 씩 웃으며 내게 성냥을 내민다.

나는 의자에서 뛰어내려 아빠에게 달려간다. 아빠를 따라 손가락에 침을 묻히고 성냥 머리를 손가락에 세게 문지른다. "앗." 쉿 소리가 나자 나는 아프지 않은데도 소리를 친다.

아빠가 내 손가락에 입을 맞춘다. 그리고 커다란 손을 내 허리에 감아 나를 머리 위로 들어 올린다. 내 배를 아빠 머리 위에 대어 균형을 맞춘 뒤, 내가 비명을 지르고 아빠가 어지러워질 때까지 빙글빙글 돈다. 이제 내가 너무 자란 줄은 알지만, 나는 여전히 아빠가 빙빙 돌려주는 걸 좋아한다.

문 앞에 서 있는 오빠를 흘끔 훔쳐본다. 오빠는 뱅글뱅글 도는 내 모습을 지켜보고 있다. 아빠가 마침내 나를 내려놓는다. 우리 둘 다 비틀거리며 크게 웃는다. 오빠의 시선은 내게 못 박혀 있다. 오빠는 그 표정으로 나를 보고 있다.

증오.

그랬다. 오빠는 나를 증오했다.

왜? 아빠가 나를 대했던, 지금까지도 대하는 방식 때문에? 오빠와 다르게 대해서? 아빠는 한 번도 우리를 차별한 적이 없었다. 사실 오빠의 생일은 3월이고 내 생일은 크리스마스 일주일 뒤다 보니 오빠가 언제나 나보다 생일선물을 더 많이 받았다. 오빠는 뭘 바랐을까? 여자아이처럼 자기도 뱅글뱅글 돌려주기를?

망치로 머리를 얻어맞은 것 같았다. 어, 바보 레이건. 오빠는 바로 그것을 원했던 것이다. 오빠는 언제나 그것을 바랐다. 오빠가 세상에서 오직 하나의 소원만을 빌 수 있다면, 단 하나의 생일선물만을 받을 수 있다면 오빠는 다시 태어나고 싶다고 할 터였다. 제대로 태어나기를, 여자아이의 몸으로 태어나기를.

3

오빠는 나를 썰매 하나 없이 시베리아에 버려두고 갔다. 오늘 기온은 영하 백 도가 틀림없었고, 학교는 3.2킬로미터 너머에 있었다. 반 블록 밖에 걷지 않았는데 발은 벌써 얼음덩어리였다. "젠장, 오빠. 난 오빠가 싫어." 나는 큰 소리로 화를 냈다.

아니, 나는 오빠를 싫어하지 않았다. 오빠 역시 나를 싫어하지 않았다. 오빠는 그저 자신의 인생에 분개하고 있었고, 나는 오빠의 심정을 이해할 수 있었다. 잘못된 몸 안에 갇혀 이중의 정체성을 갖고 살아가기란 분명 끔찍한 일일 터였다. 나는 오빠가 고통스러워하고 있음을 알았다. 그저 오빠가 나한테 화풀이하지 않길 바랄 뿐이었다. 내가 오빠가 바라는 몸으로 태어난 것은 내 잘못이 아니었다. 나도 브리트니 스피어스의 몸을 갖고 태어나고 싶었지만 못 그랬잖아?

그래, 이건 오빠의 괴로움을 과소평가한 비유다. 그래도, 쳇, 너무 추웠다.

얼어붙은 나이키 속에서 발가락이 갈라지고 터지는 동안에도 의문은 사라지지 않았다. 왜 우리는 그해 이후 리엄과 알리의 생일을 함께 축하하지 않았던가? 뭔가가 일어났다. 뭐였지?

"자." 엄마가 팔에 시트케이크를 얹고 빙 돈다. 두 가지 모양으로 장식한 케이크다. 한쪽에는 축구선수 인형이 축구장 위에 서 있고, 나머지 반쪽에는 분홍색 발레리나 인형이 호수 위에서 회전하고 있다.

오빠의 눈이 빛난다. "멋져요!"

오빠가 흥분한 목소리로 말한다. "발레리나 가져도 돼요?"

아빠가 엄마를 쳐다본다. 엄마가 아빠의 시선을 피한다. "친구들을 불러오렴." 엄마가 오빠에게 말한다.

"야, 알리, 이 케이크 보면 놀랄걸." 오빠가 계단 아래에 대고 소리친다.

우리는 노래를 부르고 케이크를 먹는다. 오빠가 알리슨에게 발레리나를 갖게 해달라고 조르는 소리가 들린다. 알리슨은 신경 쓰지 않는다. 요새 유니콘에 빠져 있다. 그렇지 않더라도 제일 친한 친구이니 오빠에게 발레리나를 줄 테지만 오빠가 부탁하는 걸 좋아한다. 나와 마찬가지다.

오빠와 알리슨이 "하나, 둘, 셋, 시작!"이라고 외치고 선물 포장을 뜯기 시작한다.

나는 알리슨 옆에 앉아 알리슨이 넘겨주는 선물을 받아 든다. 장신구와 옷, 머리핀이다. 오빠도 봐야 한다. 오빠는 우와, 이야 하고 감탄하면서 알리슨의 선물을 만져도 보고 쥐어도 본다. 오빠가 너무 오래 선물을

보고 있어서 엄마가 주의를 준다. "리엄, 다음 사람에게 넘기렴. 모두들
선물을 구경해야지."

선물 더미가 줄어들고 마침내 모든 포장을 열어보았다. 하지만 오빠
는 아직도 포장지 사이를 헤집고 있다. 미친 듯이.

"리엄, 이게 다야." 알리슨이 말한다.

"아냐."

"이게 다라니까."

오빠가 식탁 아래와 의자 뒤를 확인해보더니 엄마 쪽을 돌아본다. "어
디 있어요?"

"뭐가?"

오빠가 엄마에게 머리를 까닥인다. "아시잖아요. 엄마 선물이요."

"농구골대와 스쿠터를 받았잖니. 충분하지 않니?" 아빠가 말한다.

"아뇨, 리엄은 욕심쟁이 개자식이니까요." 알리슨이 불쑥 말한다.

"알리, 정말이지!" 월쉬 부인이 야단을 치며 달아오른 얼굴을 손으로
가린다. 아빠와 월쉬 씨가 웃음을 터뜨린다.

오빠가 다급히 일어나 엉덩이에 양손을 대고 말한다. "엄마, 선물 어
디 있어요?"

아빠가 몸을 숙여 오빠의 새 농구공을 들어 올린다. "나가서 새 링을
걸자. 오늘의 천하일품 드롭샷을 직접 보여주마." 아빠가 농구공을 오빠
에게 토스한다.

오빠는 공을 받지만 이내 바닥으로 던져버린다. "제가 받고 싶던 선물
이 아니에요. 제 브라는 어디 있어요?"

내 뒤에서 여자아이들 몇몇이 킥킥 웃는다. 알리슨이 까르르 웃더니

입을 가린다. 월쉬 부인도 웃는다. 나는 웃지 않는다. 오빠의 얼굴이 새빨개진다. 아빠의 등이 뻣뻣하게 굳는다.

오빠가 아빠에게서 뒷걸음질 친다. 나도 그런다. 아빠 얼굴에 떠오른 표정이란……. 오빠가 엄마 쪽으로 몸을 휙 돌린다. "뭐 갖고 싶은지 물어보셔서 말씀드렸잖아요."

순식간에 일어난 일이라 흐릿하다. 아빠가 오빠의 손을 움켜쥐고 거의 팔을 잡아 뺄 듯이 비틀어 집으로 끌고 간다. 아빠가 숨찬 소리로 으르렁거린다. "아들, 우리 얘길 좀 해야겠다."

"안 할 거예요, 아빠." 오빠가 가느다란 목소리로 말한다.

아빠가 오빠를 계단 위로 잡아 올려 집 안으로 사라진다.

여자아이들이 모두 알리슨의 물건을 만져보는 사이 엄마와 월쉬 부인이 식탁을 정리하기 시작한다. 알리가 나를 옆으로 데려가 귓가에 속삭인다. "리엄은 진짜 우스워. 그치?"

나는 고개를 끄덕이고 억지로 미소를 짓는다.

알리슨이 생각에 잠긴 얼굴로 계단을 바라보다가 아랫입술을 깨문다. "있지, 난 리엄하고 결혼할 거야. 그럼 우린 자매가 되겠지." 알리슨이 내 손을 꼭 잡는다.

나는 '내겐 이미 언니가 있어'라고 되뇌며 마주 잡은 손에 힘을 준다.

정말 이렇게 생각했던가? 내가 오빠 안에서 소녀를 볼 수 있었다면, 어째서 엄마와 아빠는 보지 못했던 걸까? 어째서 아무도 보지 못했을까?

아빠가 그날 집 안에서 뭐라고 했는지 몰라도, 그 말은 오빠의 세계에 큰 균열을 만들었다. 검은 구멍이 열렸고 오빠를 통째로 삼켰다. 그녀를 삼켰다. 리아 마리, 그녀가 선택한 첫 번째 이름을. 그녀는 희미해졌고,

물러섰으며, 숨어 들어갔다.

영원히는 아니었다. 오랜 시간도 아니었다.

이상하다. 겨우 아홉 살에 브라를 갖고 싶어했다고? 나는 열한 살 때에야 용기를 내서 엄마한테 브라를 사 달라고 했다. 하긴 생각해보면 리아 마리는 늘 나더러 발육정지라고 나무랐다.

옆에서 타이어가 쇳소리를 냈다. 나는 반사적으로 눈더미를 뛰어넘었다. 차창 사이로 오빠와 내 시선이 마주쳤다. 오빠가 턱짓으로 타라는 시늉을 했다.

아빠한테 다시 부탁해보라고 할까 생각했다. 아니, 관두자. 벌써 동상으로 발가락을 세 개나 잃었다.

오빠의 스파이더에 올라탔다. 최소한 오늘 오빠는 뚜껑을 덮고 있었다. 가끔 오빠는 겨울에도 뚜껑을 연 채 차를 달렸다. 마치 추위를 느끼지 못하는 듯이, 마치 오빠의 몸과 뇌가 이어지지 않았다는 듯이.

우리는 말없이 달렸다. 나는 다시 피를 돌게 하려고 손가락을 꼼지락거렸고 오빠는 텅 빈 눈으로 정면을 응시했다. 심장마비 언덕을 오르자 호라이즌 고등학교가 아틀란티스의 사라진 도시처럼 떠올랐다가 우리가 속력을 내어 지나가자 도로 바닷속으로 사라졌다.

"오빠, 내려줘." 당황해서 가슴이 벌렁거렸다. "오늘 학교에 가야 해. 1교시에 시험이 있고 역사 시간에 보고서를 내야 해." 얘기하지 않은 화학 수업은 말할 것도 없고. "오빠!"

"못 참겠어." 오빠가 정지신호를 지나치며 중얼거렸다. "죽이고 싶어."

"누굴, 아빨? 도와줄게. 오늘 아침만 아니면 돼. 응?"

오빠가 차선을 바꿔 고속도로 진입로로 들어갔다. 멋지군. 또 이런 식이야. 오빠는 매일 땡땡이치고도 전 과목 A를 받을 수 있었다. 오빠의 수능 점수는 오빠를 데려가려는 대학들을 불러 모았다. 그러나 나는 하루만 학교를 빠져도 낙제였다. 내게 관심을 가질 대학은 F대밖에 없었다.

"오빠…….."

"아빠가 아냐." 오빠가 차들 사이로 들어서며 말했다. "나. 날 죽이고 싶어."

나는 지친 한숨을 쉬었다.

오빠가 이렇게 우울하고 자학적일 때가 싫었다. 오빠의 고통이 너무나 명백하게 드러나 내가 아팠다. 마음속 오한에는 아무 효과가 없는 파카 속으로 몸을 파묻으며, 나는 2학년을 두 번 다닐 각오를 했다. 그런들 뭐 어때? 오빠를 오빠 자신으로부터 구원하는 일에 비하면 학교란 얼마나 하찮은 일이야?

오빠는 브로드웨이가를 통과해 스타벅스 앞에 빙 돌아 섰다. 우리는 차에서 내리려 하지 않고 가만히 앉아 있었다. "우리 여기서 뭐 하고 있어?" 내가 마침내 입을 열었다.

오빠는 대답하지 않았다.

내가 문에 붙은 전단을 가리켰다. "'직원 구함.' 저게 힌트야? 바리스타가 되라고? 고등학교에서 낙제로 퇴학당하고 나면 내가 구할 수 있는 직업이 저거밖에 없을걸."

오빠는 내 힌트를 알아듣지 못했다. 대신 오빠는 차 키를 뺀 뒤, 긴 다리를 차 밖으로 내어 스타벅스로 들어갔다.

나는 마치 오빠를 따르는 강아지로 프로그래밍이라도 된 양 그 뒤를 따랐다.

오빠는 라떼를, 나는 모카를 주문했다. 오빠가 돈을 내니까 블루베리 스콘도 추가로 시켰다. 우리는 창가 좌석에 앉아 세상이 흘러가는 모습을 바라보며 커피를 마셨다. 오빠의 평행우주와 반대되는 진짜 세상이었다. 내 머릿속에는 한 가지 생각밖에 없었다. 나는 오늘 학교에 있어야 했다. 화학 수업에 들어가야 했다. 한 여자가 뚱뚱한 베갯잇을 질질 끌고 주차장을 가로질러 론드로맷(자동세탁소 상표―옮긴이)으로 들어갔다. 동시에 뚱뚱한 남자가 어린아이를 뒤에 질질 끌고 나왔다. 아이는 울부짖으며 발을 구르고 성을 내고 있었다. 아빠가 아이에게 뭐라고 고함치는지, 혹은 그가 누구인지는 들리지 않았지만, 상황을 대충 알 만했다.

"저거 봐, 자랑스러운 아들이 되겠군."

"오빠……." 내가 긴 한숨을 쉬었다.

오빠가 침몰하는 배처럼 벽에 몸을 대고, 내 어깨에 얼굴을 기댔다.

"레, 나 어떻게 하지? 난 속으로 죽어가고 있어."

맙소사. 또야. 나는 오빠의 마른 등에 팔을 두르고 오빠의 머리를 들었다. "괜찮을 거야."

"아니, 그럴 리 없어. 결코 괜찮아지지 않을 거야."

"리아 마리……."

"루나."

"어?"

"루나야."

"아, 그랬지. 루나." 그녀의 새 이름에 익숙해지는 데 시간이 좀 걸릴 것 같았다.

카운터 끄트머리에 앉아 노트북 자판을 두드리던 지저분한 남자가 손을 멈추고 우리를 쳐다보았다. 나는 그와 시선을 맞춘 채 '왜요? 무슨 문제라도 있어요?'라고 묻듯이 눈을 크게 떴다.

그가 하던 일을 계속했다.

오빠가 고개를 들고 의자에 앉은 몸을 곧추세웠다.

"날마다 똑같아. 숨고, 거짓말하고, 그녀를 안에 가두어. 너무 힘들어. 못하겠어."

울지 마. 나는 속으로 애원했다. 제발 울지 마.

"사람들은 나를 볼 때 진짜 나를 보지 않아. 내가 이런 모습이니까 볼 수 없는 거야." 오빠가 가슴팍을 손으로 쓸어내렸다.

뭐라고 말해야 할까? 이 말을 얼마나 많이 들어야 했던가? "그 셔츠 마음에 드네." 나는 분위기를 밝게 해보기로 마음먹었다. "새로 샀어?"

오빠가 쏘아보았다.

"미안해."

"아무도 내가 사실 어떤 사람인지 모르겠지. 진짜 나, 소녀, 여자를. 그들의 눈에 보이는 건 이…… 이 아무것도 아닌 존재일 뿐이야."

"오빠는 아무것도 아닌 존재가 아냐." 내가 오빠의 말을 잘랐다. "오빠 사람이야. 오빠 리엄이야."

"리엄." 오빠가 숨을 훅 내쉬었다. "그게 누군데? 내가 만들어낸 캐리커처일 뿐이지. 꼭두각시, 광대, 만화 등장인물이야. 아빠 머릿속에 든 마초 남자 버전의 아들이지."

"아빠는 잊어버려. 아빠가 무슨 상관이야? 야구 안 해도 돼. 응?"

오빠가 눈을 감고 가슴팍까지 턱을 내렸다. "레, 그녀를 풀어줘야만 해."

"무슨 뜻이야? 어떻게?"

"난 그녀의 목을 비틀고 있어. 내가 사라지게 하고 싶은 쪽은 그녀가 아니야. 그녀를 억압하고 잡아 누르고 가두는 이런 사기극을, 속임수를, 난 더 이상 해나갈 수가 없어." 오빠가 고개를 흔들었다. "못하겠어." 오빠가 턱을 들고 나를 쳐다보았다. "사라지지 않을 거야. 내가 아무리 바라고 기도해도 그녀는 언제나 나와 함께 있어. 그녀가 나야. 내가 곧 그녀야. 난 그녀가 되고 싶어. 루나가 되고 싶어."

"오빤 루나야. 될 수 있어."

"아냐." 오빠가 눈을 깜박였다. "내 말은, 언제나 말이야. 자유롭고 싶어. 전환(transition)하고 싶어."

전환? 오빠는 결코 그 단어를 사용한 적이 없었다. 전환은 변화를 의미했다. 한 동네에서 다른 동네로 옮겨가는 것처럼 말이다. 하지만 어떻게? 어디에서?

오빠는 내 눈을 유심히 바라보며 내 표정을 살폈다. "레, 내 말 이해하지? 그렇지?" 오빠가 물었다. "어, 으응." 나는 거짓말을 했다. 오빠는 예전에도 커밍아웃에 대해 말한 적이 있다. 자유로워지는 일에 대해 여러 번 말했다. 하지만 거기까지였다. 자유로워진다는 것.

오빠는 내게서 눈을 떼지 않고 나를 응시했다. 오빠가 그럴 때면 불편했다. 나는 스콘 귀퉁이를 잘라 깨작였다. 눅눅했다. "먹을래?"

"엄마 말이 맞았어. 너 꼭 좀비 같아. 눈 밑에 푸레파레숀에치(치질약 상표명―옮긴이)를 몇 번 발라주면 다크 서클이 사라질 텐데 말이지."

"닥쳐." 내가 오빠의 팔을 때렸다. "오빠 때문에 생긴 거잖아."

"저기, 오늘 새벽에 썼던 금발 가발 괜찮았어?" 오빠가 조금 밝아졌다. "빨간색과 잘 어울리는 것 같아. 하지만 좀 심하게 번들거리지. 백금색에 너무 가까워. 그리고 헐렁한 평상복을 입고 쓰기에는 지나치게 과감해. 평상복에는 갈색 곱슬머리가 더 어울릴 것 같아. 그치?"

그녀가 머리모양과 옷 이야기를 시작하면 우리는 평생 여기 있게 될 터였다. "리아, 난 학교로 돌아가야 해."

시계를 보았다. 아홉 시 사십오 분. 꽁무니에 불붙이고 돌아가면 역사 수업에 들어갈 수 있었다. 그러면 한 학기만 다시 들어도 된다.

그녀가 한숨을 쉬었다. "루나라니까. 넌 너무 나르시스트적이고 바라는 게 많아."

"넌 어떻고?" 나르시스트적이라는 말이 무슨 뜻이지?

그녀가 속눈썹을 깜박이면서 손가락 끝으로 자기 가슴을 가리켰다. "나?"

그녀는 정말 이상했다. "넌 수업 없어?" 장례식을 위해 스콘을 냅킨에 싸며 물었다.

"졸업반 세미나가 있어. 필참은 아냐." 그녀가 남은 라떼를 꿀꺽꿀꺽 마신 후 의자에서 일어서며 덧붙였다. "월마트에 가서 내 속옷 몇 벌 사다 주고 가면 안 될까? 색이 조금 바랬거든."

"흰 옷에는 표백제를 써야지." 내가 그녀를 졸졸 따라 문을 나서며 말했다.

"그런 얘길 듣긴 했지만." 그녀가 어깨 너머로 말했다. "난 그냥 여자애지, 너 같은 살림의 여신이 아니거든."

나는 그녀의 어깨뼈를 주먹으로 쳤다. 이런 식으로라면 점심때나 학교에 들어갈 터다. 뭐, 그래. 오빠가 자기 여자속옷을 론드로맷에 가져가서 빨아야 한다는 것만으로도 충분히 나빴다. 결코 대신 빨아주지는 않을 거다. 오빠에게 팬티와 브라를 사다 주는 건 괜찮았다. 하지만 입은 속옷을 다루는 건…… 우웩.

스파이더에 탔다. 오빠가 지갑을 뒤져 20달러를 건넸다.

"메이든폼 하이컷을 사다 줘. 베이지색이 있으면 그걸로, 없으면 흰색으로. 5사이즈야."

"5사이즈야." 오빠를 흉내 내며 그의 엄지와 검지 사이에서 지폐를 휙 뽑았다. 오빠가 씩 웃었다. 오빠가 나보다 작은 사이즈를 입는다는 건, 그리고 그걸 아는 것은 질색이었다.

4

점심시간쯤 학교에 도착했다. 오빠의 점심시간. 내 점심시간은 이미 끝나 있었다. 오빠는 알리슨을 찾아 매점으로 갔다. 나는 계단을 뛰어올라 과학실로 달려갔다. 교실이 가까워질수록 속이 메슥거렸다.

나는 고등학교가 싫었다. 학교도 나를 싫어했다. 나만 제외한 채 사방에서 움직이는 온갖 무리와 동아리, 운동부와 치어리더들이 질색이었다. 복도에서 친구들과 농담하고 웃고 떠드는 사람들이 싫었다. 고등학교는 그런 면들을 보란 듯이 과시했다. 나는 즐기지 못하는 그 모든 재미들. 모두 다 따져보면⋯⋯.

아니, 공정하지 못한 얘기였다. 오빠 잘못이 아니었다. 나의 선택이었고 나 나름의 대처였다.

5교시는 이미 시작했다. 나는 브루작 선생님이 평소처럼 수다스러운 머리통 상태이길 기도하며 고개를 수그린 채 문을 살짝 열었다. 혼자 강의에 심취한 나머지, 지루해서 파리처럼 쓰러지는 몸들을 눈치 채지 못하는 상태이길.

하지만 그런 행운은 없었다. 브루작은 책상 앞에 앉아 있었다. 그 앞을 지나가야 했다. 그가 뿔테 안경 너머로 내게 시선을 똑바로 맞췄다. 그러고 나서 출석부의 내 이름에 표시를 했다.

재수 없는 선생.

정작 가장 빼먹고 싶은 수업은 못 빠지다니. 빠질 수가 없었다. 오늘은 안 됐다. 실험을 시작하는 날이기 때문이었다.

브루작은 한 달 전, 겨울학기 초부터 실험 짝을 신중하게 골라야 한다고 경고해왔다. 남은 학기 내내 실험 짝과 함께 화학과 일심동체가 된다고, 가까이서 같이 공부할 수 있을 만한 사람을 골라야 한다고 했다.

가까이서. 가깝게. 그 단어가 내 머릿속에서 경보를 울렸다.

최종 성적은 우리가 함께 얼마나 잘하는지, 전체 공헌도에 따라 결정될 터였다. 공헌도 부분은 겁나지 않았다. 내 몫이 백 퍼센트일 테니까. 날마다 머릿수를 세었다. 이 수업에는 스물세 명이 있었다. 둘로 나누면 남는 건 한 명. 나. 혼자 실험하겠다고 자원했다. 아무 문제도 없었다. 그 편이 훨씬 편했다.

교탁 앞에 선 브루작이 실험보고서에는 두 사람 다 서명해야 하고 질문지와 연습문제는 각자 풀어야 하며, 커닝하다 걸리는 사람은 자동으로 영점 처리한다고 말했다. "거위알." 그가 일어서서 칠판에 동그라미를 그렸다. "자, 잘 보라고. 이건 산소 기호가 아냐."

그는 이런 멍청이였다. 매일 정장을 입고 넥타이를 맸는데, 적당히 어울리기만 해도 그렇게까지 보기 싫지만은 않을 터였다. 재킷은 체크 무늬고 와이셔츠는 줄무늬인 식이었다. 마치 옷을 몽땅 바넘 앤 베일리 서커스단 폐업할인에서 산 것 같았다. 나도 올해의 미인 따위는 아니지만, 눈치를 좀 채란 말이다. 다른 남자 선생님들은 대체로 청바지를 입었다.

"쪽지시험은 한 번 재시험을 볼 수 있어. 하지만 정규시험을 놓치면 첫아이를 바치겠다고 약속해야 시험을 다시 치게 해주지."

아하하. 공책 표지에 무한기호를 새겨넣고 있을 때, 파멸의 순간이 왔다. 브루작이 말했다. "최대한 조용히 짝을 지어 실험대 앞에 서."

속이 뒤집혔다. 나는 남몰래 교실을 둘러보았다. 아는 사람은 많았다. 물론 친하지는 않았지만, 난 이 동네에서 자랐다. 내 진짜 친구는 알리슨과 오빠뿐이었다. 그 둘로 족했다. 정말이다. 어차피 친구를 백 명씩 사귈 시간도 없잖아? 마치 오빠와 내가 하나의 인생을 공유하는 것처럼 느껴질 때도 있었다. 오빠의 삶을 말이다. 우리는 둘 다 육체 없는 공허였다.

내 시선이 교실 뒤쪽에서 실험대 사이를 쾅쾅대며 걸어오는 한 사람에게 멎었다. 나는 재빨리 몸을 돌렸다. 제발, 하느님, 싫어요. 나는 투명인간 보호막을 끌어올리며 기도했다. 호잇 두세만은 절대 싫어요. 그 애는 악마였다. 재림한 사탄이었다. 나는 그를 진심으로 혐오했다. 몇 년 전 두세네가 길 아래쪽에 이사 온 이래, 정확히 말하자면 월쉬네가 큰 집으로 이사한 다음 알리슨이 살던 집으로 이사 온 뒤로 호잇은 오빠에게 최악의 악몽이었다. 오빠는 8학년 때 호잇 두세와 마주치지 않으려고 1년 내내 학교에서 삼십 분 일찍 나와야 했다.

호잇이 짝이 되자고 하면 걔 위에다 아까 먹은 스콘을 몽땅 토할 테다. 명예로운 행동일 터였다.

누가 어깨를 두드렸다. "같이 할래?"

주먹질을 할 태세로 몸을 휙 돌렸다. 아침 방귀 냄새 같은 호잇은 나를 스쳐 지나갔다. 시선을 고쳐보았다. 이 목소리는 나를 보고 미소 짓고 있는 입술에서 흘러나왔다. 입술은 기울인 얼굴 위에 놓여 있었고 얼굴은 몸으로 이어지는 목 위에 얹혀 있었다. 허깨비가 아니었다. 머리부터 발끝까지 단단한 실체였다.

"어때? 우린 다이내믹한 짝이 될 거야. 함께 실험실을 날려버리자. 콰쾅!" 그가 씩 웃었다.

이건 꿈이었다. 이 남자애는 누구고, 어떻게 내 투명인간 보호막을 뚫었지?

"나하고…… 하고 싶다고?" 내가 가슴에 손을 얹고 쉰 목소리로 말했다.

브루작이 소리쳤다. "이봐, 오늘 짝을 다 지을 수는 있겠어? 실험용 쥐와 실험대를 찾는 데 삼십 초 주지."

나는 놀란 채 자리로 돌아가 섰다. 이 남자아이, 이 '진짜 살아 있는 사람 같은' 남자아이가 나에게 따라오라고 몸짓했다. 나는 그를 따라갔다. 아마 일산화탄소 유독가스 구름 속으로도 따라갔을 터였다. 그 아이는, 말하자면, 끝내줬다.

"여기 괜찮겠어?" 그가 주기율표 옆의 빈 싱크대를 가리키며 물었다.

나는 마비상태였다. 간신히 고개를 끄덕였다.

"난 크리스야."

"어, 레이건이야." 내 목소리는 작고 긴장해 있었다. 내가 느끼는 그대로였다.

"나 이쪽에 온 지 얼마 안 됐어." 그가 실험실 의자 위로 한쪽 다리를 걸치며 말했다. "너도야? 브루작이 짝을 지어야 한다고 했을 때 나하고 똑같은 기분인 것처럼 보였거든."

내가 작게 웃었다. "아니, 난 그냥 전형적인 패배자야."

크리스가 얼굴을 찡그렸다. "어, 그렇구나." 크리스의 두 눈이 내 속을 꿰뚫어 보는 듯했다. 온몸이 뜨거워졌다. 날 가늠해보고 있는 걸까?

맙소사. 정말 그렇다면 어쩌지? 아까 옷에 커피도 흘렸는데.

공포의 말뚝이 등골에 박혔다. 나도 모르게 말이 튀어나왔다. "너 아직," 시계를 확인했다. "마음을 바꿀 시간이 십이 초 있어. 다른 짝을 찾아서 평판을 지키지?"

그가 한쪽 입술을 끌어올렸다. "널 찾았잖아. 내 운에 걸어보겠어."

융해. 커다란 핵원자로의 융해. 다른 애들이 모두 짝을 찾을 때까지 투명인간 보호막 뒤에 숨어 있다가, 브루작에게 혼자 실험해도 상관없다고 그럴듯하게 거짓말하는 연습을 몇 번이나 했다. 그래서 예상과 다른 전개가 펼쳐지고 있다는 사실을 믿기가 어려웠다. 내 볼을 꼬집어볼까? 크리스를 꼬집어볼까?

우리 사이의 침묵이 점점 커졌다. 이제 뭐라고 말해야 할지, 어떻게 해야 할지 둘 다 모르는 것 같았다. 우리는 양립 불가능한 종(種)이라는 생각이 스쳤다. 그는 인간이었다. 크리스? 크리스랬던가? 그는 검지를 수도꼭지 아래에서 앞뒤로 움직이며 물을 틀었다 잠갔다 하고 있었다. 내게 물을 튀기면서. 웃고 있었다. 날 꾀고 있었다.

어쩌면 해낼 수 있을지도 모른다. 내 말은, 무슨 데이트 같은 걸 하려는 것도 아니잖아? 미친 척 굴어야 할까? 마주 물을 튀겨야 할까?

난 남자아이 옆에서 어떻게 행동해야 할지도 몰랐다. 무슨 말을 할까? "너 머리가 정말 멋지다"고 말해도 괜찮을까? 실제로 멋있었다. 먹물처럼 검고 비단처럼 부드러워 보였다. 한줌의 머리칼이 오른쪽 눈을 가린 채 흐트러져 있었다. 왼쪽 눈은 즐겁게 반짝이며 놀리듯 나를 보고 있었다.

레이건, 정신 차려. 나는 그의 반대쪽으로 몸을 기대고 수도를 틀었다. 옷에 대해 한마디 해야 할까? 에, 잘 어울렸으니까. 그렇지만 오해할 수도 있었다. 놀린다고 생각할지도 몰랐다. 새 옷이나 고급품은 아니었다. 청바지는 주머니 아래가 찢어졌고 긴팔 티셔츠 소맷자락은 닳아 있었다. 손이 컸다. 손톱 밑에는 기름때가 묻어 있었다. 진짜 기름이었다.

오빠가 10학년 때, 자동차 정비업체 지피 루브에서 아르바이트를 했던 기억이 떠올랐다. 물론 길게 가지 못했다. 오빠는 오직 아빠를 진정시키기 위해 그 모든 마초스러운 짓을 했었다. 아빠가 손톱에 묻은 그 끈적끈적한 게 뭐냐고 묻거든 기름때라고 우길 거라고 했었다.

분홍색 기름때라고? 그렇겠지, 오빠. 아빠가 한 번도 물은 적이 없어서 다행이었다.

브루작이 스와힐리어로 쓰인 과학 공식일지도 모를 글자를 칠판에 갈겨쓰며 첫 실험과제를 설명했다. 크리스는 느슨하게 쥔 주먹 틈으로 물을 뚝뚝 떨어뜨리는 데 몰두했다. 브루작의 목소리가 황홀경을 베어내지 않았다면 나도 종일 홀려 있었을지도 모른다. "시작하기 전에, 맨 위 서랍에 코팅된 '실험실 안전 수칙' 세움판이 있다. 지금 꺼내서 나를 따라 읽도록."

서랍 손잡이를 당겼다. 무언가 걸려 있었다. 세게 다시 당겼다. 꼼짝도 하지 않았다. 크리스가 억지로 당겨보았다. 소용없었다. 내가 서랍장 다리를 발로 지탱하고 손잡이를 당기는 사이, 크리스는 아래를 확인해 보려고 실험대 아래로 몸을 숙였다. 그때, 서랍이 휙 열리며 크리스의 이마를 강타했다. 크리스가 아파하며 균형을 잃고 뒷걸음질 치다가 엉덩방아를 찧고 말았다. 크리스의 의자가 흔들흔들하더니 그 애 위로 넘어졌다. 주위 학생들이 일제히 웃음을 터뜨렸다.

죽었다. 크리스를 도우려고 의자에서 내려서는 사이, 그는 휘청거리며 바로 섰다. "괜찮아?"

"끄떡없어."

나는 그의 옷을 털어주려고 손을 뻗었다. 어머, 그를 거의 만질 뻔했다.

"미안해." 그가 의자를 바로 세우고 있을 때 내가 중얼거렸다. "미안해. 다쳤어?"

"괜찮아." 크리스가 서랍을 쾅 하고 도로 닫았다. 화가 단단히 난 것 같았다.

"미안해."

크리스가 의자를 다시 움직였다.

"진짜로 미안해. 괜찮아? 진심이야, 미안해. 정말 그럴 줄은……."

"레이건, 괜찮아." 그가 나를 똑바로 쳐다봤다. "레이건." 크리스가 거듭 말하더니 웃음 지었다. "네 이름이 마음에 들어."

내 이름. 크리스의 입술 사이로 나온 내 이름은 이상하게 들렸다. 멋지게…… 들렸다. 나는 결코 내 이름을 좋아한 적이 없었다. '레이건'

은 여자애 이름이 아니라 성에 어울리는 이름이었다. 크리스는 화를 내고 있지 않았다. 다행이었다.

브루작이 안경 너머로 나와 크리스를 노려보았다. 화가 많이 난 듯했다. 이런. 브루작은 한 박자도 흐트러지지 않고 안전수칙을 계속 읊었다. 나는 4번에 이르러 정신을 차리고 따라 읽었다. "모든 사고를 보고하라. 보고하기에 너무 사소한 사고란 없다. 수칙 5. 비상구의 위치를 확인하라." 브루작이 출석부를 훑었다. "가라초. 비상구를 가리켜봐."

크리스가 내 옆에서 움찔했다. 그가 긴 팔을 뻗어 두 문을 가리켰다. "앞문과 뒷문." 그가 팔짱을 꼈다. "그리고 양 날개 너머요. 비상구는 언제나 막혀 있지 않아야 합니다."

내가 코웃음 쳤다.

브루작이 피로한 듯 한숨을 내쉬고 계속 읽었다. "눈에 해로울 수 있는 화학약품을 다룰 때는 언제나 보안경, 예를 들어 방수 고글을 착용해야 한다." 브루작이 말을 멈추고 고개를 들었다. "언제나 말이다. 주법(州法)이지. 아가씨들, 미안하지만 화학 수업은 미인대회가 아니거든."

아아, 오빠. 성차별주의자 말이지.

"돼지 같은 자식." 크리스가 투덜거렸다.

이 남자가 마음에 들기 시작했다. 브루작 말고.

"덧붙여, 실험실에서 작업할 때는 긴 머리를 묶어야 한다. 머리카락을 불꽃이나 기계에 가까이해선 안 된다. 여학생들, 알아들었지?" 브루작이 눈을 크게 뜨고 우리를 다시 쳐다봤다.

이봐요, 지금 여기에는 긴 머리 남학생들도 있다고요.

"화르륵." 머리가 갑자기 따끔했다. 크리스가 내 머리카락을 분젠 가

스버너 위로 흔들며 말했다. 내가 웃음을 터뜨렸다. 너무 큰 소리로.

브루작이 우리를 죽일 듯이 노려보았다. 크리스와 나는 고개를 얼른 숙였지만 새어 나오는 키득거림은 멈출 수가 없었다.

브루작이 출석부에 실험조를 적고 첫 실험 과제물을 나누어 주며 교실을 돌아다니는 동안, 크리스는 우리 서랍장의 내용물을 점검했다. 보안경을 찾아내 내게도 하나 건넸다. "언제나 보안경을 착용해야 한다." 브루작 흉내를 냈다. "여자애들에겐 미안하지만, 이건 주법이지. 화학 수업은 미인대회가 아니거든." 그러고는 탱 고무줄 소리를 내며 고글을 머리에 끼웠다. 나도 그 애를 따라 안경을 썼다.

우리는 투명 플라스틱 너머로 눈을 맞추고 다시 웃음을 터뜨렸다. 나는 흥분해 있었고, 그는 내 모습이 우스꽝스러워서였다.

브루작이 실험대 앞에 멈추어 서 우리를 쏘아보고 이름에 표시를 했다. 화학 원소 중에 '재미'란 원소는 없는 모양이었다. 그가 과제물을 건네고 다음 실험대로 갔다.

크리스가 고글 앞으로 종이를 바싹 갖다 대고 물었다. "제일 먼저 뭐부터 해야 해? 읽지를 못하겠네."

복사 상태가 형편없었다. 브루작에게 학생을 위해 새 토너를 사는 데 낭비할 돈은 없는 모양이었다. 나는 종이를 훑어보고 큰 소리로 읽었다. "준비물의 목록을 만드시오. 실험실 도구에 익숙해지시오. 시험관과 피펫의 수를 세시오."

"피펫이 누군데?" 크리스가 목을 쭉 빼고 교실을 둘러보았다. "걔들도 여기 있어?"

크리스의 등을 후려치려다가 가까스로 참았다.

"이 학교 좋아?" 크리스가 불쑥 물었다. "작년에 호라이즌이 주에서 우승했지? 헤윗은, 말하자면 전설적이잖아. 그의 밑에서 뛸 수 있다면 죽을 수도 있어. 여기 사교생활은 어때? 파티가 꽤 크다고 들었어."

나한테 묻다니? 내 사회생활은 한 단어로 요약되었다. 완전 공백. 그래, 사실 두 단어지만, 요점은 알아들었지. "그래, 열광적이지." 내가 대답했다. 실제로 파티에 가는 알리와 오빠의 말에 따르면 그랬다. 알리가 더 자주 초대받았고, 응할 때면 오빠를 억지로 끌고 갔다. 물론 오빠 자신도 꽤 인기 있는 편이었지만 말이다. 어쨌든 여자애들 사이에서는.

나를 바라보는 크리스의 눈길이 느껴졌다. 뭐지? 그는 검은 눈으로 내 옆얼굴을 뚫어질 듯 바라보고 있었다. 내가 고개를 천천히 돌려 그를 마주 보았다.

크리스가 시선을 피했다.

방금 발그레해졌나? 난 여자애들만 얼굴이 붉어진다고 생각했다. 오빠는 발그레해지곤 했지만, 오빠는 여자애였다.

크리스가 웅얼거렸다. "미안해. 그냥 네가……."

녹아내리고 있어서? 괴상해서?

"너희 둘, 신혼여행 계획이라도 짜고 있는 중이냐?" 브루작이 우리 뒤에 갑자기 나타났다.

우리는 깜짝 놀라 펄쩍 뛸 뻔했다.

"신혼여행이 끝나기 전에 과제를 시작하는 게 좋을걸."

내가 몸을 비틀었다. 눈앞에서 흔들리는 브루작의 넥타이로 시선이 갔다. 넥타이 전체에 수많은 트위티 버드가 올컬러로 수놓아져 있었다. 제발. 자기가 루니 툰즈라고 광고하지 그래?

"너, 리엄 오닐의 여동생이지?" 브루작이 말했다.

내가 도로 몸을 돌렸다.

"지금 막 기억이 났다." 브루작이 덧붙여 말했다.

도로 까먹어. 나는 속으로 생각했다. 나는 매 학기마다 오빠를 가르친 적이 있는 선생들의 수업을 신중하게 피했다. 오빠는 선생님들의 신동이었다. 과학자들은 천재성이 가족력이 아님을 증명하는 확실한 논문을 발표해야 했다. 학교에 들어온 이래로 나는 늘 이 언니에게 부끄럽지 않게 행동해야 한다고 느꼈다. 그녀는 더 똑똑하고 더 착했다. 어울리는 옷을 입을 수 있다면 더 예쁘기까지 했을 터였다. 오빠의 발자국은 내가 따라 밟기에는 너무 컸다. 나는 오빠의 하이힐에 걸려 늘 비틀거렸다.

브루작이 우리 실험대를 빙 돌더니 손가락으로 나를 가리켰다. 마치 '아가씨, 이제 당신 번호를 따냈어요'라고 말하려는 듯이 정말로 손가락을 까닥였다.

짜증나는 자식. 왜 화학 I 수업이 이것 하나뿐이람?

"이 교실에 있는 모든 학생들에게 큰 기대를 걸고 있어." 브루작이 전체 학생들에게 말하고 목소리를 낮춰 덧붙였다. "특히, 이제 알게 된 이상, 너, 오닐에게 말이다." 그가 교탁으로 걸어갔다.

크리스가 나를 향해 눈썹을 치켜들었다.

"묻지 마."

"짱점에서 브루작은 10점이야." 크리스가 소곤거렸다. "짱 뭐라고?" 내가 갸웃했다.

"짱점. 짱나는 짓 점수."

나는 씩 웃었다. 그 말 대로였다.

우리는 실험에 열중했다. 피펫과 시험관 수를 세는 데 전념해 있는데, 크리스가 손을 뻗어 준비물 목록 하단에 뭐라고 썼다.

지리
할멈
청
이게
샛길

내가 눈을 깜박였다. "응?"

"소리 내어 읽어봐. 계속 반복해봐. 결과가 나오면 나한테 알려줘." 크리스가 유리 피펫으로 비커 양면을 땡 하고 울렸다.

큰 소리로 읽었다. "지리할멈청이게샛길" 다시. "지리할 멈⋯⋯"

이해했다. 나는 큰 소리로 웃음을 터뜨렸다. 웃음을 멈출 수가 없었다. 눈물이 났다. 너무 심하게 웃어서 크리스에게까지 웃음이 옮는 바람에, 브루작의 감시망을 피하려고 바닥에 주저앉아야 했다.

종소리가 우리를 구했다. "준비물 목록을 제출하고 나가도 좋다." 커지는 아이들의 웅성거림 너머로 브루작의 목소리가 들려왔다.

크리스는 일어서서 준비물 목록 하단에 쓴 지리할멈 낙서를 지우기 시작했다. 나는 크리스에게서 종이를 낚아챈 다음, 서둘러 교탁 앞으로 가져가 보고서 더미 맨 위에 척 올려놓고 과장스레 미소 지었다. 브루작이 마주 웃으며 윙크를 했다.

우웩.

문 앞에서 몸을 돌려 교실 저편에 있는 크리스에게 진짜 미소를 날려 보냈다. 크리스는 조금 겁먹은 것 같았지만 내 생각에는 걱정할 필요 없었다. 브루작은 결코 그 농담을 이해하지 못할 것이다. 만약 이해한다면, 다른 사실도 알아차릴 수 있을지 몰랐다. 나는 오빠가 아니라는 사실을.

5

수업이 끝나고 집으로 둥둥 떠서 돌아왔을 때까지도 내 머리는 헬륨 풍선 상태였다. 우와, 나한테 같이 실험할 사람이 생기다니. 지하실 문을 활짝 열자 불빛이 깜박였다. "이봐." 내가 소리쳤다.

오빠는 몇 년 전에 비밀 경보 시스템을 장치했다. 오빠가 리아 마리, 죄송, 루나로 차려입고 있을 때 누가 지하실에 내려오거나 해서 발각될 경우에 대비한 안전장치였다. 문이 열릴 때마다 지하실 불이 깜박이게 해놓았다. 아빠는 짜증을 엄청 냈었다. 몇 달 동안이나 단선된 자리를 찾아 전기배선을 살폈지만 문제를 찾아내지 못했기 때문이었다. 루나는 불이 꺼져 있을 때면 계단에서 축구공을 튕기는 소리가 나도록 음향효과도 프로그래밍해놓았다. 삐걱, 삐걱, 삐걱. 트란실바니아로 떠나는 것 같은 기분이 들었다.

오빠는 조심스러웠다. 솔직히 편집증적이었다. 오빠는 한 번도 들킨 적이 없었다. 최소한 엄마나 아빠한테는.

쓸데없는 걱정이 지나친 것 같았다. 부모 부대는 지하실을 우리의 사적 공간으로 정해두었다. 침실과 함께 쓰는 화장실, 놀면서 텔레비전을 볼 수 있는 커다란 방이 모두 지하실에 있었다. 엄마와 아빠는 지하를 탐험할 때가 거의 없었고 올 때면 언제나 내려오고 있음을 알렸다. 내가 자동적으로 그렇게 하는 것과 마찬가지였다. 생각해보면 부모로서는 좀 이상한 행동이었다. 보통 부모라면 아이의 공간을 침범하며 꼬치꼬치 캐묻고 다니지 않나? 알리의 부모님은 그랬다. 알리가 여기에 와서 시간을 보내는 것도 그래서였다.

알리슨은 평소처럼 지하실에서 오빠와 비디오 게임을 하고 있었다. 오빠의 일 중에 하나는 게임 테스터였다. '사람들이 하는 게임'인가 뭔가, 그 비슷한 멍청한 이름의 게임회사 사람들은 오빠에게 그들의 사이버두뇌가 창조해낸 새로운 게임의 시험판을 다운로드받은 다음 자기들을 공격해보라고 했다. 오빠는 모든 레벨에서 게임을 한 다음 그 내용을 평가하고 재미, 그래픽, 유저접근성의 난이도를 매기는 일을 했다. 오빠는 대체로 시스템을 망가뜨릴 수 있을지 시험해보는 데 시간을 보냈고, 대부분 성공했다. 회사의 컴퓨터광들이 오빠에게 코드를 확인하고 버그를 잡아달라고 부탁하는 단계까지 왔다. 게임회사에서는 이 일을 시키려고 오빠에게 돈을 엄청 썼다. 그들은 오빠를 자기네 꼬마 마법사라고 불렀다.

위쪽 컴퓨터 스피커에서 흘러나온 비명 소리가 허공을 갈랐다. 아아아악! 알리슨의 목소리였다. 나는 달려 내려가 계단의 마지막 단을 쿵

하고 밟았다. "괜찮아?" 알리슨 옆에 가방을 던져놓고 물었다. "무슨 일이야?"

"증발당했어." 알리슨이 뒤로 시선을 잠깐 주었다가, 도로 모니터를 보고 엄지손가락으로 조이스틱을 두드렸다. "젠장, 리엄, 날 어떻게 찾았어?"

오빠의 목소리가 스피커에서 울려 나왔다. "하, 하, 하." 사악하고 무시무시한 목소리였다.

오빠가 조이스틱의 버튼을 몇 개 눌렀다. 나는 알리 옆으로 몸을 구부리고 모니터를 살폈다. 게임의 등장인물들은 옷까지 똑같이 입은 알리슨과 오빠의 완벽한 클론들이었다. "대체 어떻게 한 거야?" 내가 물었다.

둘 다 내 질문에 대답하지 않았다. 오빠가 든 바주카포에서 불덩어리가 날아왔다. 알리슨이 골목 아래로 내달렸지만 타오르는 불덩어리에 등 한가운데를 맞았다. 알리슨의 비명 소리로 귀가 얼얼했다. 화면에 피가 튀어 뚝뚝 떨어졌다. 알리의 클론이 녹색 웅덩이로 녹아내렸다. "젠장, 리엄." 현실 속 알리가 새된 소리로 욕했다. "최소한 기회라도 줘."

오빠의 웃음소리가 머리 위에서 울렸다. "하, 하, 하." 현실의 오빠가 히죽거렸다. "식은 죽 먹기지."

"이 게임은 뭐야?" 내가 다시 물었다.

알리슨이 조이스틱을 바닥에 던졌다. "리엄이 만들었어. 자기만 이길 수 있게 코드를 고쳐 썼지." 알리슨이 일어섰다.

"그렇지 않아." 오빠가 자기와 알리슨의 점수를 입력하며 말했다. "등장인물들은 실수를 통해 배울 수 있어. 불행히도 넌 같은 실수를 반복하고 있어. 알리, 어두운 골목을 다니지 말라고 했잖아."

알리슨이 오빠의 뒤통수를 때렸다. "나 대신 애 좀 죽여줘, 레." 그러고는 성큼성큼 걸어갔다.

나는 책가방으로 손을 뻗으며 말했다. "오빠 내 도움 없이 그래야 할걸."

오빠가 고개를 홱 들고 나를 노려보았다.

"그런 뜻이……." 내가 우물거렸다. 바보, 바보, 바보, 바보.

오빠가 점수를 계속 입력했다.

"뭐로 할지 아직 안 정했어요?" 알리슨이 뒤에서 말했다.

돌아보니 지하실에는 우리 셋만 있던 게 아니었다. 알리를 돕겠다고 서두르느라 미처 보지 못했던 여자아이 두 명이 더 있었다. 그들은 오빠의 사무실을 겸하는 흠집 난 탁자 앞에 붙어 있었는데, 둘 중 한 명이 컴퓨터를 주문하는 중이었다.

오빠의 다른 일은 컴퓨터 조립이었다. 실제로 주문을 받아서 지하실에서 부품을 조립했다. 말했듯이, 오빤 두뇌파였다.

잘됐군. 오빠는 오늘 손님을 상대해야 했다. 정말이지 내 방에 틀어박혀 문을 걸어 잠그고 '카르멘' 시디를 듣고 싶던 참이었다. 볼륨을 한껏 올리고 〈사랑은 자유로운 새〉에 나를 잊고 빠져들고 싶었다. 사랑은 다루기 힘든 새. 그건 일단 잊자. 알리슨은 내 오페라 중독을 나무라지 않았다. 비록 '부자연스러운 기호(嗜好)'라고 부르긴 했지만 말이다. 틀림없이 오빠한테서 배운 표현이겠지. 어쨌든 소문내고 싶지는 않았다.

내 취미가 뭐든 신경 쓰는 사람도 없겠지만 말이다.

"스캐너도 하려면 얼마나 들어요?" 한쪽 여자아이가 검지로 머리카락을 말며 물었다. 낯선 얼굴이었다. 억양도 특이했다. 독일? 러시아?

오빠의 세계 진출인가?

"어떤 종류를 원하는데요?" 알리가 물었다. "복사기, 스캐너, 팩스 복합기를 거의 같은 가격에 마련할 수도 있어요. 리엄, 맞지?"

오빠가 대충 대답했다. 게임 코드 한 줄을 새로 써넣는 오빠를 바라보며, 오빠가 알리에게 동업자로서 월급을 주고 있을지 궁금해졌다. 아마도 안 줄 거다. 오빠는 엄청 인색했다.

하지만 알리슨은 개의치 않으리라. 오빠 부탁이라면 거의 뭐든지 들어줄 테니까.

"원하는 항목에 모두 표시를 해요. 제일 싼 가격에 해줄게요." 알리슨이 여자아이에게 말하고, 텔레비전 위에 놓아두었던 다이어트 콜라를 집어 들고 오빠 옆으로 가 철퍼덕 앉았다. "한 판 더 해." 알리슨이 오빠에게 손에 든 음료수를 건네고 조이스틱을 집어 들었다. "우리가 아기인 한 살부터 다시 시작하자고. 대신 이번에는 나한테 분홍색 기저귀를 줘야 해. 그리고 아기 비명 소리를 새로 녹음하고 싶어. 지금 건 너무 어린애 목소리 같아."

불이 깜박이자 오빠의 고개가 반사적으로 돌아가 시선이 계단을 향했다. 위에서 목소리가 들렸다. "FBI다. 너희를 체포한다!" 아빠였다.

오빠가 긴장을 풀고 게임 시동을 계속했다. 나는 내 방으로 직진했다. "레이건, 엘리스가 오늘 밤에 한 시간 일찍 올 수 있겠냐고 전화했다. 맞춰 가겠다고 했어."

내가 넌더리를 내며 한숨을 쉬었다.

"레이건?"

"들었어요." 일찍 가도 괜찮기는 했지만 아빠가 나 대신 내 일을 결정할 필요는 없었다.

무슨 이유에선지 몰라도 아빠는 좀 더 기다렸다. 달리 할 말도 없는데, 혹시 있나? 지하실 문이 닫혔다.

알리슨이 미친 듯이 조이스틱을 두드리다가 비명을 질렀다. "젠장, 리엄!"

"으아아악!" 알리슨의 아기 비명 소리가 스피커를 흔들었다.

"하, 하, 하." 오빠가 웃었다.

나는 플래닛 위어드(planet weird)를 차단하려고 방문을 꼭 닫았다.

아기 보러 갈 때까지 한 시간이 남았다. 숙제를 할 수 있었다. 물론 안 할 수도 있었다. 나는 '카르멘' 시디를 넣고 〈사랑은 자유로운 새〉 트랙으로 돌린 다음, 침대 옆 바닥에 미끄러져 앉아 매트리스에 머리를 기댔다.

카르멘.

카르멘. 내 단짝, 카르멘.

"다들 몇 시에 온대?" 카르멘이 방바닥에 여행가방을 놓고 그 옆에 쭈그려 앉으며 묻는다.

"일곱 시까지 오라고 했어."

카르멘이 나를 쳐다보며 미소 짓는다. "좋아. 〈트리스탄과 이졸데〉를 거의 끝까지 들을 수 있겠네." 그녀가 가방에서 시디를 꺼내 내게 건넨다. 나는 시디를 플레이어에 밀어 넣는다.

카르멘은 1년 가까이 6학년 내내 내 단짝친구다. 카르멘이 전학 왔을 땐 다들 그녀가 타임머신을 타고 추락했다고 생각했다. 육십 년대에

나 입었을 법한 긴 꽃무늬 치마와 홀치기 염색한 웃옷을 걸치고 딸랑거리는 장신구를 잔뜩 하고 있었기 때문이다. 카르멘의 어머니는 전문 오페라단에서 노래하는 콘트랄토(여성 최저음. 테너와 소프라노의 중간―옮긴이) 가수로, 오페라 '카르멘'에 등장하는 기운찬 시골소녀의 이름을 따서 딸의 이름을 지었다. 카르멘은 음악과 극장에 둘러싸여 자라났다. 그것들은 그녀에게 삶의 일부다. 카르멘은 오페라에 대해 모르는 게 없어서 내게 가르쳐준다. 그녀는 나를 정말 오페라에 반하게 만들었다.

우리 우정은 첫눈에 시작되었다. 나도 이유는 모른다. 평범하고 지루한 나에게서 카르멘이 무엇을 보았는지 말이다. 카르멘은 이국적이며 재미있고, 나와 함께 자란 이웃 소녀들과는 전혀 다르다. 내가 가장 좋아하는 카르멘의 장점은 남이 자기를 어떻게 생각하든 개의치 않는다는 사실이다. 카르멘은 자신에게 솔직하다.

카르멘이 음향을 높이고 우리는 바닥에 앉아 침대에 기댄 채 〈1막 전주곡〉을 온몸으로 들이마신다. 찬란하다. 이 곡은 〈로미오와 줄리엣〉과 좀 비슷한데 배신과 음모에 휩싸인 연인이 서로의 품에서 죽는 비극적인 오페라다. 카르멘과 나는 이졸데와 함께 스러진다.

친구들은 최악의 순간에, 이졸데의 극적인 죽음 장면이 흘러나올 때 도착한다. 이졸데가 이미 싸늘해져버린 트리스탄의 시신 위로 무너져내리고, 카르멘이 크리넥스 상자를 집어 들어 내게 건넨다. 우리는 얼른 눈가를 닦는다.

왜 친구들을 하루 자고 가라고 집으로 초대했었지? 내 생일은 아니었다. 다들 반팔을 입고 있었으니 크리스마스 연휴도 아니었다. 어쩌면 6학년을 마치고 7학년으로 올라가는 걸 축하하는 파티였을지도 모르겠다. 그래, 그랬다.

새넌 아이버가 지하실을 둘러본 다음, 다른 여자아이들에게 각자 침낭을 어디에 풀어야 할지 지시한다. 카르멘이 내 귓가에 대고 속삭인다. "통제편집증."

진짜. 나는 속으로 생각하지만, 새넌의 역할에 고맙기도 하다. 나는 한 번도 집에서 자고 가라고 친구들을 초대한 적이 없다. 새넌 아이버와 별로 친하지도 않았다.

그런데 왜 그녀를 초대했었지?

초대하지 않았어. 기억이 난다. 새넌은 자기 마음대로 왔다. 그때 오빠에게 반해 있었다. 여학생들은 다들 그랬다. 만약 그들이 알았다면…….

물론 새넌은 자기 패거리 없이는 아무 데도 가지 않는다. 자랑스러울 일은 아니지만, 나는 새넌에게 선택받고 싶다. 인기 있다는 것이 어떤 기분일지 알고 싶다. 단 하루만이라도.

"안녕, 레." 새넌이 내 옆으로 침낭을 펼치며 말한다. "너희 집 참 좋다."

"고마워." 사실 새넌의 집에 비하면 우리 집은 쓰레기통이다.

"오빠 어디 있어?"

나는 오빠의 방문을 노려본다. 당연히 문은 잠겨 있다. 오빠가 오늘 밤에는 위층 손님방으로 쫓겨나 있다는 사실이 나를 안도하게 한다.

새넌에게 미처 대답하기 전에 불이 깜박인다. 지하실로 내려오는 계단이 삐걱이고 알리슨이 소리친다. "한 사람 더 껴도 돼?"

"그렇고말고." 알리슨의 목소리를 듣고 기분이 좋아진 내가 노래하듯

답한다. 알리슨이 나와 섀넌 사이에 낄 수 있게 침낭을 휙 들어 옮긴다. 알리는 파티 얘기를 듣자 와도 되겠냐고 물었다. 나는 놀랐다. 알리는 우리보다 두 살 위였다. 분명히 우릴 아기 취급 하고 있었다. 하지만 결코 그렇다고 말하지는 않겠지. 알리는 정말 착한 친구였다.

"리엄은 어디 있어?" 알리가 자리를 잡으며 묻는다. 머리끈을 빼고 꽁지머리를 흔들어 푼다.

"위에서 못 봤어?" 내가 묻는다. 다시 불이 깜박이고 아빠가 고함을 친다. "남자가 들어갑니다. 몸을 숨기세요."

몇몇 여자아이들이 꺅꺅대며 침낭 속으로 파고 들어간다. 아아, 오빠. 우리는 아직 잠옷으로 갈아입지도 않았다. 아빠가 요란스럽게 눈을 가리고 당황하는 시늉을 한다. 반바지 추리닝을 입어 희고 털투성이인 다리가 보인다. 민망하다. 제발 가요.

"피자 먹을 사람?"

여기저기서 손을 든다. 아빠가 주문을 받고 사라진다. 하느님 고맙습니다.

카르멘의 집에서 잔 적은 몇 번 있지만 이제 뭘 할 차례인지 모르겠다. 우리 둘만 있다면 오페라를 틀었을 것이다.

걱정할 필요가 없었다. 섀넌은 프로였다. "'네, 아니요, 아마도' 놀이를 하자." 섀넌이 제안한다. "다들 둥글게 모여."

카르멘이 눈살을 찌푸린다. 정말, 나는 파티 놀이를 싫어한다. 계획을 마련해뒀어야 했다.

섀넌의 시선이 사람들 사이를 훑고 지나가다 희생자를 찾아내 조여든다. 바로 나다. "레이건." 섀넌이 흉기처럼 보이는 손가락을 들어 나를 가리킨다. "네가 술래야."

"으응, 알았어. 어떻게 한다고 했더라?"

섀넌이 내게 원 한가운데로 가라고 손가락으로 지시한다. "우리가 어떤 질문을 하든 네, 아니오, 아마도로 솔직하게 답해야 해."

카르멘이 흠 하고 말한다. "아니야. 네, 아니요, 아마도 빼고 다른 답을 해야 해." 카르멘이 섀넌을 노려본다.

"아, 그렇지." 섀넌이 씩 웃고 순진한 표정으로 눈을 깜박인다. "레이건, 알겠지?"

"그래." 내가 답한다. 멍청하긴.

"탈락이야." 섀넌이 히죽거린다.

"불공정해. 아직 시작도 안 했잖아." 카르멘이 끼어든다.

"그냥 농담이야. 어휴, 카르멘, 차갑기도 하지."

카르멘과 섀넌은 잘 어울리는 짝이 아니다. 엄마 표현을 빌리자면 기름과 식초다. 서로 섞이지 않는다. "내가 시작할게." 알리가 손을 든다. 침낭 위에 양반다리로 앉아 있다. "네 오빠 이름은 리엄이니?"

'아니, 리아 마리야'라고 할 뻔하다가 가까스로 말을 삼킨다. "네."

"탈락이네." 섀넌이 웃는다.

"뭐?"

"'네'라고 답했잖아."

나는 알리를 본다. 알리가 미안한 표정으로 어깨를 으쓱한다. 섀넌이 덧붙인다. "그렇게 어려운 질문도 아니었던 것 같은데." 모두들 웃음을 터뜨린다. 바보같이! 난 파티 놀이가 싫다. 내가 침낭으로 미끄러져 들어가는데 알리가 내게 말한다. "레, 다음 희생자를 골라야 해."

"알았어. 언니가 해." 내가 알리에게 말한다. 알리라면 나를 망신 주지 않을 테니까.

알리는 입술을 삐죽거리면서도 원 안으로 들어간다.

"첫 번째 질문도 해야 해." 카르멘이 가르쳐준다.

나는 생각한다. 어렵지 않은 질문으로. "진짜 이름이 알리슨이야?"

"참신하기도 하지." 섀넌이 그 주의 가장 친한 친구인 킬리의 귓가에 손으로 가리고 중얼거린다.

"음, 음." 알리가 흥얼거린다.

"사랑을 하고 있어?" 섀넌이 묻는다.

알리가 섀넌을 어두운 시선으로 바라본다. "그럴지도 모르지. 왜? 넌?"

섀넌이 얼굴을 붉힌다. "질문에 질문으로 답하면 안 돼. 하지만 물었으니 답하자면, 아니야. 넌?"

"너하고 상관없지." 알리가 머리카락을 쓸어 올렸다가 흘러내리게 한다.

"불공정하잖아." 섀넌이 우는 소리를 한다. "대답을 해야지. 레이건, 쟤도 놀이를 하게 해."

섀넌은 알리슨을 모른다. 알리슨 월쉬에게 뭔가를 시킬 수 있는 사람은 없다.

"너무 유치해." 카르멘이 혀를 차고 일어서며 덧붙인다. "난 우리의 유치원 재입학이 아니라 성장을 축하하려고 모인 줄 알았는데. 레이건, 그냥 우리 영화 보거나 뭐 딴 거 하면 안 돼?" 카르멘이 내 어깨를 두드린다.

"그래. 내 계획은 그거였어." 내가 안도하며 말한다.

둘러앉았던 아이들이 흩어지고, 나는 텔레비전을 켠다. 섀넌과 킬리가 우리 비디오테이프와 디브이디(대부분 오빠가 밤늦게 녹화한 고전영화들)를 훑어보는 동안 알리슨은 계단을 오른다.

"피자 왔는지 보고 올게." 알리슨이 올라가며 말한다.

순간, 알리슨이 왜 여기 있는지 깨닫는다. 자기 영역을 지키기 위해서다. 알리슨의 발밑으로 계단이 삐걱거리고 불이 깜박인다.

섀넌은 모든 영화를 거부한다. 놀랍기도 하지. 다 오빠가 좋아하는 영화라고 말하고픈 충동이 들지만, 뭔가가 내 말문을 막는다. 오빠의 사적인 세계. 그 안에서 어떤 일이 일어나고 있는지 아는 것은 나뿐이다.

우리는 채널을 돌리다 〈엔젤〉 재방송을 찾는다. 몇 분 보고 나니 피자가 온다. 아빠가 쭉 뻗은 두 팔 위로 쌓아 올린 피자를 들고 과장스럽게 들어온다. 그 뒤로 오빠와 알리가 접시와 냅킨, 음료수를 들고 와 탁자 위에 놓는다.

"안녕, 리엄." 섀넌이 콧소리를 낸다. 다른 여자아이들도 모두 오빠에게 인사를 한다.

오빠가 "안녕" 하고 모두에게 미소 짓는다.

알리슨이 그 모습을 보고 눈을 찌푸린다. 발꿈치를 들어 오빠의 귓가에 뭐라고 속삭인다. 오빠는 반응하지 않는다.

아니, 반응한다. 오빠가 바닥에 앉아 제일 위에 놓인 피자 상자를 연다.

"리엄, 가자." 아빠가 계단으로 손짓한다. "이건 여자아이들만의 파티잖아."

"시식을 해야 해요. 안전한 식품관리는 생명을 구합니다."

여자아이들이 일제히 까르르 웃는다.

그 정도로 재미있지는 않았다.

아빠가 양손을 모아 확성기를 만든다. "올라가자."

오빠가 알리와 나의 의견을 묻는 듯한 시선으로 우리를 쳐다본다. 거의 애원하듯 본다.

"괜찮아요, 아저씨. 여기서 같이 먹어도 돼요. 그렇지, 레?" 나는 오빠가 남지 않기를 바란다. 이유는 모르겠다.

"내 생각은 다르다." 아빠가 대답한다. "발정난 호르몬이라고 들어봤냐?" 아빠가 엄지손가락으로 오빠를 가리킨다.

죽고 싶다. 오빠도 마찬가지다. 나는 오빠에게 텔레파시를 보낸다. 주무실 때 죽이자.

"리엄!" 아빠가 고함을 친다.

오빠는 한숨을 쉬고 몸을 일으킨다. 아빠를 따라 계단을 구르듯 올라간다.

우리는 피자를 집어삼킨다. 섀넌이 여행가방을 가져와 뒤집는다. 화장품 통, 병, 튜브가 쏟아져 작은 산을 만든다. 리아 마리의 비밀 수집품에 맞먹는 양이다. "이 야광 매니큐어 본 적 있어?" 섀넌이 매니큐어를 찾으려고 화장품 산을 파헤친다. "사촌이 봄방학에 런던에 놀러갔을 때 사 왔어." 찾던 물건이 나온다. 분홍색, 녹색, 노란색 병 세 개. 섀넌이 우리에게 건네 보여준다.

우리는 샌들을 벗고 손톱과 발톱에 매니큐어를 칠하기 시작한다. 불이 다시 깜박인다. 그늘진 계단통에서 오빠가 나타난다. "미안해. 책을 가져가야 해서."

모두의 눈길이 방을 가로지르는 오빠를 따라간다. 오빠는 자기 방문 앞에서 머뭇거리다 돌아본다. 수줍어하지 않는 사람은 나뿐이다. 등 뒤로 방 안의 광경을 바라보는 오빠의 시선이 느껴진다. 알리가 엉덩이를 바닥에 댄 채 몸을 돌려 한쪽 발을 내밀고 알록달록 칠한 발톱을 보인다.

"멋지네." 오빠가 속삭이듯 말한다.

"이리 와." 알리가 검지를 구부리며 오빠를 부른다. "신발 벗고."

나는 그제야 몸을 돌린다. 오빠의 시선이 내게 못 박힌다. 나는 오빠가 얼마나 하고 싶어하는지 안다.

나쁠 일은 없겠지? 딱 십 분이면 되니까. 내가 어깨를 으쓱한다.

오빠가 하이톱 운동화 끈을 풀어 벗어 던진다. 나와 알리 사이에 무릎을 굽히고 앉는다. "앞으로 가까이 와봐."

오빠는 알리의 말을 따른다.

알리가 무릎 위에 오빠의 발을 당겨 얹고 오른쪽 발톱에 분홍색 매니큐어를 바른다.

"으아, 간지러워." 오빠가 여자처럼 깔깔댄다.

알리도 까르르 웃는다. 섀넌이 킬리의 발톱에 매니큐어를 칠하다 말고 고개를 든다. "리엄, 손톱도 칠할래?"

"물론이지." 오빠가 답한다. 나는 오빠의 말이 농담이라고 생각한다. 섀넌이 '진심이야?'라고 묻듯 눈썹을 치켜뜬다. 농담이든 아니든, 이제 섀넌은 오빠의 손톱을 칠할 작정이다.

알리슨은 섀넌이 다가와 오빠의 손을 차지하자 내키지 않아 한다. 오빠가 칠하기 쉽게 손을 쫙 편다. 나는 오빠의 손톱을 살피는 섀넌을 본다. 자꾸 물어뜯어 끝이 들쭉날쭉한 내 손톱과 달리, 오빠의 손톱은 완벽하게 다듬어져 있다.

오빠의 손톱 큐티클에는 매니큐어를 칠한 흔적도 남아 있다. 제발 새년이 눈치 채지 못하게 해주세요. 나는 기도한다.

옆에서 카르멘이 묘한 표정으로 오빠를 관찰하고 있다.

나는 오빠가 갔으면 좋겠다. 지금. 제발 그냥 가.

새년이 오빠의 오른손을 다 칠한다. 오빠는 여자처럼 손톱을 후 분다. 수백만 번은 해본 것처럼. 맙소사.

"자, 이제 불을 끄고 빛나는지 한번 보자." 킬리가 제안한다.

나는 서둘러 일어나 불을 끈다. 손발톱이 반짝인다. 우리는 꼬리뼈로 균형을 잡고 손과 발을 내밀어 흔든다. 방 안이 형광색 개똥벌레들로 가득 찬다. "예쁘다." 오빠가 들뜬 목소리로 말한다. 오빠의 발톱이 가장 크고 가장 밝게 빛난다.

"그거 알아? 나한테 이 매니큐어 위에 붙이면 초 어울릴 야광 장식이 있어. 잠깐만 기다려 봐." 오빠의 어두운 형체가 일어나 방으로 들어가는 모습이 보인다.

"초 어울려?" 새년이 따라한다. "게이 같다."

"닥쳐." 알리가 말을 자른다. "나 그런 말 질색이야."

"나도." 카르멘이 말한다.

어둠 속에서 긴장이 번득인다. "그냥 농담한 거야. 확실히 넌 리엄을 잘 모르는구나." 알리가 덧붙인다.

"확실히 그러네." 새년이 쏘아붙인다.

킬리가 긴장을 깬다. "레이건, 네 오빠 진짜 이상하다. 만약 우리 오빠한테 손톱에 매니큐어를 칠해주겠다고 하면 아마 '웩, 웩, 그 끈적끈적한 놈 저리 치워'라고 할걸."

"우리 오빠도." 뒤에서 누군가 거든다.

얼굴이 화끈거린다. 어두워서 안 보이니 다행이지.

알리가 혀를 쯧 찬다. "리엄은 이상하지 않아. 아마 방 안에서 지우고 있을걸."

알리가 불을 켜고 벽에 붙은 스위치 쪽에서 돌아온다. 알리는 매니큐어 뚜껑을 잠그고 다른 화장품을 모두 그러모아 섀넌에게 건네며 말한다. "음악 틀고 춤춰서 피자 살이나 빼자."

누가 반대하겠어? 우리는 모두 다이어트 중이다.

오빠가 방에서 나왔을 땐 이미 탁자를 치우고 공간을 만들어놓았다. 나는 다들 매니큐어 일은 잊었기를 바랐다. 알리슨은 오빠의 문가에서 서성이다가 오빠가 들고 나온 손톱 장식을 낚아챈다. 작은 나비, 별, 하트 모양이다. "귀엽네, 리엄." 알리가 소리 죽여 다정히 속삭이며 오빠 옆구리를 슬쩍 찌른다. "저 비밀의 방 안에 또 뭘 숨겨뒀어? 폭신한 파우더하고 목걸이?"

"사실은 말이지……." 오빠가 씩 웃는다.

알리가 미소 지으며 오빠에게 기댄다. 오빠는 조금 비틀거렸다가 알리의 팔을 잡고 바로 선다. 알리가 우쭐하며 오빠의 허리에 팔을 두른다.

카르멘이 오래된 마돈나 시디를 틀자 음악이 지하실을 채운다. 나는 생각한다. 왜 아빠는 내려와서 '발정난 호르몬' 운운하며 오빠를 끌고 가지 않는 걸까? 킬리와 섀넌이 오빠를 곁눈질하며 조심스레 춤추기 시작한다. 카르멘이 내 손을 잡고 방 한가운데로 끌어당긴다. 나는 춤을 잘 못 춘다. 몸이 너무 뻣뻣하고 굳어 있다.

오빠는 굳어 있지 않다. 알리와 격렬히 흔들고 있다. 우와, 오빠는 춤을 굉장히 잘 춘다. 알리와 똑같이 움직인다. 마치 둘이서 몰래 연습해온 것처럼. 혹은 오빠 혼자서.

그 순간, 그 일이 일어난다. 그녀가 모습을 드러낸다. 리아 마리. 변화는 명백하고 두드러진다. 최소한 나에게는. 그녀가 팔을 허공으로 뻗고 박자에 맞춰 엉덩이를 두 번, 세 번 흔든다. 마치 여러 해 동안 참아온 듯이 격렬하고 통제 불가능한 움직임이다. 오랫동안 참아왔지. 나는 깨닫는다. 그녀는 어쩌면 자신이 드러나 있다는 사실조차 깨닫지 못하고 있을지도 모른다.

그녀는 이제 노래까지 하고 있다. 마돈나에 맞먹는 가성(假聲)이다. 눈을 감고 명백히 다른 세상으로 날아가고 있다. 그녀의 세계로.

모두들, 알리마저도 춤을 멈춘다. 우리는 리아 마리를 위한 공간을 만들기 위해 물러선다. 그녀의 팔꿈치는 치명적인 무기와 같다.

맙소사, 하느님 맙소사, 어떻게 하지?

카르멘이 몸을 기울여 내 귓가에 대고 속삭인다. "오빠 혹시 환각상태야?"

새년이 우리 뒤에서 숨죽여 웃는다.

나는 시디플레이어로 성큼성큼 걸어가 음악을 끈다. 리아 마리는 잠시 후에야 정적을 깨닫는다. 반응한다. 팔을 내리고 그녀 안으로 다시 움츠러들며 리엄으로 변화한다.

불이 깜박인다. "리엄, 그 밑에 있냐?" 아빠가 소리친다. "여자애들끼리 놀게 내버려두고 이리 올라와라."

오빠가 내 눈을 본다. 내 사나운 표정을 본다. "미, 미안해." 오빠가 말을 더듬는다. "미안해, 레." 오빠는 비틀거리며 계단으로 향한다.

"리엄, 안 가도 돼." 새넌이 소리친다. "지금부터 네게 화장을 해줄 생각이었거든." 새넌이 웃는다. 악의적으로.

나는 웃지 않는다. 카르멘도 웃지 않는다. 알리도.

모두 잠든 후, 어둠 속에서 카르멘의 목소리가 들려온다. "레?"

나는 천장을, 그 너머를, 밤을 올려다본다. "응?"

"너희 오빠 무슨 일이니?" 그녀가 조용히 묻는다.

"무슨 소리야?"

나를 빤히 응시하는 카르멘의 시선이 느껴진다. "너도 알잖아. 혹시 무슨 약 같은 거 하니?"

"아냐!" 생각보다 목소리가 컸다. 나는 소리를 낮춘다. "물론 아냐. 오빠 약을 싫어해. 철저히 반마약주의야."

"하지만 오빠 다른 사람들과 다르지. 그렇지?"

그래, 그녀는 달라. 나는 아무 말도 하지 못한다. 카르멘의 꿰뚫는 듯한 시선을 피해 고개를 돌린다.

"괜찮아, 레. 나한테 말해도 돼." 카르멘이 팔을 뻗어 내 팔을 잡고, 가볍게 힘을 준다. "난 네 단짝이야."

나는 눈을 감는다.

그녀가 가만히 덧붙인다. "난 네게 아무 비밀도 없어."

나는 팔을 당겨 빼고 몸을 굴려 그녀에게서 멀어진다. 말할 수가 없어! 속으로 비명을 지른다. 난 결코 네게 말할 수 없어.

아침에, 보다 정확히는 정오쯤 다들 짐을 싸고 갈 채비를 한다. 재미있었다고들 말하지만 어젯밤 일이 유독성 안개처럼 우리 위를 떠다닌다. 나는 친구들이 자신들이 무엇을 목격했는지, 자신을 드러낸 리아 마리를 보았음을 알고 있는지 확신할 수 없다.

카르멘은 의심하고 있다고 생각한다. 그 애가 정확히 무엇을 의심하는지는 모른다. 어쩌면 오빠가 게이라고 생각할지도 모른다. 오빠는 게이가 아니다. 오빠가 게이였다면, 비밀로 하겠다고 맹세했음에도 불구하고 아마 카르멘에게 말했을 것이다. 하지만 나에게는 감히 사실을 말할 용기가 없다.

그날이 오빠가 통제를 못한 처음이자 마지막이었다. 왜 그때였을까? 대체 왜 내 파티에서, 내 친구들 앞에서 그랬지? 카르멘은 그다음 주부터 나를 차갑게 대했다. 나는 그녀를 탓하지 않았다. 지금도 탓하지 않는다. 어떤 친구가 단짝에게 비밀을 숨긴담?

'카르멘' 시디가 튄다. 나는 일어서 음악을 멈추고 시디를 꺼낸다. 이불 끝자락으로 시디를 깨끗이 닦는다. 너무 많이 들어서 상하고 있다.

그것은 내가 개최하거나 참가한 마지막 하룻밤 파티이기도 했다. 카르멘과 함께 다들 조금씩 멀어져갔다. 아니, 멀어져간 것은 내 쪽일지도 모른다. 나는 카르멘의 엄마가 여름 유럽 순회공연에 초청받았고 카르멘이 함께 간다는 소식을 들었다. 카르멘은 작별인사조차 하지 않았다. 그저 떠나가 다시는 돌아오지 않았다.

카르멘 이전에 친구가 없던 것은 아니다. 어렸을 때는 제법 많았다. 유치원 때, 1학년 때, 2학년 때. 우정이 복잡해지기 전, 우정이 기대를 동반하기 전에는.

6

엘리제와 데이비드 마테라는 내가 꿈꾸던 부모였다. 나는 열두 살 때부터 그 집 아이들을 돌보았고, 지금까지도 그들이 나를 입양하기를 바라고 있다. 그들은 보통 가족이었다. 아이들을 사랑했다. 진심으로 사랑했다. 늘 아이들을 안아주고 입맞춤하고 함께 놀았다. 코디는 요새 '왜' 단계에 와 있었다. 지금까지 데이비드에게 "왜 하늘은 파란가요?"라고 백 번은 족히 물었다. 그럴 때마다 데이비드는 참을성 있게 설명했다. "무지개의 모든 색은 파장을 갖는단다. 이렇게 말이다." 데이비드는 코디의 스케치북에 그림을 그려가며 설명했다. "빛이 공기를 통과할 때면 파장은 흩어져서 넓게 퍼지지." 그가 짧고 불규칙한 선을 그렸다. "우리가 보는 파란색은 사실 수백만 개로 산산조각 난 푸른빛이란다. 아주 조그만 빛의 조각들이 동시에 우리 눈으로 흘러 들어오는 거야."

"우와." 코디가 감탄했다.

나도 감탄했다. 내 말은, 나는 몰랐던 사실이었다. 아빠가 아실지도 의심스러웠다. 내가 아빠에게 똑같은 질문을 했을 때 아빠는 신이 남자라서 그렇다고 답했다. 신이 여자라면 하늘은 분홍색일 거라고.

"해돋이와 해넘이는요?" 내가 물었다.

아빠는 말문이 막힌 표정이었다. "애들이란. 생각을 너무 많이 한다니까."

나와 오빠가 속해 있는 유전자풀이 얼마나 얄팍한지 생각하면 겁이 났다.

마테라 부부는 내 유일한 수입원이었다. 최근에는 지속적인 수입원이기도 했다. 이 부부의 다른 점은 또 있었다. 이 부부는 늘 뭔가 함께 했다. 예를 들어 데이트를 했다. 엄마와 아빠가 마지막으로 데이트를 한 것은…… 두 분이 데이트하는 모습 자체가 상상이 안 됐다. 엄마하고 아빠가?

"미술관과 레스토랑 전화번호를 전화기 옆에 뒀어." 엘리제가 데이비드가 들어준 코트를 걸치며 말했다. "고마워요, 여보." 그녀가 사랑이 담긴 표정으로 남편을 쳐다보며 미소 지었다. 우리 부모님이 그런 둘만의 표정을 짓는 모습을 마지막으로 본 적이…… 한 번도 없구나.

"타일러가 콧물을 흘려도 걱정하지 마." 엘리제가 핸드백에서 티슈를 한 장 꺼내 몸을 숙이고 아들의 코밑을 닦았다. "감기가 낫는 중이거든. 그 보육원에서 옮아왔지." 엘리제가 남편을 향해 눈을 가늘게 떴다.

"알았어, 알았어." 데이비드가 양손을 들었다. "아침 시간 잠깐이라도 절대 아이를 거기 맡기지 않았어야 했어. 보육원은 박테리아의 온상이지. 우리가 레이건을 부처님으로 섬기는 이유가 그거야."

정말일까? 우와.

"웨이건 누나, 이리 와서 내가 그린 티라노 봐." 코디가 손을 당겼다.

미렐이 벌떡 일어났다. "언니는 나하고 인형놀이 하기로 했어. 그치?" 미렐이 내 앞에 딱 섰다. 곱슬머리가 타래송곳처럼 사방으로 뻗었다. "약속했어."

"그래, 약속했지." 나는 미렐의 머리핀을 바로잡으며 대답했다.

"나도 얼른 하고 싶네. 하루 종일 생각했단다. 이쪽에 바비 마을을 놓는 게 어때? 그동안 티라노 좀 보고 올게. 잠깐이면 돼." 내가 미렐에게 윙크했다.

"레이건, 고마워." 엘리제가 내 팔을 가볍게 쥐었다. "넌 아이들과 정말 잘 놀아주지."

데이비드가 현관문을 열었다. "늦어도 열 시 반까지는 돌아올 거야. 무슨 일 있으면 연락해. 전화기 옆 코르크판에 번호 붙여놨으니."

"내가 벌써 말했어." 엘리제가 데이비드의 등을 찰싹 쳤다. "당신, 치매지?" 그녀가 내 쪽을 돌아보고 눈을 찡긋했다. "애들은 밥 먹었지만 네가 안 먹었을까 싶어서 오븐에 라자냐를 넣어놨어. 일찍 와줘서 정말 고마워." 그녀가 아이들에게 들리지 않게 목소리를 낮추고 덧붙였다. "그리고 너 주려고 브라우니를 구워서 찬장 안에 숨겨놨단다. 공부할 때 간식 삼아 먹으렴."

자, 맞지? 완벽한 부모였다.

그들이 떠나자마자 아기가 똥을 쌌다. 미렐과 코디는 코를 싸쥐고 각각 방구석으로 흩어졌다. 부엌 바닥에서 타일러의 기저귀를 가는 사이

코디는 검은색 매직 마커로 탁자 위에 공룡을 그렸다.

"새신부 바비하고 직장인 바비 중에 누구 할래?" 미렐이 거실에서 소리쳤다.

"신부." 내가 답했다.

"새 남자병사가 생겼어. 볼래?" 코디가 말했다.

"물론이지."

코디는 마커를 놓고 자기 방으로 뛰어 들어갔다. 타일러 옷의 단추를 채우며, 문득 이 아이들이 정말로 평범하다는 생각이 들었다. "성역할 기대를 충족하는 거지." 오빠라면 이렇게 말하리라. 무슨 뜻인지 모르겠지만. 내가 아는 것은 아무도 미렐을 사내아이로 보거나 코디를 여자아이로 착각하지 않으리란 점이었다. 타일러는 아직 아기이니 논외였다. 타일러에게 레이스 달린 옷을 입히면 사람들이 다가와서 "작고 예쁜 여자아이네요"라고 할지도 몰랐다.

예쁘다. 여자아이에게 어울리는 말. 잘생겼다는 말이 남자아이를 묘사하는 말인 것과 마찬가지였다. 오빠 말이 옳았다. 사람들은 여자아이와 남자아이에게 다른 언어를 사용했다. 다른 행동을 기대했다. 오빠의 표현대로 어린아이가 '역할에 어긋나게' 행동하면, 사람들은 그 애를 말괄량이나 계집애 같은 아이라고 낙인찍었다.

옷차림, 행동, 태도에서 건너지 않는 선이 있었다. 만약 내가 립스틱을 바르고 레이스 옷을 입고 학교에 가면 아무도 주목하지 않을 것이다. 음, 한 번도 그런 적이 없으니 주목하는 사람이 있을지도 모르겠다. 난 썩 소녀답지 못했다. 사람들은 성역할 범주 안에서 움직인다면 받아들였다. 하루는 공주처럼, 하루는 창녀처럼 구는 것은 괜찮았다. 남자아이들도 마찬가지였다.

어느 정도까지는.

성역할 척도는 양방향 등거리로 확장되지 않았다. 예를 들어 여자아이가 척도를 넘어설 정도로 여성적이라면 괜찮았지만, 조금만 지나치게 남성적으로 행동하거나 느낀다면 다이크(남성적인 레즈비언을 지칭하는 속어—옮긴이)였다.

남자도 마찬가지였다. 심한 마초는 괜찮았다. 상냥하고 섬세하면 호모였다.

만약 양쪽 척도 모두에서 벗어나게 태어났다면, 오빠처럼 척도들의 틈새에서 태어났다면 어떻게 될까? 그럼 그냥 변태였다.

난 오빠가 그렇게 느끼고 있음을 알았다. 오빠는 이 세계에는 자기가 있을 자리가 없다고, 자신은 어디에도 맞지 않는다고 말한 적이 있다. 오빠는 정말로 척도 밖에 있었다. 낮에는 남자, 밤에는 여자. 하지만 내면은 언제나 여자였다. 오빠는 지능이나 기억력과 마찬가지로 오빠의 뇌가 그렇게 짜여 있다고 했다. 오빠의 몸은 오빠의 내적 이미지를 반영하지 않았다. 오빠의 몸은 오빠를 배신했다. 오빠를 소년으로 보는 사람들의 시선은 오빠가 그들의 기대에 맞게 가장해야 한다는 뜻이었다. 성역할에 맞는 옷을 입고 역에 맞는 연기를 해야 했다. 오빠는 연기를 잘했다. 전문가였다. 십수 년을 연습해왔다. 그러나 날이면 날마다 그토록 간절하게 원하지만 결코 될 수 없는 존재를 사방에서 보아야 한다니, 분명 고통스러우리라.

"웨이건 누나! 나 봐!"

갑자기 정신이 들었다.

코디가 엘리제의 낡은 하이힐을 신고 손에는 남자병사 인형을 든 채 쿵쾅거리며 문턱을 넘었다. 웃음이 터졌다. 성역할 기대라니.

데이비드와 엘리제는 코디와 미렐에게 남자아이 장난감이나 여자아이 장난감만 갖고 놀라고 결코 강요하지 않았다. 또 어울리는 옷을 입으라고도 하지 않았다. 작년 여름 데이비드는 코디가 갖고 싶다고 하자 아기인형을 사주기까지 했다. 코디는 이 분 정도 아기인형을 갖고 놀더니 이웃집 개에게 흙덩어리를 마저 던지러 갔다.

성역할 기대는 참 혼란스러웠다. 왜 사람들은 사람을 그저 그 사람 자체로 받아들이지 못할까?

타일러를 거실로 데려와 아기의자에 앉혔다. "인형 볼까?" 내가 코디에게 손을 뻗자 코디가 발끈 화를 냈다.

"인형 아니야. 액션 피겨야."

"아, 응, 미안해." 나는 병사의 위장복 웃옷을 잡아 내려서 드러난 부푼 부분을 가렸다. "바지는 어디 갔어?"

코디가 어깨를 으쓱했다.

"화장실 변기에 넣고 물 내려버렸어." 미렐이 가르쳐주었다.

"정말?"

코디가 히죽 웃었다.

"레이건 언니, 바비한테 웨딩드레스 다 입혔어." 미렐이 뛰어와 내게 신부 인형을 던졌다.

"나도 할래." 코디가 우는 소리를 했다.

"안 돼." 미렐이 딱 잘라 거절했다. "넌 인형을 망가뜨리잖아."

"안 그래."

"그러잖아. 발을 씹어서." 미렐이 내게 덧붙였다. "진짜야, 언니. 내 말리부 바비가 망가졌어. 이제 서지도 못해."

"원래 위쪽이 좀 무겁긴 했지." 내가 말했다.

"응?" 미렐이 눈을 깜박였다.

"아무것도 아냐. 코디, 카니발 바비를 갖고 놀지 않겠다고 약속하면 너도 해도 돼."

코디는 나를 빤히 쳐다보았다. 미렐도 마찬가지였다. 나는 재미있는 농담이라고 생각했다.

"인형 주기 싫어." 미렐이 뾰로통하게 말했다.

"안 주면 고함을 질러댈걸." 내가 말하자, 미렐은 혀를 차고 짧게 한숨을 내쉬었다. "알았어."

코디가 구두를 벗어던지고 다가와 바비 마을을 쑤석거렸다.

내가 그 뒤를 따랐다. "앤 누구야?" 바비의 스포츠카 앞좌석에 앉아 있는 다른 인형을 들어 올렸다.

"헐크야." 미렐과 코디가 동시에 답했다.

헐크. 그렇겠지.

"자, 바비는 병사랑 결혼할 거야. 그리고 헐크가 아기야." 미렐이 말했다.

바비, 남자병사, 헐크. 후, 성 격차가 커지겠는데.

"레이건, 레."

꿈이 흐트러지고 의식이 수면 바로 아래를 유영했다. 행복한 꿈이었다. 찬란한 꿈이었다. 내가 메트로폴리탄 오페라 하우스 무대에 서서 베

르디의 〈라 트라비아타〉를 부르고 있었다.

"레!"

나는 침대에서 벌떡 일어나 가슴을 손으로 짚었다. "으아, 오빠. 제발 이러지 좀 마."

"루나야."

나는 욕을 씹어 삼켰다. 다시 베개를 베고 이불을 턱 끝까지 끌어 덮으며 으르렁거렸다. "왜 굳이 날 깨워야 해? 거울 써도 상관없단 말이야."

"이 옷 어때?" 그녀가 손바닥을 위로 하고 양팔을 옆으로 펴며 달빛 속으로 걸어 들어갔다.

내가 지친 한숨을 내쉬었다. "언제 입으려고?"

"평상복이야."

나는 그녀를 훑어보았다. 딱 맞는 청바지와 빨간색 니트. 웃옷의 소매가 짧았다. 오빠는 늘, 여름에도 긴 소매를 입었기 때문에 한눈에 눈치 챌 수 있었다. 오빠는 팔을 면도했다. 다리도 면도했다. 온몸을 면도했다. 오빠는 털을 혐오했다.

"괜찮네. 이쪽이 조금 조이는 느낌이지만." 내가 내 가슴께에서 손가락을 흔들었다. "더 작은 브라 없어?"

"있어." 루나가 몸을 돌리며 거울에 비친 모습을 확인했다. "하지만 이게 좋아." 그녀는 옆으로 포즈를 취해 실루엣을 더 예쁘게 만들려고 등을 젖힌 다음, 옆모습을 보려고 고개를 틀었다.

몇 시간. 그녀는 이렇게 포즈를 취하고 몸치장을 하면서 몇 시간이고 보낼 수 있었다.

도대체 왜 오빠는 우리 방 사이에 있는 큰 방에 거울을 놓지 않을까? 나는 자문자답했다. 오빠가 자기 방 서랍장 거울을 산산조각 낸 것과 같은 이유에서였다. 오빠가 온 집의 거울을 피해 다니는 것과 같은 이유에서였다. 거울에 비친 자신을 흘끔 보게 될지도 몰라서였다. 오빠가 자신의 모습을 혐오하는 만큼이나 루나는 그녀가 비추고자 하는 모습을 더 보지 못해 안달인 것 같았다.

"신발은 어때?" 루나가 물었다. "검은색 단화하고 발목부츠 중에 어느 게 나을까?"

"부츠가 나아. 단화는 남자 신발 같아."

"맙소사, 네 말 대로네. 발이 이렇게 크지 않다면 좋을 텐데." 그녀가 한쪽 발을 들고 거울에 비추어 보며 말했다. "너무 튀어."

내가 하품을 했다. "일본 게이샤들처럼 발을 묶어봐. 암튼 자러 가." 그녀는 내 말을 들은 척도 하지 않았다. "이 가발은 진짜 같아?"

"슈퍼모델 같아. 이제 나 자도 될까?"

"레?"

나는 긴 한숨을 내쉬었다. "루나, 그렇게 입고 길을 걸으면 아무도 모를 거야. 보통 여자애 같아."

일순간에 그녀의 미소에 실내가 따뜻해졌다. 그녀는 그 말을 좋아했다. 눈에 띄지 않으리라는 말. 대부분의 여자아이들은 돋보이거나 눈길을 끌거나 매력적이고 싶어 몇 시간씩 꾸몄다. 하지만 오빠는 수수한 보통 여자아이로 단 하루를 살기 위해 무엇이든 내놓을 터였다.

7

어서 학교에 가고 싶었다. 불길한 징조였다. 심지어 머리를 빗고 깨
끗한 셔츠도 입었다.

아침 식사 내내 엄마는 지금 입찰 중인, 따내고 싶은 새 계약 건에 대
해 떠들었다. 말이 끄는 마차와 리무진이 등장하는 커다란 사교계 행사
였다. "'패트리스가 준비하는 결혼'을 띄우거나 파산시키거나 둘 중 하
나야." 엄마가 반쯤 먹다 만 마른 토스트 조각을 밀어내며 말했다.

오빠와 나는 식탁에 앉아 숙제를 계속했다.

엄마가 한숨을 깊이 쉬었다. 나는 곁눈질로, 베란다 창 너머 회색 하
늘을 쳐다보다 손으로 뒷머리를 쓸어내리는 엄마를 보았다. 엄마는 뒷
목을 주무르다가 머리를 옆으로 기울였다가 가슴 위로 팔짱을 꼈다. 엄
마가 무심코 덧붙였다. "이건 날 지도에 나오게 할 수도 있는 일이야. 이

집에선 아무도 신경 쓰지 않겠지만 말이다."

아빠가 신문 너머로 눈을 들었다. "신경 쓰다마다." 아빠가 목을 가다
듬으며 덧붙였다. "꽷, 우린 신경 쓰고 있어. 애들아, 그렇지?"

죄송하게도 나는 들은 척도 하지 않았다. 그러나 오빠는 매혹된 것 같
았다. 딱히 엄마의 일에 대해서가 아니라, 엄마를 바라보는 것 자체에.
나는 오빠의 그런 모습을 여자 관찰이라고 불렀다. 오빠는 여자아이들
이 말하고 손짓하고 움직이는 방식을 연구하며, 그 속에 빠져 몇 시간이
고 앉아 있곤 했다. 흡수하고 기억하고 따라했다. 오빠는 알리를 완벽하
게 베끼고 있었다. 알리가 웃을 때 머리를 뒤로 젖히는 행동, 걱정이 있
거나 깊은 생각에 잠기면 아랫입술을 깨무는 모습, 다리를 꼬았다 풀었
다 하거나 옆으로 구부려 앉는 자세, 머리꽁지를 만지작거리는 습관. 오
빠는 내 거울 앞에 앉아 몇 시간이고 알리 시늉을 할 수 있었다.

오빠는 엄마도 따라했다. 넋을 잃은 양, 오빠가 손을 들어 뒷목을 주
물렀다.

엄마가 오빠를 보고 눈을 깜박이더니 움찔하고 서둘러 일어섰다. 커
피를 더 마시러 부엌으로 가는 엄마의 등에 대고 오빠가 말했다. "정말
흥분되는 일이네요, 엄마. 그 일을 따내시면 좋겠어요. 새로 산 원피스
인가요? 엄마한테 끝내주게 잘 어울려요."

오렌지 주스가 목에 걸렸다. 나는 고개를 양옆으로 돌리고 엄마와 아
빠의 반응을 살폈다.

예상과 달리, 엄마는 아빠나 앤디나 다른 사람에게서 칭찬을 들었을
때처럼 얼굴을 붉히지 않았다. 엄마가 무뚝뚝하게 말했다. "고맙구나.
얼마 전부터 갖고 있었지만 입을 일이 없었어."

신문을 보던 아빠가 다시 고개를 들고 자신의 의무를 다했다. "예쁜 군. 어디 가?"

"매리어트에서 로젠버그 부부와 점심식사를 해."

"그게 누군데?"

엄마가 문 앞에 멈추어 섰다. "내가 아침 내내 하는 말을 한마디도 안 들었어?"

나도 답을 아는 질문이었다.

"로젠버그 결혼 말이야." 엄마가 커피메이커에서 커피를 따랐다. "앞으로 이 결혼에 대해 잔뜩 듣게 될 거야. 그리고 레이건." 엄마가 설탕 봉지를 뜯었다. "신부와 신부 어머니가 둘 다 직장인이라 저녁에 약속을 잡아야 하는 일이 생길 거야. 그럴 때면 나 대신 여기를 맡아줘."

오빠가 자원하려고 "제……"까지 말했지만, 때릴 듯한 아빠의 눈초리에 입을 다물고 말았다. 오빠와 나의 성역할 기대를 지금 바꿀 수 있다면 얼마나 좋을까? 오빠가 갑작스레 화제를 돌렸다. "아빠, 머리 자르셨어요? 잘 어울리네요."

아빠가 얼굴을 붉혔다. 아빠가? "아니, 하지만 자를 때가 됐어." 아빠가 살찐 뒷목을 긁었다. "너도 잘라야겠구나."

오빠는 평소와 달리 머리를 자르라는 아빠의 말에도 폭발하지 않았다. 오빠는 머리를 정말로 기르고 싶어했다. 대신 오빠는 이렇게 말했다. "알아요. 이번 주말에 자르려고요. 벌써 예약해뒀어요."

예약까지 했다고? 대체 무슨 일이지? 지난 오 분 사이에 오빠는 지난 몇 년 동안보다 더 많은 대화를 시도했다. 어떻게 된 일인지 몰라도 마음이 몹시 불편했다. 오빠가 너무 루나스러웠다.

"전 나가요." 내가 의자를 밀며 일어섰다. "오빠, 같이 갈래?"

오빠와 나의 시선이 마주쳤다. "너도 예쁘네. 뭐 했어? 전속 스타일리스트라도 고용했어?" 오빠가 진심으로 내가 예뻐 보인다는 듯이 미소를 지었다.

터무니없을 만치 루나스러웠다. 나는 오빠를 향해 눈을 치켜떴다. 닥쳐. 나가자.

오빠가 냅킨으로 입술을 눌러 닦고 일어섰다. 커피를 들고 부엌에서 돌아오는 엄마와 마주치자, 오빠는 고개를 숙이고 엄마의 뺨에 입을 맞췄다. 엄마가 마치 따끔한 양 몸을 뒤로 휙 뺐다.

"로젠버그 부부 일이 잘 풀리길 바라요. 엄마라면 틀림없이 멋진 결혼식을 계획하시겠죠. 저도 볼 수 있으면 좋겠어요."

"넌 초대받지 않았어." 엄마가 싸늘하게 말을 잘랐다.

그 순간, 오빠의 몸이 굳었다. "저도 알아요. 초대해달라는 뜻이 아니었는데요."

엄마가 컵을 식탁 위에 놓았다. 엄마의 손이 덜덜 떨렸다. 엄마가 일정수첩을 집어 들었다. "난 그냥……." 엄마가 수첩을 휙 펼쳤다.

엄마는 왜 저러시지? 오빠는 또 왜 저래? 다들. 다들 사이코였다. 미쳤다.

"아참, 아빠." 현관에 선 오빠가 싫어해서 거의 입지 않던 가죽 재킷에 팔을 끼우며 말했다. "아빠가 말씀하신 대로 어제 헤윗 코치님을 만났어요. 다음 주부터 웨이트트레이닝 프로그램을 시작하기로 했어요."

아빠의 눈이 튀어나올 듯 커졌다. 내 눈도 그랬다. 아빠의 얼굴에 서서히 웃음이 퍼지고 입이 귀에 걸렸다. "잘했다!" 아빠가 허공으로 주먹

쥔 손을 들어 올리며 외쳤다. "가서 이기거라, 아들아."

오빠가 나를 따라 현관을 나서며 입속말로 투덜거렸다. "그렇게 부르지 마세요. 토할 것 같아요."

"오빠 뭐 하는 거야? 이상하게 굴고 있잖아." 내가 황당해하며 물었다. 그리고 뒤늦게 불현듯 이해가 되었다. 이게 바로 전환일까?

"오빠, 이러지 마." 아직은 아니야. 나는 속으로 되뇌었다. 결코 아니라고.

오빠가 나를 바라보았다. "연기. 나는 연기밖에 안 해. 너무 오랫동안 해와서 이제 내가 할 수 있는 일이 이것밖에 없어." 오빠의 눈에 예상치 못한 눈물이 차올랐다.

"오빠, 루나……."

"알아." 오빠가 콧날을 쥐며 재킷 속으로 몸을 웅크렸다. "나도 알아."

우리는 현관 계단에 잠시 서 있었다. 아침 공기로 하얀 입김이 피어올랐다. "그저 수면을 건드려보는 정도일 뿐이야. 그런데 조금 차네."

"조금 차다고? 싸늘해. 얼음장 같아. 물속엔 호된 빙하가 있어." 왜? 나는 궁금했다. 왜 수면을 건드려봐? 오빠만 익사할 뿐이야.

시선 끄트머리에서 무언가 움직였다. 나는 고개를 돌렸다. 아빠가 커튼을 치고 전망창 틈으로 우리를 훔쳐보고 있었다. 아빠 버전의 여자 관찰이군. 섬뜩했다. 오빠와 아빠 둘 다.

팔꿈치로 오빠의 팔을 쳤다. "여기서 나가자."

우리는 서둘러 차도로 가 스파이더에 올랐다. 골목 끝에서 오빠가 등굣길과 반대 방향으로 차를 움직이자 내가 손을 뻗어 운전대를 단단히 붙들었다. "오빠, 나 오늘 학교에 가야 해. 미안하지만 오빠를 일주일 내내 이십사 시간 동안 돌봐줄 수는 없어."

오빠가 나를 죽일 듯이 노려보았다.

나는 움찔하며 손을 내렸다. "그런 뜻은 아니었어. 그냥 농담이야."

"그래, 내 인생 자체가 농담이지."

입을 열긴 했으나…… 뭐라고 말한담? 삶이란 끔찍해, 특히 오빠의 삶은 끔찍하다고? 그건 오빠도 이미 알고 있었다.

화제를 바꾸자. "요즘 엄마는 왜 그러시지?" 나는 창밖을 흘끗거리며 물었다.

"무슨 뜻이야?" 오빠가 차를 돌려 학교로 향했다.

"약에 절어 있잖아. '패트리스가 준비하는 결혼' 일에도 집착하시고. 확실히 지나쳐서."

오빠가 눈을 깜박였다. "그게 뭐가 잘못됐는데?"

나 역시 눈을 깜박이며 되물었다. "웨딩플래너? 오빠, 우리 엄마는 웨딩플래너셔."

"그래서? 사람들을 행복하게 해주잖아."

"다른 사람들을." 나는 뒷부분을 소리 내어 말하지 않았다. 엄마는 언제부터 우리를 행복하게 해주기를 그만두셨을까?

노란불에 오빠가 속도를 늦추며 덧붙였다. "엄마는 단지 충족되고 싶어하셔. 완전한 사람으로서 말이야. 당신의 삶이 의미 있는 것이기를 원하셔."

"그렇게 말씀하셨어?"

오빠가 어깨를 으쓱했다. "이렇게 자세히 말씀하시진 않았어. 행간을 읽어야지."

나는 쓰여 있는 부분도 제대로 읽지 못했다. 엄마의 선은 약을 먹기 전부터도 흐릿했다. 오빠는 완전한 사람이 되고 싶은 마음을 알고 있겠지만, 엄마에게서 내가 보지 못하는 무엇을 보았던 걸까? "엄마는 우리 엄마로 사는 데는 아무 의미도 없다고 생각하셔?"

이렇게 물었다가 오빠의 시선에 기가 죽었다.

"뭐라고?"

"네가 몰랐을까봐 말하는데, 엄만 똑똑하셔. 머리가 좋지. 전업주부가 되는 대신 대학을 마치고 일을 했다면 뭔가 성취하셨을 분이야. 엄만 자신의 재능이 집안일을 완수하는 데 낭비된다고 생각해."

"집안일이 뭐 어때서? 중요한 일이야. 아이가 있다면 세상에서 가장 중요한 일이라고."

오빠가 녹색등을 보고 시동을 걸었다. 스쿨버스를 바짝 따라가며 말했다. "페미니즘 운동에 팻말을 들고 나설 타입은 아니구나? 그런 태도로 있다간 여성운동을 백 년은 후퇴시킬걸."

내가 혀를 찼다. "무슨 태도? 엄만 좋은 엄마야. 최소한 옛날엔 그랬어. 우리보다 '패트리스가 준비하는 결혼' 일에만 신경 쓰시기 전에는 말이야."

오빠가 고개를 저었다.

어째서? 내 말이 옳았고, 오빠도 그 사실을 알고 있었다.

"엄마에겐 쉽지 않은 일이야. 우리 엄마는 섬세하고 예민한 분이셔. 조금 신경질이 심한 분이실지도 모르지."

"마약상용자란 말이겠지."

오빠가 지친 한숨을 내쉬었다.

우리는 학교 주차장 뒤편으로 들어갔다. 오빠는 들어가지 않는다는 뜻이었다. 오빠가 주차장에 차를 세우고 나를 돌아보았다. "엄마는 자신의 운명을 개척하고 있어. 적어도 그러려고 노력하고 있지. 우리 모두에게 그런 기회가 주어져야 해." 오빠가 희미하게 눈을 뜬 채 생각에 잠겨 덧붙였다. "내 운명이 결국 어떻게 될지 궁금하네."

"아무도 모르지. 운명은 바꿀 수 없어."

오빠가 얼굴을 찡그렸다. "자기 운명을 바꿀 수 없다고 믿어?"

"바꿀 수 없고말고. 운명이잖아. 쿵." 내 운명은 결정되어 있었다. 운이 좋으면 서른다섯 전에는 고등학교를 졸업하겠지. 운이 나쁘면 살림의 신이 될 테고.

"레, 네 말대로라면 난 결코 충족되지 못할 거야."

맙소사. 또였다. "그런 소리 마."

오빠가 텅 빈 축구장에 초점 없는 시선을 보냈다. "난 내 마음을 따라 살 수 없겠지."

"오빠, 있잖아, 오빤 생각을 너무 많이 해."

머리가 어쩌고 가슴이 어쩌고, 희망이 없고 절망뿐이라고, 무력하고 고통스럽다고. 내 일상의 기를 꺾었다. "어쩌면 '패트리스가 준비하는 결혼'에 취직할 수 있을지도 모르지. 신부 들러리는 어때?"

내 말에 오빠가 웃음 지었다. 그럼에도 오빠는 굳이 덧붙였다. "언제나 들러리, 결코 신부는 아니겠지."

8

화학 수업에 가니 크리스가 우리 자리에 앉아 있었다. 우리의 시선이 소란스러운 교실을 가로질러 영화 속 주인공들처럼 마주쳤지만, 그들과 달리 우리는 미소 지으며 서로의 품으로 달려가지 않았다. 대신 나는 쓰레기통에 빠져버렸다. 뭐, 거의 말이다. 부츠로 차서 쓰레기통이 뒤집히는 바람에 엄청 큰 소리가 났다. 다들 말을 멈춘 채 놀란 눈으로 나를 쳐다보았다.

훌륭하구나. 투명인간 보호막 좋아하시네.

"멋진 등장이네." 크리스가 내 의자를 빼주며 말했다.

한 대 때려주고 싶었지만, 너무 친근한 행동일까 싶었다.

크리스가 내게 안경을 건네며 놀렸다. "언제나 보안경을 착용해야 한다. 화학 실험은 미인대회가 아니지. 아가씨이이이들." 그러고 나서 보안경을 머리에 끼더니 고무줄을 탁 튕겨 머리카락을 날렸다.

웃음이 터졌다. 크리스는 귀여웠다. 귀여움 이상이었다. 미남이었다. 미남, 문득 그 단어를 들었던 때가 떠올랐다. 어렸을 적에 엄마가 퇴근하는 아빠를 마중하러 나를 차에 태우고 시어스에 갔을 때였다. 아빠가 고객에게 냉장고를 파는 중이어서 우리는 아빠 책상에서 기다렸다. 그때 엄마가 나를 쿡 찌르며 "네 아빠 좀 보렴. 세상에서 제일 미남이지 않니?"라고 말했고, 나는 '흠, 그냥 우리 아빠잖아' 하고 생각했다.

엄마가 정말 그렇게 말했던가? 어쩌면 우리 엄마 아빠도 데이트를 했을지도 모르겠다.

상대적으로 말해 아빠는 대부분의 또래 아저씨들에 비해 미남이었다.

브루작이 큰 소리로 말했다. "교실을 둘러보니 시트콤보다 기억시간이 긴 학생이 몇 명 없는 것 같군. 어제가 아주아주 먼 옛날인 줄은 알겠다만 앞으로 교실에 들어올 때면 가장 먼저 뒤편에 놓인 바구니에서 과제를 찾아가라고 내가 말했던 기억이 날지도 모르지. 바구니에는 '화학 I, 실험 과제물'이라고 쓰여 있다. 생각이 나나?"

바구니를 확인하려고 고개를 돌리는데 크리스가 귓가에 속삭였다. "브루작이 오늘은 조심하는 게 좋을걸. 내 멍인량이 방전 직전이거든."

늘 그렇듯이 내가 하나도 못 알아듣겠다는 표정을 지었나보다.

"멍청이 인내 할당량." 크리스가 설명을 해준 뒤, 교실 뒤로 흩어지는 다른 애들을 따라가려고 의자를 밀고 내려섰다.

맞는 말이었다. 고개를 들자 브루작이 나를 응시하고 있었다.

왜?

아, 맙소사. 지리할 멈……. 나는 손으로 얼굴을 가렸다.

크리스가 돌아와 실험대 위에 종이를 올려놓았다. "이거 좀 읽어줄래? 3D 안경을 두고 왔거든."

오늘 프린트는 어제보다는 깨끗했지만 썩 낫지는 않았다. 멍청한 실험이었다. 얼음덩어리를 끓는점까지 데우며 용해의 각 과정에서의 온도를 섭씨와 화씨로 기록하는 일이었다. 섭씨를 화씨로 전환하고 절대영도를 계산하라는 추가 질문도 있었다. 4학년 때 배웠는데 말이다.

크리스와 나란히 붙어 앉아 때때로 어깨를 스치는 와중에 실험에 집중하기란 정말로 어려웠다. 나는 그 애가 엄지와 검지 사이로 굵은 연필을 쥐는 모습을, 관찰 결과를 완벽하게 깔끔한 정자로 기록하는 모습을 관찰했다. 크리스도 나처럼 손톱을 깨무는지 손톱 끝이 들쑥날쑥했다. 어쩌면 우리 둘이서 혈액 손실량을 비교할 수 있을지도 몰랐다.

"왜?" 크리스가 말했다.

"응?" 내가 움찔했다.

"웃고 있잖아. 내가 뭐 틀렸어?" 그 애의 얼굴이 어두워졌다. "날 비웃고 있니?"

"아냐, 당연히 아니지."

"정말이야?" 크리스가 걱정스러운 표정을 지었다.

"잘하고 있어. 난 그냥…… 지리할 멍청이 실험의 일종이랄까?"

크리스가 입을 딱 벌리고 비틀거리며 뒷걸음질 쳤다. "얼음덩어리가 녹는 속도를 아는 일이 중요하지 않다고 생각하는가? 맙소사, 아가씨. 이건 극히 중대한 과학이오! 만약 내가 아주 뜨거운 나초와 얼음처럼 차가운 맥주를 같이 갖다 달라고 하면 어떻게 할 거요? 맥주가 뜨거워지기 전에 내가 주문한 것을 가져다주는 데 시간이 얼마나 걸리는지 아시오?"

내가 크리스의 가슴을 주먹으로 톡 쳤다. "바보."

그 애가 코웃음 쳤다.

"이봐, 크리스."

우리 둘 다 놀라서 뒤를 돌아보았다. 손에 쥐고 있던 온도계가 미끄러져 실험대에 떨어졌다. 다행히 온도계가 바닥에 떨어져 우리를 수은에 중독시키기 전에, 크리스가 두 손을 모아 간신히 온도계를 잡았다.

뒤에 있던 사람이 주춤하며 사과했다. "미안." 그 사람이라 함은 섀넌 아이버였다. 나는 섀넌이 같은 수업에 있는 줄도 몰랐다. 섀넌은 6학년 이후로 많이 바뀌었다. 육체적으로 말이다. 안 바뀐 사람은? 나였다. 난 영원한 정지 상태에 머물고 있었다.

"아직 안 끝났어? 우리는 삼 분 만에 다 했는데."

내가 입술을 비틀었지만, 섀넌은 크리스에게 시선을 집중하느라 보지 못했다.

"토요일 밤에 제네시에서 파티가 있어." 섀넌이 우리 사이에 끼어들어 크리스에게, 크리스에게만 바로 말했다. "올래? 차를 같이 타고 갈 수 있어. 너하고 나하고 모르간하고 태이, 이렇게." 그녀는 제일 좋은 실험대를 점령한 '그녀의 사람들', '선택받은 자들'이 자리한 교실 저편을 엄지손가락으로 가리켰다. 1년 전에 예약했겠지.

크리스가 섀넌에게 미소 지었다. "갈지도 모르지. 나중에 말해줘도 될까?"

"물론이지. 나한테 전화해줘." 섀넌이 크리스의 손을 잡아끌더니 손바닥에 빨간색으로 전화번호를 적었다. "나중에 보자." 섀넌이 으스대며 갔다.

풍선이 터졌다. 나를 헬륨처럼 둥실 띄웠던 풍선이었다. "여기에 새로 전학 왔다고 생각했는데." 내가 온도계를 받아 들고 끓는 물이 담긴 비커에 도로 집어넣으며 말했다. "아무도 모른다고 말이야."

"어, 그게." 크리스의 입술이 떨렸다. "그건 지난달이었어."

어두운 장막이 나를 덮었다. 왜 다르리라고 생각했는지 모르겠다. 왜 이 애는 다를 거라고 생각했을까? 크리스처럼 멋있는 애가? 크리스는 호라이즌 고등학교 입구를 들어서자마자 '그들'에게 잡아먹힐 만한 남자였다. 모양, 형상, 물질로 이루어진 그들. '의미 있는' 자들.

레이건, 현실 확인이야. 크리스가 네 것이길 어찌 감히 바랐니.

섀넌이 자기 의자에 앉으며 크리스에게 손가락을 흔들었다. 그녀의 실험 짝은 호잇 두세였다. 내 짝을 탐내는 것도 당연하다.

호잇이 언제부터 '의미 있는' 자들의 일원이 됐지? 섀넌의 취향도 참 과격해졌구나.

종이 울리고, 나의 운명이 나를 다시 끌어당겼다. "다 했어?" 크리스가 물었다.

"응."

나는 절대영도 공식에 답을 써넣고 보고서를 크리스에게 던지듯 건넸다. "서명만 하면 돼."

크리스가 내 이름 옆에 자기 이름을 썼다. 레이건 오닐, 크리스 가라초. 나는 두 이름 사이에 더하기 기호가 쓰여 있는 것을 상상했다. 불안정한 착란 상태라는 증거였다. 크리스가 실험대를 정리하며 분주히 오가는 사이 나는 서둘러 교탁에 보고서를 냈다.

교실을 나서며 나는 위험물질 폐기함에 정신적 투기를 했다. 내가 가졌을지도 모르는, 우리 사이가 이어질지도 모른다는 꿈을 버렸다.

집에 돌아오니 오빠의 방문이 잠겨 있었다. 오빠가 학교를 굳이 갔다면 오늘 하루를 어떻게 보냈을지 궁금했다. 내 하루를 생각해보니 나도 땡땡이칠걸 그랬다.

오빠의 방문 아래서 음악이 흘러나왔다. 그리고 노랫소리가. 맙소사, 심장이 멈출 것 같았다. 다나 인터내셔널이었다.

문을 두드린다. "오빠."

오빠는 귀가 찢어질 정도로 시디를 크게 틀어놓았기 때문에 내 목소리를 듣지 못한다. 다나 인터내셔널. 내가 못 견디게 싫어하는 이스라엘 가수다. 오빠는 그녀를 숭배한다.

계속 문을 두드린다. "오빠!"

답이 없자 나는 평소라면 생각지도 못할 짓을 한다. 문을 열고 들어간다.

제일 처음 눈에 들어오는 것은 약병들이다. 책장 선반에 깔끔하게 줄지어 놓여 있다. 엄마 약이다. 엄마 약이어야 했다. 열세 살인 나는 이미 엄마가 약물중독임을 알고 있다.

하지만 날 기겁케 한 것은 그 문제가 아니다. 약병이 모두 비어 있다.

"오빠?" 나는 음악을 끈다. "오빠!"

"왜?"

가느다랗지만 오빠의 목소리다. 나는 그 목소리를 따라 옷장으로 달려간다. 오빠는 미식축구 유니폼을 입고 옷장 구석에 웅크리고 앉아 있다. 나는 서둘러 다가가 오빠의 팔을 움켜쥔다. 오빠를 일으켜 세우려고 애쓴다.

오빠는 저항한다. 무릎보호대 사이에 머리를 묻고 신음한다. "내버려 둬."

"싫어."

"나가."

"오빠." 두려움에 찬 목소리로 내가 말한다. "토해야 해."

오빠의 몸이 축 늘어진다. 꿈쩍도 하지 않는다. 그 순간, 오빠를 차버리고 싶은 충동이 인다. 그래서 찬다.

"아야! 왜 그래?"

오빠가 옷장 안으로 더 깊숙이 도망친다. 무릎을 꿇고 앉아 오빠의 어깨를 꽉 쥐고 흔든다. "오빠, 토해야 해. 죽게 내버려두지 않을 거야!" 내가 소리 지르자 오빠가 고개를 들어 나를 본다. 오빠의 두 눈은 이미 죽어 있다.

"오빠, 리아 마리. 제발." 눈물이 차오른다. "제발."

오빠가 왼손을 뻗어 옆에 놓인 미식축구 헬멧의 얼굴 가리개를 들어 내게 보여준다. 헬멧 안에는 알약이 가득하다. 파란색, 보라색, 주황색, 흰색.

"할 수 없었어. 이것조차 할 수 없었어. 난 무엇 하나 제대로 하지 못해. 난 틀렸어. 엉망진창이야."

"아냐, 아냐." 안도해서 오빠를 끌어안는다.

"제발, 레." 오빠가 내 손목을 잡고 나를 밀어낸다. "난 태어나지 말았어야 했어." 오빠가 헬멧을 내 오른손에 건넨다. "날 죽게 도와줘. 이

걸 내 목으로 넘겨줘. 응?" 오빠가 절박하게 애원한다. "응?"

나는 헬멧을 잡고 일어나 화장실로 간다. 알약을 모두 변기에 넣고 물을 내린다. 모두 녹을 때까지, 사라질 때까지 물을 내리고 또 내린다. 바닥에 주저앉아 이마를 변기에 기댄다. 그리고 운다. 그저 운다. 나의 오빠를 위해. 오빠, 신이여, 오빠.

몇 분 뒤, 나는 헬멧을 화장실에 남겨둔 채 오빠에게 돌아온다. 오빠는 빈 침대 끄트머리에 불안정하게 앉아 있다. 발 옆으로 어깨보호대가 바닥에 쌓여 있다. 신발은 이미 벗어던졌다.

"미식축구를 꼭 할 필요는 없어. 아빠가 가르친다고 해서 무조건 해야 하는 건 아니잖아. 왜 아빠한테 하고 싶다고 했어? 미식축구라면 질색하면서."

오빠가 텅 빈 벽을 뚫어져라 쳐다보고만 있다.

"오빠······."

"넌 이해하지 못할 거야."

오빠의 속눈썹이 젖어든다. 눈을 깜박이자 눈물이 흘러내린다. 나는 오빠의 눈물을 닦아준다. 모두 닦아낸다.

오빠가 내 손을 밀어내고 주먹으로 눈을 문지른다. 코를 훌쩍이면서 딸꾹질을 한다.

나는 셔츠와 어깨보호대와 운동화를 치운다. "내가 정리할게. 오빤 이런 짓 안 해도 돼." 분노에 사로잡힌 내가 말한다.

나는 계단참에 멈춰 서 장비들을 손에서 내려놓는다. 더 할 말이 있다.

"리아 마리?" 나는 오빠의 방문 앞에 서서 말한다. "잘 때 내 새 잠옷을 입어도 돼. 오빠한테 줄게. 그리고 지금부터 오빠가 원할 때면 언제든지 내 방에서 옷을 갈아입어도 괜찮아."

오빠가 어깨 너머로 시선을 돌려 나와 눈을 맞춘다. 느릿느릿, 오빠의 얼굴색이 돌아온다. 살아난다. 오빠가 육체적으로 리아 마리로 변화하는 순간을 본다. "알았어." 그녀가 미소 짓는다. "고마워, 레."

나는 안도의 한숨을 쉰다.

오빠의 방문이 코앞에서 열리고 다나 인터내셔널이 나를 급습했다. "이봐, 레, 이리 와서 이것 좀 봐." 오빠가 들어오라고 손짓했다.

안도의 한숨이 나왔다. 오빠가 그 일을 실행하기에는 너무 겁쟁이였던 그날부터 날마다 쉬었던 바로 그 한숨이었다.

오빠가 그 뒤로 다시 자살을 생각한 적이 있을지라도 나와 상의하지는 않았다. 물론 나에게 날짜와 시간을 알려주지는 않았겠지만 나는 오빠를 상당히 유심히 관찰했다. 오빠는 새로운 장소, 더 나은 장소로 간 것 같았다. 내 방에서 옷을 갈아입을 자유를 얻은 것이 오빠를 낫게 했다고, 나는 생각했다.

오빠의 방은 지금까지도 섬뜩했다. 휑하고 추웠다. 버려져 있었다. 오빠는 결코 자기 침대를 쓰지 않았다. 이불조차도 사용하지 않았다. 군용품 재고 가게인가 어딘가에서 샀다는 까끌까끌한 모 담요만 썼다. 그날 이후, 오빠는 사람들이 대체로 베개를 놓는 침대 머리맡에 담요를 말아 놓았다. 벽도 휑했다. 천장까지 쌓아 올린 책, 공책, 컴퓨터 설명서밖에 없었다. 오빠의 방은 언제나 내게 사람이 살지 않는 빈 방처럼 느껴졌다.

오빠가 무어라 말하고 있었지만 잘 들리지 않았다. 나는 다나의 음량을 줄였다.

"…… 그리고 TG에 대한 온갖 역사적인 정보를 찾았어. 예를 들어 고대 그리스와 로마에서 필로가 남자가 여자로 변하는 일에 관해 썼다는 거 알아?"

TG. 트랜스젠더. "음, 응. 필로 정도는 다들 읽지."

오빠는 내 냉소를 무시했다. 바닥에 앉아 종이더미에 둘러싸여 있었다.

"프랑스의 헨리 3세는 스스로를 사 마제스티(sa majeste)라고 칭했대. 여왕 폐하라는 뜻이지. 17세기의 아베 드 슈와지는 실제로 이렇게 썼대. '나는 나 자신을 진정으로 진실되게 여자라고 생각한다.' 그리고 잔 다르크도 있지."

"잔 다르크가 남자였어?" 눈이 휘둥그레졌다.

오빠가 고개를 갸웃했다. "정신적으로는 말이야. 그렇다고 볼 만한 증거가 충분히 있어."

우와. 여자도 트랜스젠더일 수 있다고 한 번도 생각해보지 못했다. 나는 침대에 책가방을 놓고 오빠 옆에 앉았다. 오빠가 갑자기 역사에 관심을 갖게 된 이유가 궁금했다.

"왜 트랜스에 대해 조사하고 있어? 내 말은, 왜 지금?"

"지금이면 안 돼? 언젠간 나도 역사의 한 장이 될 텐데."

가슴이 뛰기 시작했다. 역사가 '되겠다'는 뜻일까?

"많은 원주민 부족들이 트랜스에 대한 이야기를 전승하고 있어." 오빠가 계속 늘어놓았다. "모하비, 나바호, 푸에블로. 그들은 남자인 여자들이나 그 반대인 사람들을 인정할 뿐 아니라 받아들이기까지 했어. 그들은 트랜스젠더를 '두 개의 영혼'을 가진 사람이라고 불렀지. 유마족 인디언들에게는 '엘락스'라고 불린 사람들이 있었는데, 그들은 실제로

'영혼의 변화'를 거쳤대. 이런 사실을 알았어? 멋지지 않아?"

현기증이 일었다. 나는 오빠가 읊고 있는 종이를 흘끔 보았다. 오빠는 군데군데 형광펜으로 줄을 긋고 유명한 사람들의 이름에 별표를 쳐두었다. 다나 인터내셔널. 아, 그녀도 트랜스젠더였구나. 난 왜 오빠가 그녀를 그토록 좋아하는지 몰랐다.

"믹 재거는 집에서 여자 옷을 입는대."

내가 얼굴을 찌푸렸다. "그럼 그 사람도 트랜스야?"

오빠가 어깨를 으쓱했다. "모르지. 이것 아니면 저것인 문제가 아냐. 사람들의 성별에는 회색 영역이 있어."

"나도 알아."

"루 폴." 오빠가 말했다.

"루 폴? 드랙 퀸(drag queen, 여장 남자—옮긴이)인 줄 알았는데."

"어쩌면. 아마 그렇겠지. 어쨌든 그녀는 아름다워."

"오빠도 그렇게 되고 싶어? 드랙 퀸?" 맙소사, 루나는 무대에 설 생각일까? 공연하면서?

"다들 그만한 재능을 타고나진 않아. 난 그저 섞여 들고 싶어. 여길 봐." 오빠가 몹시 흥분했다. "전환 중인 트랜스들의 증언을 찾았어. 그들이 어떤 일을 겪고 있는지 말이야. 이건 나야, 정확히, 나하고 똑같아." 오빠가 보물상자 옆에 놓인 다른 종이 뭉치를 집어 들었다. 오빠는 보물상자를 이렇게 불렀다. 오빠의 삶이 담긴, 자물쇠로 잠긴 선박여행가방. 여자 옷과 화장품이 담긴 가방. 오빠는 여기에 경보장치까지 달아놓았다.

"몇 년 전에 전환한 테리 린이라는 트랜스젠더 여자가 있어. 그녀는 전환을 '자신을 다시 만드는 과정'이라고 불러. 내년에 SRS를 받을 수 있게 해리 벤저민 지침을 토씨 하나 틀리지 않고 따르고 있대."

"뭐가 뭐? 잠깐만, 해리 벤저민은 누군데?" 오빠는 마치 내가 자신과 같은 수준에 이른 양 말하고 있었다.

"해리 벤저민. 벤저민 지침. 알잖아, SRS를 받기 전에 거쳐야 하는 과정 말이야."

"오빠, 천천히 해. 무슨 소린지 모르겠어. SRS?" 웹사이트 프린트를 들어 훑어보았다. 맨 위에 '성별정체성 센터에 오신 것을 환영합니다' 라고 쓰여 있었다.

오빠가 내 어깨를 토닥였다. "미안해. 알아듣지 못할 말을 미리 설명했어야 하는데. SRS는 성전환 수술(Sex reassignment surgery)의 줄임말이야."

나는 종이를 떨어뜨렸다. 그제야 머리가 돌아가기 시작했다. "성별을 바꾸는 수술 말이야?"

오빠의 얼굴에, 그녀의 얼굴에 미소가 퍼졌다. 루나가 꿈꾸는 듯한 눈을 했다. "아아, 레, 평생 원해왔던 일이야. 알잖아."

아니, 몰랐다. 그런 걸 어떻게 알아? 나는 그녀의 얼굴에서 시선을 돌려 바닥으로 떨어뜨렸다. 그녀를 볼 수가 없었다. 왜 이 일이 충격적일까? 한 번도 거기까지 감히 상상하지 않았기 때문이었다.

전환. 그런 뜻이었나? 진짜, 육체적인 전환? 성전환 수술?

오빠가 종이를 그러모았다. 보물상자 위에 장치한 번호판에 일련의 숫자와 글자를 찍었다. 잠금장치가 열리고 오빠가 상자 뚜껑을 열었다. 안에 서류뭉치를 넣고 가죽지갑과 융단가방을 꺼냈다. 융단가방이 낯익었다. 엄마 꺼 아니었나?

오빠가 말했다. "둘 중 어느 쪽이 더 일상적으로 보여?"

현기증이 났다. 나는 몸을 일으켰다.

"레?"

"둘 다 아냐. 아님 둘 다 어울리거나. 아무튼 괜찮아." 나는 중얼거리면서 문으로 비틀비틀 걸어갔다.

"왜 그래?" 오빠가 등 뒤에서 소리쳤다.

"아무것도 아냐." 오빠를 내버려선 안 돼. 머릿속에서 비명 소리가 울렸다. 이러지 마. 오빠를 실망시키지 마. 오빠가 알아채게 하지 마.

오빠가 더 부드러운 목소리로 물었다.

"넌 이해하지? 그렇지?"

나는 문지방에 멈추어 서서 눈을 꽉 감았다. 숨을 깊이 들이쉬고 천천히 뱉었다. 배를 움켜쥔 채 눈을 뜨고 어깨 너머로 억지 미소를 던졌다. "뭐, 응." 나는 거짓말을 했다. "물론이지."

9

"이 실험에는 잠재적 위험성이 있는 화학제를 두 가지 사용한다. 첫째는 피부나 옷에 즉시 반응하는 강력한 산화제 과망간산칼륨이고 둘째는 강력한 부식제 황산이다. 약제를 쏟거든 물로 많이 씻어내라. 항상 보안경을 착용하도록. 질문 있나?" 브루작이 트위티 버드 넥타이로 두꺼운 안경을 닦았다.

크리스가 보안경을 건넸다. "위험한 화학제를 다루는 일은 모두 내게 맡기는 게 나을걸."

그 애가 굵직한 목소리를 냈다. "왜냐하면 내가 남자니까."

어제였다면 크리스를 한 대 치거나 웃었을지도 모른다. 하지만 오늘은? 그런들 뭐가 달라지겠는가? 이 세상은 엉망진창으로 비뚤어져 있었다. 정상 궤도에서 벗어나 있었다. 우리는 결코 가까워질 수 없었다.

크리스가 나와 가까워지고 싶어하는 것도 아니지만.

"베랄 피펫에 상용 과산화수소를 채우고 라벨을 붙이시오." 내가 실험 안내문을 읽었다.

"이봐, 가라초, 오늘 학교 끝나고 실력 테스트에 올 거야?" 누군가 크리스 옆에서 말했다. 낯선 선배 남학생이 자기 자리로 가던 길에 우리 실험대에 왔다. 십 분 지각이었다. 브루작이 그의 운동부 웃옷 등판을 태울 듯한 눈초리로 노려보았다.

"있잖아, 헤윗이 나를 바로 시작하게 해줄까? 아니면 올해는 그냥 벤치나 지키고 있을까?" 크리스가 말했다.

"앳킨슨 군, 늦었네." 브루작이 온 우주에 선언했다. "두 번째군. 세 번 늦으면 낙제다."

앳킨슨이 눈을 가늘게 뜨더니 브루작의 가슴팍에 있는 새를 가볍게 튕겼다.

"앳킨슨 군······."

"알았어요, 코치." 그가 브루작에게 엄지손가락을 치켜들며 대꾸하고 제자리로 돌아갔다.

나는 안내문을 마저 읽었다. "이거 머리 탈색할 때 쓰는 약 아냐?" 크리스가 과산화수소 병뚜껑을 돌려 열고 냄새를 맡았다. "내가 탈색해줄까?" 그 애가 커다란 손으로 내 머리 위를 헬멧처럼 덮었다. "한 가닥 길게 등까지 죽 말이야. 스컹크 같겠다."

나는 몸을 비틀어 빠져나왔다.

"레이건, 그냥 장난쳤을 뿐이야." 크리스가 상처 받은 표정을 지었다.

그 애의 입술에서 나오는 내 이름을 들으니 여전히 가슴이 뛰었다.

"알아. 미안해." 미소를 짓고 긴장을 조금 풀었다. 투명인간 보호막을 내렸다. 우리가 결코 맺어질 수 없어서 오히려 다행일지도 몰랐다. 크리스가 결코 몰라도 되니까.

우리는 제조사가 병에 명시해놓은 과산화수소의 농도를 증명 또는 반증하기 위한 실험을 진행했다. 크리스가 과산화수소를 비커에 한 방울씩 떨어뜨리며 큰 소리로 세었다. "열넷, 열다섯…… 그래서, 갈래?"

나는 황산병 뚜껑을 열었다. "어디를?" 병을 기울였다.

"파티에."

이런, 나는 발작을 일으키고 말았다. 머리 근육에 경련이 일고 황산병을 든 손이 흔들렸다. 황산이 팔에 온통 튀었다.

무성영화의 한 장면처럼 크리스의 얼굴에 공포가 떠올랐다. 나는 신음 소리를 내뱉었다. 아프지 않았다. 처음에는. 그러나 강도가 점점 세지며 팔에서 불타는 듯한 통증이 느껴졌다. 긴장상태에, 쇼크에, 빠지고 있었다.

하얗게 바래 거품이 일어나기 시작한 내 피부를 보며 헐떡였다. 비명을 질렀던가?

"브루작 선생님!" 크리스가 고함을 쳤다. "이리 와주세요, 어서요." 크리스가 내 손목을 당기고 끽 소리를 내며 수도꼭지를 틀었다. 차가운 물이 쏟아져나왔다.

브루작은 내가 사지(死地)에서 부활하는 순간에 도착했다. 이번 비명 소리는 진짜였다. 고막이 먹먹했다. 숨을 쉬려고 헐떡이며 끅끅거렸다. 눈에서는 눈물이 쏟아졌다.

"진정해. 죽진 않아." 브루작이 말했다. 내가 들을 수 있게 소리 높여

외쳐야 했다. 크리스가 차가운 물 아래로 내 팔을 잡아 눌렀다. "제발, 좀 진정해라." 브루작이 내 팔 위쪽을 손톱으로 죄었다.

몇 분 후, 손에는 감각이 없었다. 울음을 그치고 어느 정도 평정을 되찾았다. 브루작이 황산이 가장 많이 닿은 손목을 확인했다. "사물함에 항생제가 있다. 잠깐 기다려." 브루작의 목소리가 멀리, 비커 속에서 들려오는 것 같았다. 나, 졸도하고 있나?

"레이건, 괜찮아?"

크리스의 목소리에 눈을 깜박였다. 그 애가 내 팔을 단단히 잡고 있었다. 내 기분처럼 창백하게 질린 표정이었다.

나는 고개를 끄덕였다. 그 애의 손을 푼 다음 사지에 피가 다시 돌게 하려고 손가락을 움직여보았다.

크리스가 내 손을 자기 손바닥 위에 올리고 내 팔과 손목을 세심히 살피더니, 이상한 짓을 했다. 내 손을 입술로 가져가 손바닥에 입을 맞췄다.

죽을 것 같았다. 그 무엇보다 달콤한 행동이었다.

상처는 아주 작았다. 피부이식도 붕대도 필요 없었다. 하지만 나는 그날 종일, 내 손을 보호하듯 가슴에 대고 다녔다. 아파서가 아니었다. 내 살에 닿았던 크리스의 부드러운 입술의 느낌을 간직하기 위해서였다.

그날 밤에는 크리스가 나오는 꿈을 꿨다. 우리는 강을 따라 내려가는 카누를 타고 있었다. 따뜻하고 상쾌한 날씨였고, 우리는 둘 다 흰옷을 입고 있었다. 크리스는 흰 셔츠와 바지에 흰 신을 신고, 나는 희고 보드라운 가운을 걸쳤다. 달빛을 받아 유리 같은 수면 위로 우리의 옷과 얼굴이 아우라를 뿜어내며 환하게 비쳤다. 크리스와 나는 노를 하나씩 들고 완벽한 조화를 이루며 저었다. 강가 숲에서 〈라 보엠〉의 곡조가 희미하게 들려왔다. 우리는 노를 저으며 노래했다. 노를 저으며 노래했다.

음악이 뚝 끊겼다.

"레, 도와줘."

내가 눈을 떴다. 침대 옆에서 루나가 울음을 터뜨렸다.

끝내고 싶지 않은 꿈에서 완전히 깨어나고, 루나를 진정시키는 데 일 분이 걸렸다. 루나는 호흡곤란을 일으킬 만큼 심하게 울고 있었다.

"무슨 일이야?" 아까는 괜찮아 보였다. 아침식사 때 오빠는 평소와 마찬가지로 완전히 소년 역할을 하고 있었다. 오늘은 학교에 가긴 했다. 역사 교실에 가던 길에 시청각실로 들어가는 오빠를 봤다. "루나?"

루나가 코를 훌쩍였다. 내 침대 끄트머리에 무너지듯 앉으며 흐느꼈다. "그걸 시켰어. 나, 나는 하고 싶지 않았지만 시키셨어." 가슴이 걷잡을 수 없이 요동쳤다. 루나는 두 손에 얼굴을 묻고 울었다.

"누가 시켰는데?" 내가 구겨진 이불에서 나와 루나 옆에 앉았다. "누가, 뭘 시켰어?"

루나의 어깨가 흔들렸다. "아빠."

루나가 헐떡였다.

아빠. 나는 루나의 허리에 팔을 둘렀다. "이번엔 무슨 짓을 했어?"

"실력 테스트에 참가하게 했어." 루나가 숨을 크게 들이쉬고 허리를 폈다. "진짜로 학교에 와서 수업이 끝났을 때 나를 찾아왔어. 내 수업 시간표도 모르셨을 텐데." 루나가 코밑을 문질렀다. "교무실에서 알아낸 것 같아."

무슨 얘기지? "무슨 실력 테스트였는데?"

루나가 눈물 젖은 속눈썹을 깜박이며 나를 보았다. "야구."

맙소사.

"나를 운동장에 끌고 나가 공을 던지게 했어." 그녀가 무감각한 목소리로 말을 이었다. "아빠가 실력 테스트 내내 외야석에 앉아서 지켜보고 있었기 때문에 그만둘 수도 없었어."

나는 조용히 아빠를 저주했다. 사실 조용히는 아니었다.

"도저히, 레." 루나가 나의 시선을 붙잡고 작게 헐떡이며 말했다. "전환해야만 해. 얼마가 들든 상관없어. 난 지금 수술해야만 해."

내가 그녀의 등을 감쌌던 팔을 떨어뜨렸다. "얼마나 드는데?"

루나가 고개를 흔들었다. "돈 얘기가 아냐."

돈 말고 또 무슨 비용이 있지?

"날 도와줘야만 해." 그녀가 말했다. 애원했다.

"돕다니? 어떻게?" 내가 수술 집도라도 하길 바라는 걸까? 그렇겠지.

"처음에는 나를 드러내는 일부터 천천히 시작할 거야. 남들 앞에서 여자답게 차려입는 거지. 이걸 어떤 식으로 해야 할까?"

"왜 나한테 물어?" 숨이 턱 막혔다. 난 아무것도 몰라. 나한테 이러지 마.

루나가 침대 위에서 한쪽 다리를 접어 몸을 바로 세우며 균형을 잡았다. 내 손을 감싸 쥐고 자기 허벅지 위에 올렸다. "레, 널 믿기 때문이야. 난 목숨을 걸고 널 믿어."

믿지 마! 속으로 비명을 질렀다. 난 지금까지 늘 그녀의 공모자였다. 비밀을 지켰다. 하지만 그것이 나를 이토록 철저히 신뢰할 이유는 못 됐다.

루나가 나를 바라보았다. 강렬한 눈빛이었다. 나는 그녀를 볼 수가 없었다.

"공공장소에서 여자 옷을 입고 싶어?" 나는 태연한 척 말하려 애쓰며 루나에게서 조금 물러났다.

"그래. 난 내가 되고 싶어."

그것뿐이라면……. 나는 루나의 손에서 내 손을 빼고 침대에서 내려섰다. 바닥의 잡동사니를 헤치고, 이제는 루나의 작고 구석진 낙원이 된 책상으로 터벅터벅 걸어가 립스틱을 하나 집어 들었다. "음, 모르는 사람들 앞에서 입어보는 게 더 쉬울 것 같아." 립스틱 뚜껑을 열었다. 적갈색. 내 색은 아니었다. 내 색은 뭐지? "내 말은, 많은 위험을 감수하지 않아도 된다는 거야. 그러니까 낯선 사람들이 네가 트랜스젠더라는 사실을 받아들이지 못하더라도 뭐 어쩌겠어? 네가 누구인지, 누구였는지 아는 사람들을 대할 필요는 없겠지. 예전의. 리엄이었던 널 말이야."

"배우. 홀로그램."

"뭐든지. 널 모르는 사람들이라면 그걸 벗어날 필요는 없겠지."

"내가 사람들 앞에서 편하게 느낄 기회이기도 하겠네. 대낮에."

대낮? 내가 고개를 휙 돌렸다. 그녀는 내 두려움을 느꼈을까? 웃으며 이렇게 덧붙이는 그녀에게서 빛이 뿜어져 나오는 것 같았다. "레, 넌 정말 똑똑해. 정말 똑똑해."

"아, 그래." 나는 등을 돌렸다. 오빠에 비하면 나는 줄기세포였다.

"어디로 가야 하지? 언제 가지?" 루나가 물었다.

"몰라." 립스틱을 내려놓았다. 루나에게는 이렇게 많은 색이 다 필요한가? "쇼핑몰에 놀러 나가도 괜찮겠지. 우리 동네 말고." 내가 서둘러 덧붙였다. "다른 데로, 동네에서 머어어어어어어얼리 있는 곳." 내가 거리를 표시하려고 팔을 옆으로 쭉 뻗었다. 아주 먼 거리. "쇼핑을 갈 수 있을 거야."

"쇼핑." 루나가 따라 말했다. "내가 너랑 쇼핑 가는 일을 얼마나 오랫동안 꿈꿔왔는지 아니?"

그랬나? 몰랐다. 나는 쇼핑을 그다지 자주 가는 편도 아니다. 알리가 뭔가 사야 할 때, 그것도 알리의 친구들이 아무도 시간을 못 낼 때밖에 가지 않았다. 알리에게는 나 말고 다른 친구들이 있었다. 물론 선배들이었다. 언니 또래의, 언니에게 어울리는 사람들. 쇼핑은 꿈 치고는 너무 작게 느껴졌다.

"언제?" 루나가 물었다.

"어?" 확인해봐야 했다. 너무 피곤했다. 나는 크리스와 카누를 타는 내 꿈속으로 돌아가고 싶었다.

"내일 가자." 루나가 말했다.

"안 돼. 학교에 가야 해. 학교라고 들어는 봤지? 사람들이 배우러 가는 곳. 자신의 운명을 설계하러 가는 곳 말이야."

루나는 웃지 않았다. "학교 끝나고는?"

내일이 무슨 요일이더라? 목요일? 벌써 내일인가? "일하러 가야 해." 데이비드와 엘리스가 요가 학원에 같이 다니기 시작해서 부처님께 감사하게도 나를 필요로 했다.

"언제, 레? 우리 언제 갈 수 있어?" 루나의 목소리에 담긴 절망감에 가슴이 아팠다.

"토요일에 가자. 아니, 잠깐. 그날도 일해야 해."

거울에 루나의 표정이 흘끗 비쳤다. 황폐함 그 자체였다. 그래도 어쩔 수 없었다. 데이비드와 엘리스가 스키를 타러 간 사이에 아이들을 봐 달라고 부탁했다. 하루 종일 맡는 날이었다. 그만큼 돈이 절실하지는 않았지만…… 가고 싶었다. '진짜' 가족에게서 에너지를 충전받아야 했다.

"토요일 밤은 어때? 쇼핑몰이 몇 시까지 열더라?"

난들 알겠나. "아마 최소한 아홉 시까진 할 거야."

루나는 기다렸다.

토요일 밤은 괜찮을 수도 있었다. 준비할 시간이 며칠 있었다. 무엇에 대한 준비인지는 나도 모르겠지만 말이다. "아마 여섯 시는 돼야 집에 올 거야. 데이비드와 엘리스가 어디로 스키 타러 가는지에 달려 있어."

루나가 침대에서 폴짝 뛰어내려 방 안을 날듯이 돌았다. 나를 의자에서 세워 끌어안았다. 어찌나 꼭 안았는지, 그녀의 기쁨이 내 뼛속까지 스며드는 것 같았다.

그래, 그렇게 나쁜 일은 없겠지. 다 모르는 사람들인걸. 토요일 밤. 누가 토요일 밤에 쇼핑몰에 가겠어? 게다가 세상 모든 여자아이들은 남자를 찾으러 돌아다니고 있단 말이지. 이 말은 알리에게서 들은 거다.

나는 치솟아 오르는 두려움을 억눌렀다. 우린 그저 쇼핑을 나온 두 여자아이일 뿐이야. 누가 알아차리겠어? 누가 신경이나 쓰겠어? 누가 우릴 한 번 더 쳐다보겠어?

"오닐 양, 교탁 앞으로 나와주겠나?" 브루작이 내게 손가락을 까닥였다. 앳킨슨을 따라 시작종이 울릴 때에야 실험실에 뛰어 들어왔던 크리스는 의자에 앉아 한쪽 다리를 흔들고 있었다. "안녕, 카누를 어디서 빌릴 수 있는지 알아?"라고 물을 시간조차 없었다.

"오닐 양?"

저 앞으로 나오라고 했던가, 뭐라고 했지?

"오늘은 괜찮겠군." 브루작이 시계를 두드렸다.

의자를 밀며 일어났다. 크리스가 넘어질 뻔한 의자를 잡고 '무슨 일이야?' 라고 묻듯이 얼굴을 조금 찌푸렸다.

나도 모르지. 다들 하던 일을 멈추고 나를 멍하니 쳐다보았다. 내게 시선을 못 박고 눈으로 나를 좇았다.

실험대 사이를 걸어가자니 벌거벗은 기분이 들었다. 맥박이 빨라졌다. 무슨 속셈이지?

브루작이 내게 옆에 와 서라고 손짓했다. "오닐 양, 학생들에게 팔을 보여줘. 몸에 황산을 쏟는 불행한 실수의 결과가 무엇인지 다른 학생들이 깨닫도록."

불행한 실수? 나는 오늘 나머지 한쪽 팔도 황산으로 씻을까 생각 중이었다. 여전히 손목은 발그레하고, 하얗게 얼룩진 피부에는 군데군데 거품 같은 흔적이 있었지만 아프지는 않았다.

"오닐 양, 어서. 관객들이 기다리고 있다." 브루작이 연극이라도 하듯 팔을 획 펼쳤다.

멍청이. 쌍점 10점이야. 나는 속으로 생각하며 수줍어하듯 팔짱을 꼈다. 힌트를 알아먹어.

"제가 황산을 쏟았어요." 교실 뒤에서 크리스의 목소리가 들렸다.

"아냐." 내가 말했다.

"맞아. 내가 했어."

"아냐."

"사랑싸움은 교실 밖에서 하도록." 브루작이 말을 잘랐다. "이게 바로 내가 경고했던 사고다. 주의를 기울이지 않으면 일어나는 일이지. 아가씨들, 이것들은 유독한 화학약품이야. 불장난을 하면 화상을 입는다고."

하마터면 성차별주의자인 그를 태워버리겠다는 농담을 할 뻔했다. 조용히 고통 받을 내 권리를 침해한 데 대한 형(刑)을 더해서. 하지만 더 말해봤자 여기 교탁 위에서 고통 받는 시간이 늘어날 뿐이었다. 나는 자리로 돌아가려고 발을 떼었다.

브루작이 나를 막아섰다. "오늘 양, 산이 인간의 피부와 닿았을 때 어떤 일이 일어나는지 모두에게 보여줘."

나는 조금 발끈했다. 진심일까?

보아하니 진심이었다. 그냥 넘어가지 않을 작정이었다.

나는 팔짱을 풀고 왼쪽 손목을 들어 올렸다. 앞줄에 앉은 학생들이 몸을 앞으로 내밀었다. 뒤쪽에서는 보려고 목을 뺐다. 나는 여기에서 불타 재가 되고 있는 나 말고는 아무것도 볼거리가 없다고 말하고 싶었다.

"어떤 느낌인지 알려줘." 브루작이 말했다.

"꽤 좋아요." 내가 빈정거렸다. "자해에 취미가 있다면 끝내줄 정도죠."

학생들이 큭큭거렸다. 그랬나?

브루작이 성난 목소리로 말했다. "안전이 우리에게 무엇보다 중요하다는 것은 아무리 강조해도 지나치지 않다. 조심하고 집중하고 경계해라."

"할 수 있는 건 다 해." 내가 덧붙였다.

숨죽인 웃음이 실험실에 퍼졌다. 온몸의 털이 곤두선 듯 브루작이 경직되는 것이 옆에서 느껴졌다. 그의 바늘에 찔리면 피가 흐를 것 같았다. 나는 마치 겁먹은 토끼처럼 종종걸음 쳐 자리로 돌아갔다. 아이들이 나를 향해 웃었다. 비웃는 게 아니라 오히려…… 감탄한 듯이, 재미있었다는 듯이.

브루작이 말했다. "모두 흰 종이를 한 장 꺼내라. 지금 여러분은 퀴즈를 벌었다."

전체 신음소리 합창. 의자에 앉는 내 옆에서 크리스가 작게 투덜거렸다. "짱점 측정 불가."

농담이 아니었다. 퀴즈가 다행히 쉽지 않다면, 난 모든 학생들의 짱점 측정 불가 대상이 될 터였다. 지난번 실험의 빙점과 부등점을 묻는 문제와 뇌에 영구적으로 새겨진 황산의 화학식 H_2SO_4를 묻는 문제, 이렇게 두 문제가 나왔다.

문제를 다 풀고 크리스의 답안지를 살짝 보았다. 거의 백지였다. 첫 번째 문제만 풀고 포기해버린 것 같았다.

"이봐, 레이건." 수업 후 복도에서 크리스가 나를 쫓아왔다. "토요일 밤엔 어떻게 할래?"

순간, 깜짝 놀라 우뚝 섰다. 토요일 밤? 크리스가 토요일 밤에 할 일을 어떻게 알고 있지?

입을 딱 벌리고 선 나를 보고 크리스는 내가 말귀를 못 알아들었다고 생각한 모양이었다. 실제로 그랬다. "파티 있잖아?" 크리스가 말했다.

파티. 맙소사. 환상이 아니었다. 내가 황산을 쏟기 직전에 같이 가자고 했었다.

그때 누군가 뒤에서 우리 쪽으로 달려왔고, 크리스가 나를 벽 쪽으로 이끌었다. 앞머리를 손으로 빗어 넘기며 두 눈으로 나를 깊숙이 마주 보았다. "그러니까?"

"그러니까." 나는 입술을 축였다. 입을 벌렸다. 다물었다. 토요일 밤. 어째서 토요일 밤이어야만 할까? 루나는 쇼핑을 가는 일에 완전히 심취해 있었다. 쇼핑몰에 입고 갈 적당한 옷을 찾느라 동틀 녘까지 내 방에 있었다. 쇼핑에 대한 이야기를 멈출 줄 몰랐다. 루나가 여자아이라는 이 이상의 증거가 있을까?

안 된다. 이 일은 루나에게, 오빠에게 너무나 중요한 일이었다. 오빠는 나와 쇼핑을 가기 위해 평생을 기다렸다.

"토요일 밤에는 안 돼. 음…… 언니하고 쇼핑을 가."

크리스의 표정이 바뀌었다. 축 처진 얼굴? "알았어."

그 애가 등 뒤로 시선을 돌렸다. 실망했을까? 화가 났을까?

크리스가 냉담하게 말했다. "그럼 오며가며 보겠네."

무슨 뜻이지? 우리는 내일도 만날 터였다. 크리스가 아이들 사이로 사라졌다.

"오빠 때문이야." 나는 몸을 휙 돌려 벽에 발길질을 했다. 그러고는 이내 발가락이 부러진 것 같은 통증에 스스로를 원망했다.

1o

크리스는 다음 날 화학 수업에 들어오지 않았다. 브루작이 채점한 퀴즈 답안지를 수업 중에 돌려주겠다고 말하며 덧붙였다. "기대에 훨씬 못미쳤어."

기대. 왜 만사가 기대 문제일까?

브루작이 내 실험대 앞에 멈춰 섰다. "팔은 어때?"

"살아남을 거예요." 내가 짜증스레 대답했다. "제 말은, 제가요."

"다행이군." 그가 씩 웃고 내 퀴즈 답안지를 실험대 위에 놓았다.

"경험이 최고의 스승이지. 어떤 가르침은 고통스럽기도 해서 유감이야."

나는 답안지를 내려다보았다. 백 점이었다.

"공범은 오늘 안 온 모양이군. 방과 후에 나를 찾아오라고 전해주겠어?" 브루작이 크리스의 답안지를 맨 밑으로 집어넣었지만, 나는 이미 점수를 보고 말았다. 영. 빵점이었다.

아직까지 빵점은 한 번도 받아본 적이 없다. 빵점을 받으면 어떤 기분일까?

브루작이 가고 나서 크리스에게 그의 말을 전할까 말까 망설였다. 하지 말자. 오늘은 금요일이었다. 월요일이면 이미 까마득한 옛날 일이 될 터다.

어째서인지 크리스의 실패가 내 책임처럼 느껴졌다. 나 때문이었다. 내가 황산을 쏟지 않았다면 갑작스러운 퀴즈를 보지 않아도 됐을 것이다. 주위를 감도는 싸늘한 기운을 보아하니 다른 애들도 모두 이 사실을 눈치 챈 모양이었다. 투명인간 보호막에 넣을 새 건전지가 필요했다.

토요일 아침, 마테라 씨 집에 가려는 참에 알리슨이 지하실 계단을 쿵쿵거리며 내려왔다. "눈이 와. 밖이 정말 멋져." 그녀가 구부정하게 앉아 프린트한 코드를 분석하고 있는 오빠에게 말했다. "산으로 가서 눈썰매를 타자." 알리가 오빠의 머리카락을 잡아당겨 고개를 들리고 눈을 내려다보았다. "응? 우린 아무 데도 안 가잖아."

"난 못 가." 오빠가 감정을 억누르는 듯한 목소리로 말했다. "이 일을 끝내고 오늘 컴퓨터를 두 대 더 조립해야 해."

그래, 그렇겠지. 오빠는 오늘 밤에 입을 옷이나 맞춰보고 있겠지.

"레이건, 갈래?"

"난 일하러 가."

"쳇." 알리가 소파에 털썩 주저앉았다. "컴퓨터광 동네에서의 또 다른 지루한 토요일이구나. 내 삶은 지독하게 지긋지긋해."

일자리를 구해. 나는 생각했다. 쇼핑을 가. 오빠를 데리고 나가 미용실에 가. 꽤 우스웠다. 알리에게 이렇게 말할 수 있다면 좋을 텐데. 나는 대신 중얼거렸다. "미안해."

마테라 씨 집에서의 하루는 전혀 지루하지 않았다. 아이들과 놀고 영화를 보고 타일러를 달래고 점심을 하고 미렐이 고무줄과 머리핀으로 내 머리를 꾸미게 하고 나니, 시계를 한 번도 쳐다보지 않는 사이에 여섯 시가 돼 있었다.

집에 도착하니 거의 일곱 시였다.

오빠는 현관에 숨어 기다리고 있었다. "늦었네. 여섯 시에 오기로 했잖아."

"잠깐 숨 좀 돌리자." 내가 오빠의 손아귀에서 팔을 뺐다. "여섯 시일지도 모른다고 했지. 데이비드와 엘리스가 스키장에서 돌아오는 길에 잭나이프형 세미트레일러 뒤에 갇혔어. 오빠 눈엔 안 보일까봐 덧붙이자면 지금 눈보라가 치고 있다고."

오빠가 커다란 캔버스 가방을 현관 앞에 놓고 열쇠를 흔들었다.

"화장실부터 가도 될까?" 나는 오빠를 스쳐 지나며 서둘러 복도를 걸어갔다. 화장실 문은 닫혀 있었다. 누가 들어가 있는 모양이었다. 지하실로 가려고 몸을 돌리는 찰나, 변기 물 내리는 소리가 나고 아빠가 나왔다.

아빠가 현관 손잡이를 잡고 선 오빠와 나를 번갈아 보았다. "이 날씨에 밖에 나가는 건 아니지?"

"그렇게 나쁘지는 않아요." 나는 대꾸하고 아빠 뒤로 들어가 화장실 문을 닫았다. 구역질을 하며 변기받침을 내렸다. 오빠의 화장실 에티켓에 감사했다. 오빠가 화장실에서 하는 사적이고 개인적인 일을 자세히 알고 있거나, 알고 싶어서는 아니었지만.

화장실에서 나와 보니 아빠는 부엌에서 전화를 하고 있었다. 오빠가 나를 쏘아보며 입모양으로 '어서 와'라고 했다.

"엄마는 휴대폰 앤디와 또 늦게까지 일한다는구나." 아빠가 투덜거렸다. 휴대폰 앤디. 그럴듯하네요, 아빠. 농담 삼아 한 얘기일지라도 표정에는 드러나지 않았다. 아빠가 우리 쪽으로 몸을 돌렸다. "너희는 집에 있거라."

"아빠……." 나와 오빠가 동시에 항의했다. 오빠가 내게 말을 끝내라고 눈짓했다.

"우린 그냥 Y에 가요. 오늘 밤에는 덜 붐빌 거예요."

아빠가 눈썹을 치켜들었다. "그래? 그럼 내가 함께 가마."

엉망이군. 기대한 답이 아니었다.

오빠가 끼어들었다. "아빠, 전 혼자 가야 해요. 아빠도 이해하시죠."

아빠가 어이없다는 듯 입을 벌렸다가 다물었다. 아빠도 이해하시죠? 오빠는 지금까지 단 한 번도 아빠에게 이렇게 말한 적이 없었다. 아빠는 총에 맞은 표정이었다. "알았다. 조심하거라."

"그럴게요." 오빠가 나를 보며 턱 끝으로 문을 가리켰다.

아빠가 자기가 무엇을 이해했는지 알아차리기 전에—어쨌든 나는 전혀 몰랐으므로— 우리는 도망쳤다.

오빠는 차가 안 막히면 우리 집에서 삼십 분쯤 걸리는 웨스트 메도우스 몰을 골랐다. 검은 얼음으로 덮인 도로와 앞으로 3센티미터 정도 움직일 때마다 방해하는 사나운 강풍 때문에 거의 한 시간 만에 그곳에 도착했다. 살아서 간 게 다행이었다.

"오늘 밤에는 사람이 별로 없네." 오빠가 쇼핑몰 정문 기둥 가까이, 쌓여가는 눈 속으로 차를 대며 말했다.

"응, 뭐, 미친 위험인물들을 밤에는 가두어두니까 말이야." 내가 투덜거렸다. 주차장은 거의 비어 있었다. 문을 열자 진눈깨비가 나를 때렸다. 일어서 차 문을 닫으려고 몸을 돌렸다. 오빠가 없었다. 오빠는 그대로 앉아 성에가 앉은 창밖을 응시하고 있었다.

내가 차 안에 대고 소리쳤다. "왜 그래?"

"못하겠어."

"오빠."

오빠가 고개를 기계적으로 흔들었다. "못하겠어."

망할! 나는 손바닥으로 계기반을 쳤다. 아얏. 부러진 발가락과 산성 화상에 부러진 손목까지 추가로군. 크리스와 데이트하며 사랑의 강을 노 저어 갈 수 있었을 눈보라치는 토요일 한밤에, 대체 내가 여기서 뭘 하고 있는 거지?

"오빠, 이리 나와. 별일 없을 거야."

오빠는 그저 나를 쳐다보았다.

그래, 사실 나도 모르긴 했다.

오빠가 엷은 미소를 띠었다. "테리 린이 내가 고른 이름인 루나가 마음에 든다고 했어. 신화적이면서도 신비롭게 들린대."

"테리 린이라면?"

"인터넷에서 만난 티걸(T-girl)이야."

티걸. 트랜스젠더 여자. 그래.

"착해. 처음 사람들 앞에 나가서 받아들여지려고 시도했던 일에 대해 내게 다 말해줬어. 테리 린도 나처럼 열일곱 살이었는데 차가 없어서 버스를 타야 했대. 그래서 도서관에 가는 버스를 탔대. 거기에 남녀 공용 화장실이 있어서 옷을 갈아입을 수 있다는 걸 알고 있었거든. 그녀는 시애틀에 살아." 오빠가 말을 멈추고 눈을 깜박였다. "워싱턴에 있어. 알지?"

"나도 들어봤어. 정말 재미있는 이야기네." 내가 하품을 참았다.

"하지만 그게 무슨 상관……."

"그녀는 여름 민소매 치마와 짧은 웃옷을 골랐대. 발가락이 보이는 샌들을 신었지. 그때 테리 린에게는 정말 형편없는 할로윈용 가발밖에 없었대. 어둠의 여신인 엘바이라 같은 거 말이야."

"맙소사." 내가 눈을 찌푸렸다. "농담이겠지."

오빠가 조금 웃었다. "그래서 그녀는 공원을 가로질러 시티 마켓으로 걸어갔대. 제일 처음 만난 사람은 두 아이와 같이 있던 어떤 엄마였어. 테리 린은 그들이 자기를 본 걸 알았어. 빤히 쳐다봤대. 그녀는 도망쳐 버리고 싶었지만 머리를 똑바로 들고 계속 걸어갔어. 그런데 해냈다고, 그들을 무사히 지나쳤다고 생각했을 때, 아이가 이렇게 말했지. '엄마, 왜 저 남자는 치마를 입고 있어요?'"

나는 나도 모르게 눈을 꽉 감았다.

"나도 알아. 테리 린은 거의 심장 발작을 일으킬 뻔했대. 제모 수술을 받기 전에는 수염이 정말 짙었거든. 온 세상의 파운데이션을 다 덧발라도 가려지지 않을 정도였어." 오빠가 웃음 지으며 고개를 떨구었다.

내가 길게 숨을 뱉었다. "그다음에는 어떻게 됐는데?"

오빠가 검지로 운전대의 곡선을 훑었다. "그 엄마는 가여워했대. 지나칠 정도로 친절했다지. 테리 린에게 사과하고 어린 딸을 꾸짖었대. 상당한 트라우마가 됐다고 하더라. 하지만 그 자리까지 가는데, 자기 자신답게 옷을 입을 용기를 끌어 모으는 데 너무나 오래 걸렸기 때문에 예전으로는 돌아가지 않겠대. 만에 하나라도 돌아가야 한다면 차라리 죽겠다고 하더라." 오빠의 가슴이 들썩였다.

"그러니까……." 나는 오빠에게로 고개를 까닥였다. "그녀는 살아남았구나."

오빠가 나와 눈을 맞췄다.

"오빠는 할 수 있어." 나는 오빠에게 말했다. "할 수 있어."

오랜 시간이 지났다. 오빠의 얼굴에 내가 지금껏 한 번도 본 적 없었던 표정이 자리 잡았다. 각오? 결의? 오빠는 이를 악물고 고개를 끄덕인 다음, 차 문을 열었다.

　나는 시어스 이 층에 있는 여자화장실 앞을 지키고 서 있었다. 시어스. 왜 하필이면 시어스람? 여기는 새로 개점한 곳이니 아빠의 옛 지인을 만날 것 같지는 않았지만 아빠의 영역이긴 했다. 아빠는 회사가 자신을 인사팀으로 발령낸 뒤로 매장 근무는 거의 하지 않았다. 아빠는 그곳에서 자신의 해고통지서를 발급해야 했다.

　거기 서 있자니 오싹했다. 나는 파카 속에서 몸을 떨었다. 문이 살짝 열리고 루나가 손을 내밀어 나를 안으로 끌어당겼다.

　"자, 나 어때?" 그녀가 내 앞에 서서 떨면서 포즈를 취했다.

　"나쁘지 않아."

　그녀의 얼굴이 어두워졌다.

　"아니, 어울려. 정말 멋져." 놀라울 정도로 멋있었다. 루나는 내 취향보다 조금 딱 붙는 리바이스 힙스터를 입고, 수레국화꽃 같은 파란색 스웨터에 옅은 노란색 블라우스를 받쳐 입었다. 검은색 발목부츠도 신었다. 스타일리시했다. "응…… 괜찮아 보여."

그녀의 얼굴이 환해졌다. 이렇게 좋은 물건을 찾느라, 틀림없이 시내 중고 상점을 샅샅이 뒤졌을 터였다. 다음에는 나도 데려가면 좋겠다. "그리고 네 가발은 확실히 어둠의 여신 티가 폴폴 나진 않아."

루나가 살짝 웃으며 거울에 비친 적갈색 단발머리를 다듬었다. 창백한 피부와 주근깨에 잘 어울리는 색이었다. 내가 지금 무슨 소릴 하고 있지? 이건 《코스모 걸》 기사가 아니었다.

"다들 눈치 챌 것 같아?" 그녀가 거울에 비친 나와 눈을 맞췄다. "솔직하게 말해줘."

솔직히 말해 그녀는 돋보였다. 남자처럼 생겨서가 아니었다. 키가 크고 우리 또래 대부분의 GG(Genetic Girls, 생물학적 여성)보다 매력적이었다. 오빠는 우리를 트랜스젠더나 티걸에 반해 그렇게 불렀다. "루나, 정말 근사해." 나는 오빠의 블라우스 목깃을 끌어올려 후골을 가리며 말했다.

"테리 린은 후골을 잘라냈대." 오빠가 거울을 보며 목을 폈다. "이제 거의 안 보이게 됐대."

"이제 갈까?" 루나의 목에 칼을 대는 상상을 하자 메슥거렸다. 루나가 거울을 보며 모양을 내기 시작하면 여기에 며칠은 있어야 할 게 뻔했다.

루나가 얕은 숨을 내쉬었다. 핸드백 끈을 어깨에 걸치고 가방을 세면대에 올렸다. "이 복도 끝에 가방을 넣어놓을 수 있는 사물함이 있어."

어떻게 알았을까? 이 구역을 보러 왔던 걸까? 아마 그랬을 터다. 오빠다웠다. 편집증적이고 준비성이 철저했다.

마지막으로 한 번 더 긴장된 순간이 있었다. 내가 손잡이를 감싸 쥐었지만 루나가 문이 열리지 않게 눌렀다. 나는 그녀가 겁에 질려서 포기하려 한다고 생각했다.

그러나 루나는 손을 내리고 입술을 축이며 선언했다. "준비됐어."

우리가 제일 처음 마주친 사람은 전기제품 판매원이었다. 그는 마치 수색 임무라도 맡은 양 우리에게 성큼성큼 다가왔다. 루나가 내 팔을 지혈이라도 하듯 꽉 쥐고 움츠러들었다.

"그냥 계속 걸어." 내가 말했다.

몇 센티미터까지 다가왔을 때 판매원이 소리쳤다. "이봐, 랄프, 내 1월 잔업 보고서 받았어?" 그는 우리를 진열대인 양 지나쳐 달려갔다.

루나는 냉장고에 기대고 마음을 가라앉혔다. 가슴팍에 손을 얹고 씨근거렸다. "맙소사. 발작할 것 같아."

"아니, 안 그래." 내가 발작할 지경이었다. 심장이 갈비뼈를 부러뜨릴 정도였다. "그 사람은 우릴 보지도 못했어. 루나, 무사통과했다고."

루나가 나를 내려다보며 눈을 깜박였다. 그녀의 얼굴에 서서히 미소가 퍼지며 빛났다. "통과했지? 그렇지?" 그녀의 눈이 눈부시게 반짝였다. "통과했어."

오늘 복도에는 인간이 거의 없었다. 날씨의 여신께 감사했다. 한 계산원이 우리를 수상한 듯 살폈지만, 물건을 살짝 훔치러 온 비행청소년이라고 생각한 것 같았다. 사람들과 마주칠 때마다 나는 그들의 반응을 살피려고 등 뒤를 흘끔거렸다. 우리를 한 번 더 쳐다본 사람이 딱 한 명

있었다. 카메라 매장에 서 있던 지루해 보이는 점원이었다. 그가 루나를 한 번 더 보는 것 같았다.

"아무도 몰라보고 있어." 루나가 시어스 입구를 나서서 쇼핑몰 중앙 복도로 들어서며 말했다. "정말 신나."

그래, 어찌나 흥분되는지 얼굴이 다 빨개지네. 레이건, 그만둬. 루나에게는 힘든 일이야.

우리는 홀마크와 윌리엄스 소노마 매장을 천천히 지났다. 루나가 핸드백을 옆구리에 어찌나 꽉 눌러 들었는지, 비장이 파열할까봐 걱정될 정도였다. "그러지 마." 나는 그녀의 손을 풀었다. "테러리스트처럼 보여."

"알았어, 고마워." 그녀가 불안한 표정으로 미소 지었다.

그녀는 뻣뻣하고 딱딱하고 어색했다. 걸음이 점점 더 빨라졌다. "천천히 가." 갭 매장 앞에서 그녀를 따라잡았다. "루나, 우린 그저 토요일 밤에 쇼핑몰에 와서 빈둥거리는 자매일 뿐이야. 패배자들이지." 내가 덧붙였다. "아님 우리가 뭐 하러 여기 와 있겠어?"

"그건 네 얘기지. 우린 여기에 남자애들을 낚으러 왔잖아." 루나가 말했다.

내가 코웃음 쳤다. 그래, 그렇고말고. "농담이지?"

농담일 터였다. 아니, 루나는 농담이 아니었다!

"긴장 풀어." 그녀가 내게 어깨를 톡 부딪쳤다. "봄 신상이 다 나와 있기에는 아직 이른 것 같지? 저 반폴라 셔츠는 어때?" 그녀의 손가락이 내 코를 스치고 갭의 출입문 안을 가리켰다.

"모르겠어. 가서 보자."

루나가 내 팔을 움켜쥐었다. "들어가자고?"

"아니, 여기 복도에서 보지 뭐. 쌍안경은 갖고 왔겠지?"

그녀는 대답하지 않았다.

내가 덧붙였다. "봄옷을 할인 판매할 8월에 다시 와서 보고 싶지 않다면 말이야."

그녀가 괴물의 배 속 같은 상점 안을 응시하며 침을 꿀걱 삼켰다.

너무 일렀는지도 몰랐다. "꼭 들어가야 하는 건 아냐."

"아니." 그녀가 나를 잡은 손을 내렸다. "들어가야 해. 들어가야 하고 말고." 첫 발걸음은 그녀가 떼었지만, 문턱에서 내가 그녀의 등을 한 번 밀어야 했다. 점원이 이런 날 밖에 나온 또 다른 정신 나간 사람을 돕는 중이라서, 우리는 상품을 자유롭게 둘러볼 수 있었다. 루나가 긴장을 조금 풀었다.

"이거 나한테 어울려?" 분홍색 티를 펼쳐 몸에 대며 말했다.

"정말 잘 어울려."

"안녕하세요."

우리 둘 다 깜짝 놀라 뒤를 돌아보았다. 이런. 기다리고 있던 점원이 한 명 더 있었다. "무엇을 도와드릴까요?"

루나가 나와 그녀를 번갈아 바라보았다. "이 옷 청회색도 있나요?" 그녀가 물었다.

죽을 것 같았다.

"아뇨, 여기 있는 색이 다예요." 점원이 대답했다.

"이런."

점원이 루나에게 어깨를 으쓱해 보였다. 그 순간이었다. 그녀의 눈이 휘둥그레지며 루나를 살폈다. 뒤로 물러서더니 엄청난 속도로 눈을 깜박거리기 시작했다.

루나가 그 자리에서 바들거리며 움츠러드는 것이 느껴졌다. 나는 그녀의 손을 쥐었다. 떨고 있었다. 차가웠다.

"너한테 어울리는 색이 없대. 그냥 가자." 나는 그녀를 매장 밖으로 끌어당겼다.

심장이 목에 걸린 채 갭 매장에서 서둘러 나서며, 나는 신음하듯 말했다. "충분해? 이제 집에 가도 될까?"

답이 없었다. 나는 그녀를 돌아보았다.

"아직 안 돼. 조금 전에 왔잖아."

그래, 1년 전에. 내게는 충분했다. 그 점원의 반응에 쥐구멍으로 도망치고 싶었다. "아빠가 우릴 죽이려 들걸. 아님 평생 외출금지 시킬 거야. 어쩌면 Y에 전화를 해서 속았다는 걸 알아채셨을지도 몰라. 돌아가야 해. 공중전화 봤어? 아빠한테 전화해서 미리 막아야 할지도 몰라. 헐떡거리는 숨소리를 배경음으로 넣어서 있는 힘껏 운동하고 있는 척해."

"저기, 블록버스터네." 루나가 손가락질했다. "〈헤드윅〉 사운드트랙을 사고 싶어." 그녀가 서둘러 걸어갔다.

그녀를 보호할 나를 남겨두고.

나는 그녀를 따라잡으려고 달렸다.

음반 가게로 들어간 루나는 곧장 뒤편에 있는 영화 사운드트랙 코너로 향했다. 나는 작게 투덜거리며 그녀 가까이에 숨어 따라갔다. 그저 여기서 나가고 싶었다. 그녀가 팝과 록 코너를 지나가는데 갑자기 남자애 세 명이 나타났다. 한 명이 왼쪽에 선 친구들을 꾹 찌르고 뭐라고 속삭였다.

그들이 낄낄거렸다.

열세 살, 6학년 정도로 보였다. 휘장이 달린 재킷과 짝을 맞춘 헐렁한 청바지. 맙소사. 그들은 루나를 따라가고 있었다.

걸음을 빨리해 그들과 루나 사이에 끼어들었다. 루나에게 다가가 시디 진열장 뒤편 끄트머리에 서 있던 그녀를 입구 쪽으로 밀었다.

"왜 이래?" 루나는 나를 밀쳐내려 했다.

"널 구하려는 참이야."

그때, 루나도 우리 사이에 놓인 시디장 너머에 있는 그들을 눈치 챘다.

"호모."

내 귀가 벌겋게 달아오르는 것이 느껴졌다. 루나가 발끈했다.

"어이, 호모새꺄!"

록 코너에서 시디 재킷의 해설을 읽고 있던 한 여자아이가 고개를 들었다. 나와 눈이 마주쳤다. 아는 애인가? 계속 움직여. 나는 생각했다.

"어이, 호모."

움직여!

불이 깜박이고 지하실 문이 쾅 닫힌다. 오빠가 계단을 쿵쿵대며 내려온다. 책가방을 소파에 던진다. 나는 소파에 엎드려 숙제를 하고 있다. 오빠 책가방이 탁자에 부딪히며 내 수프 그릇을 넘어뜨린다.

"오빠! 잘하는 짓이네." 내가 그릇을 붙잡지만 내 지도 숙제는 이미 수프 범벅이다. "이것 좀 보라고!"

오빠는 맞은편에 놓인 푹신한 의자에 몸을 던지고 무릎을 감싸 안는다. 숙제를 수습하느라 오빠가 뭐라고 중얼거리는지 듣지 못한다. 닭고기 건더기와 면을 털어내고 티셔츠로 수프를 닦아낸다. 한 시간 내내 매직 마커로 포스터지에 그려놓은 아프리카 나라들의 윤곽선이 번진다.

"젠장, 오빠!"

"난 아니야." 오빠가 작은 목소리로 욕을 내뱉는다. "날 그렇게 부르지 마. 무식한 돼지새끼 같으니."

오빠는 또 혼잣말을 하고 있다. 보이지 않는 누군가, 내가 아닌 다른 누군가와 대화하고 있다. 오빠는 진짜 머리만 쓰는 사람이다. 오빠가 언제부터 혼잣말을 했는지는 모르겠지만, 아마 8학년이 시작할 때쯤이었던 것 같다. 작년. 오빠는 한해 내내 점점 더 자기 안으로 들어갔다.

아빠는 오빠의 변화를 눈치 챘다. 나한테 묻기도 했다. 나는 그냥 오빠가 원래 그렇다고 대답했다. 아빠는 오빠를 이해할 수가 없다고 말했다. 하지만 생각해보면, 아빠는 지금까지 한 번도 오빠를 이해한 적이 없었다.

그다음에는 알리가 눈치 챘다. 둘이 대화를 하거나 숙제를 하다 말고 오빠가 사라졌다. 정신적으로. 육체적으로. 그저 희미하게 멀어졌다.

"언니 탓이 아니야." 나는 알리에게 말했다. 정말로 걱정하는 것 같았다. "오빠는 모두에게 그래."

"그 애가 어디로 가는 걸까?" 알리는 알고 싶어했다. "리엄은 어디론가 떠나고 있어. 머릿속으로. 어디에 있는지 모르겠어. 너무나…… 어찌할 바를 모르는 것 같아."

나는 그녀에게 말할 수 있기를 소원한다. 그녀에게 말하고 싶다.

"참을 수가 없어. 참지 않겠어. 난 호모가 아니야."

"오빠, 무슨 소리야? 호모가 뭔데?"

오빠가 마치 방금 땅에 불시착한 듯 정신을 차린다. 오빠의 눈이 서서히 내 얼굴에 초점을 맞춘다. 오빠가 말한다. "난 호모가 아니야. 게이가 아니야. 그에게 그렇게 말해."

"누구한테 말해?"

오빠가 나를 똑바로 쳐다보며 고개를 흔든다. "나는 게이가 아니야. 나는 트랜스젠더야."

"그건 알아. 누가 오빠보고 게이래?"

오빠의 눈이 어두워진다. 답을 듣지 않아도 안다. 호잇 두세. 또 오빠를 건드리고 있나?

"호잇은 똥덩어리야." 내가 오빠에게 몇 번이고 말한다.

오빠가 의자에서 뛰어내려 방으로 사납게 걸어 들어간다. 우스운 일은, 나는 누군가 게이라면 바로 호잇 두세일 거라고 생각하고 있다는 점이다. 그 애는 그저 인정하지 않으려 하고 있을 뿐이다. 심지어 여자아이들과 데이트도 한다. 나는 그 애가 자신에게 거짓말하든 말든, 게이라는 이유로 자신을 싫어하든 말든 상관하지 않는다. 그에게는 오빠의 삶을 생지옥으로 만들 권리가 없다. 오빠는 호잇에게 아무 짓도 하지 않았다. 호잇이 두려워하거나 원하는 일이 그것인지는 모르겠지만, 오빠는 호잇에게 눈곱만큼도 관심이 없다. 호잇은 오빠 취향이 아니다. 오빠와 같은 종족조차 아니다.

잠시 후, 오빠가 커다란 포스터지를 한 장 가지고 나와 탁자 위에 놓는다. "트럼보 선생님 수업 시간에 같은 숙제를 했어."

내 것과 같은 지도다. 파스텔로 아름답게 색칠하고 국경을 검은색 선으로 빠짐없이 그어놓았다. 위쪽에는 A⁺라고 동그라미가 쳐 있다.

"난 게이가 아니야." 오빠가 몸을 휙 돌린다. "달라. 난 여자야."

"후후. 호모자식 보게."

그들이 우리를 따라오고 있었다.

루나는 파란색 제복을 입은 고릴라를 거의 넘어뜨릴 뻔하며 나보다 앞서 성큼성큼 걸어갔다. 파란색 제복?

"저기요." 나는 몸을 돌려 제복을 입은 사람을 붙잡았다.

"저기 저 남자애들 보이시죠? 저희한테 시비 걸고 있어요." 내가 손가락질했다. "저희를 따라오는 것 같아요. 루나!" 나는 기다리라고 루나를 소리쳐 불렀다.

경비원이 한 일이라곤 쓰레기 같은 놈들을 노려본 것밖에 없었다. 그들이 곧 도망쳤다. 하찮은 자식들.

"고맙습니다." 나는 경비원에게 우물거리며 인사하고 루나를 쫓아 달렸다. 그녀는 시거 판매대와 액자 가게 사이에 놓인 정자에 몸을 구부리고 앉아 심하게 헐떡이고 있었다.

"괜찮아. 이제 갔어." 나는 그녀의 등을 어루만지며 진정시키려고 애썼다. 진정하려고 애썼다. 나는 주위를 훑어보며 동선을 생각했다. "복도를 쭉 가서 저쪽 신발 가게 옆에 여자화장실이 있어." 내가 루나에게 가리켜 보였다. "거기서 기다리고 있어. 내가 짐을 챙겨 올 테니 옷을 갈아입고 같이 나가면 돼. 사물함 열쇠 줘."

그녀가 부들부들 떨리는 손으로 핸드백을 비틀어 열고 내 손바닥 위에 열쇠를 떨어뜨렸다. 그녀는 당장이라도 산산조각으로 부서져 파멸할 것만 같았다. "아아, 맙소사. 루나." 나는 그녀의 손을 꼭 쥐었다. "미안해." 내가 달리 무슨 말을 할 수 있을까? 누군들 무슨 말을 할 수 있을까?

12

아빠는 우리에게 평생 외출금지 명령을 내렸다. 우리를 믿을 만하다고 판단할 때까지, 다시 말해 어쩌면 죽을 때가 지나서까지 외출금지였다. 아빠는 잠에서 깬 우리를 기다리고 있었다. Y에 전화를 했었는지도 몰랐다. 징역형에 더해 오빠의 차도 압수했다. 언제 돌려줄지 말하지 않고 열쇠를 가져갔다. 마치 그게 효과가 있을 것처럼 말이다. 오빠 차에는 지문인식기가 설치돼 있어서 누구든 억지로 열려고 하면 전기 충격을 받았다. 최소한 오빠 말에 따르면 그랬다. 하지만 아빠는 여러 해 동안 오빠와 오빠가 사랑하는 차를 떼어놓고 싶어했다. 오빠의 열여섯 번째 생일날, 아빠는 집으로 낡아 빠진 폭스바겐 고물 자동차를 끌고 와서 말했다. "이봐, 아들아, 우리 이 녀석을 함께 고쳐보자. 재미있지 않겠냐? 지금은 별 볼일 없어 보이는 줄은 알지만, 우리가 이걸 고쳐서 움직이게 하고 나면……."

오빠는 나가서 미츠비시 이클립트 스파이더를 삼으로써 아빠의 부자 간 합작 프로젝트에 얼마나 관여할 작정인지를 보였다. 깔끔한 새 차였 다. 스털링 실버 메탈릭. 컨버터블.

내가 차를 사기 위해 저금하고 있는 것과 마찬가지로 오빠 역시 그 차 를 사려고 몇 년 동안 돈을 모았을 터였다. 물론 지금 내 통장의 잔고는 뭐, 아빠의 재생 타이어 한 쌍이나 겨우 살 수 있을 정도이지만 말이다.

아빠는 결코 오빠를 용서하지 않았다.

포기하세요. 나는 생각했다. 누가 폐차 직전인 고물 자동차를 몰고 다니고 싶겠어요?

오빠는 저항하는 기색조차 없이 차 열쇠를 아빠에게 건넸다. 지금 상 태라면 오빠는 다나 인터내셔널 음반도 통째로 내놓으리라.

쇼핑몰에 가지 말았어야 했다. 어리석은 생각이었다. 위험했다. 오빠 도 위험성을 깨달은 것이 틀림없었다. 오빠는 후회하고 있었다. 주말 내 내 오빠는 의사소통 불능 상태로 지하실을 돌아다녔다. 오빠를 위해 어 떻게 해야 할지 알 수가 없었다. 자살 감시 체제를 강화해야 할까? 솔직 히 그렇게 했다. 방 안에 있는 날카로운 물건을 모두 치웠다. 덜떨어진 짓이긴 했다. 정말 할 작정이라면 오빠는 어떻게든 방법을 찾아내리라. 그러나 나 없이는 하지 않으리라. 결코 나 없이는.

월요일 아침이 되자 오빠는 원래 모습으로 돌아와 있었다. 텅 빈 소 년. 그건 견딜 수 있었다. 오빠도 마찬가지리라. 나는 오빠가 이 전환 계 획을 통째로 그만두기를 바랐다.

크리스는 이번에도 화학 수업에 들어오지 않았다. 안심해야 마땅했다. 우리 사이에는 화학 작용이 지나치게 많았고 거리를 유지하는 일에 에너지가 많이 쓰였다. 음침한 하루를 유일하게 밝힌 일은 브루작이 무슨 교사 연수인가에 가서 자습을 한 것이었다. 그래서 다들 어슬렁거리며 돌아다녔다. 달리 말해 나는 고독을 즐기는 척하며 혼자 교실 구석에 앉아 있었다.

학교를 마치고 돌아와보니 알리가 지하실에 놀러 와, 소파 구석에 웅크리고 앉아 〈주디 판사〉를 보고 있었다. 알리가 내게 다가오라고 손짓했다. 나는 소파에 털썩 주저앉았다. "리엄 왜 저래?"

오빠는 어딨지? 아무 데도 안 보였다. 오빠 방문이 굳게 닫혀 있었다. "저 안에 있어. 움직이는 소리가 들려." 알리가 말했다.

"노크는 해봤어?"

"응. 두 번. 답이 없더라. 조금 전이었어."

바로 그때 방문이 열리고 오빠가 나왔다. 오빠는 한마디도 하지 않고 걸어와 텔레비전 위에 놓여 있던 피디에이를 집어 들고 자기 토굴로 돌아갔다.

"안……녕." 알리가 노래하듯 인사를 건넸다가 문을 닫아버리는 오빠를 보고 놀란 눈을 크게 떴다. "세상에. 저렇게 이상한 건 오랜만이네. 무슨 일 있었어?"

태어났지. 나는 생각했다. "나도 몰라." 나는 거짓말했다.

"남자들이란. 정말 기분파라니까."

그런가? 나는 결코 알 수 없으리라.

알리는 다시 〈주디 판사〉를 재미있게 보는 척했다. 방송에 더 집중하며 내게 신경을 덜 쏟기 시작했다. 텔레비전 화면이 갑자기 거울처럼 보였다. 나는 화면에 비친 우리 셋을 상상했다. 두 눈을 크게 뜨고 미지의 세계를 응시하는 우리. 찾고, 탐색하고, 갈망하며.

우리는 각자 무엇을 원하고 있을까? 오빠는 물론 자유를 갈망했다. 루나가 되기를. 그녀의 내면 그대로 사랑받고 받아들여지기를 바랐다. 행운을 빌어.

알리? 알리는 오빠와 함께 있기를 갈망했다. 오빠가 결코 될 수 없는 존재가 되기를 바랐다. 소년이, 그녀의 이상형 남자가 되기를 바랐다. 행운을 빌어.

나? 내게는 꿈이 없었다. 갈망하는 바도 없었다. 꿈은 그저 실망을 안겨줄 뿐이었다. 게다가 일단 삶이 있어야 더 나은 삶을 꿈꿀 수 있었다. 나는 미래를 더욱 깊숙이, 자세히 들여다보는 오빠와 알리와 나를 떠올렸다. 마음 깊숙한 곳에서부터 불길한 예감이 서서히 퍼졌다. 우리 중 누군가는, 혹은 우리 모두는 몰락하리라.

미렐과 코디가 문으로 달려 나와 내 양다리를 끌어안고 환호했다. "레이건, 레이건." 나를 향한 애정이 내 몸을 감쌌다. 내 몸이 형상과 형체를 띠었다. 내 앞에 삶이, 내 삶이, 모습을 드러냈다. 마테라 씨 부부에게서 돈을 받으며 죄책감을 느낄 때도 있었다. 그들은 내 생명줄이었다. 오빠 너머에 있는 세상, 내가 상상밖에 할 수 없는 세상과의 유일한 연결 고리였다.

아빠가 외출금지라고 일하러도 못 가게 하지는 않아서 천만다행이었다.

미렐이 작은 손가락으로 내 손을 붙잡으며 말했다. "레이건 언니, 내 벽화 보러 가."

"내 것부터 봐." 코디가 다른 쪽 손을 붙잡았다. 두 아이가 나를 양쪽으로 잡아당겼다.

내가 웃음을 터뜨렸다. 데이비드와 엘리스도 웃었다.

"알았어, 알았어. 타일러 것부터 보자. 괜찮나요?"

내가 아기그네를 타고 있는 타일러에게 손짓하며 엘리스에게 물었다.

"물론이지." 엘리스가 핸드크림을 바르며 대답했다. 좋은 향기가 났다. 달콤했다. 마치 그녀 같았다.

아기를 안고 두 아이를 따라 아기방으로 들어갔다. 여가시간에— 엄마로서의 중요한 일을 하지 않을 때— 엘리스는 프리랜서 그래픽 아티스트로 일했다. 정말 솜씨가 뛰어났다. 아이들을 위한 침실 벽화를 몇 달에 걸쳐 그려왔다. 코디의 벽화는 공을 던지려는 야구 선수를 그린 것이었다. 유니폼에는 4번이라고 쓰여 있었다. 누군가 유명한 사람을 본떴을 수 있지만, 나는 모르는 사람이었다. 오빠는 이 그림을 혐오하리라. 미렐의 벽에는 마법의 성이 그려져 있었다. 충성스러운 말 옆에 서 있는 기사가 공주를 향해 절하고 있었다. 공주의 옷차림이 내가 예전에 입었던 할로윈 의상과 비슷했다. 아니, 오빠였던가? 나보다 오빠 취향이었다. '사탕 안 주면 장난 칠 거야' 놀이를 하고 집으로 돌아온 다음에 오빠가 입어봤으리라. 물론 엄마와 아빠가 잠든 다음에. 나는 그 옷을 두 번 다시 보지 못했다. 아마 오빠의 보물상자 제일 밑에 들어 있겠지.

데이비드와 엘리스는 저녁식사 데이트를 하러 나갔다. 저녁식사 데이트라고 실제로 말했다. 우리 넷은 닉앤나이트 채널에서 〈스파이 키드 2〉

의 뒷부분을 삼십 분 동안 보았다. 타일러를 재우고 미렐과 코디가 '미 끄럼틀과 사다리' 게임을 하자고 우겼다. 별로 구슬릴 필요도 없었다. 미끄럼틀에서 다섯 번쯤 미끄러진 다음, 나는 딴생각을 하기 시작했다. 오빠와 토요일 밤 일에 대한 생각을 멈출 수가 없었다.

오빠는 그날에 대해 한마디도 하지 않았다. 마치 아무 일도 없었던 듯이 행동했다. 트라우마를 입어서 그 일을 기억에서 지우려고 하는 게 분명했다. 오빠는 다시 내 방에서 옷을 갈아입으며 한밤중의 루나랜드 탐험으로 돌아올 터였다. 다시 깔끔하고 안전했다.

잊을 수 있다면 좋을 텐데. 그 개자식들. 그 점원. 날라리들의 반응은 거의 예상한 대로였다. 점원의 반응이 나를 더 괴롭혔다. 그녀가 루나를 보고 뒤로 물러서던 순간은 내 영혼에 화상 같은 상처의 흔적을 남겼다. 루나는 정말로 거부당했다.

루나는 그 사실을 알았다. 느꼈다.

나의 오빠가 변태처럼 보이는 것을 참을 수 없었다. 오빠는 상처 입었다. 나는 그 사실을 알고 있었다. 오빠는 그런 취급을 받을 사람이 아니었다. 그런 고통을 받아도 되는 사람은 없다. 오빠가 평생 '달 소녀(Luna)'로 살아가기로 결심했다면, 내가 비밀을 지키리라는 사실을 믿어도 좋았다. 내가 오빠를 보호하리라고 믿어도 좋았다.

"실험 짝이 배에서 뛰어내린 모양이군." 다음 날 브루작이 지난주 과제물을 돌려주며 말했다.

내가 그를 쳐다보았다. "네?"

"수강신청을 취소했어."

심장이 개수대로 내려앉는 듯했다.

"도세 군의 짝도 대체로 여기 올 필요를 못 느끼는 듯하니, 도세 군과 짝짓는 건 어떤가?"

나는 콧구멍을 벌름거리며 나를 보는 호잇을 쳐다보았다. 절대. 절대 싫어. 남는 사람, 스물세 번째 학생은 어디에 갔지? 다들 짝이 있었다. 수강신청을 취소한 학생이 또 있나? 앳킨슨? 그 선배는 어디 있지?

"그냥 혼자 할게요."

"그래도 된다. 하지만 네 대뇌피질을 두루두루 퍼뜨리는 편이 바람직할 텐데."

내 머리에 대뇌피질이 얼마나 적은지 안다면 저런 소리는 안 할 텐데. 나는 호잇을 한 번 더 쳐다보고 부르르 떨었다. "혼자 할게요."

"그래. 하지만 실험을 끝낼 시간을 더 주지는 않겠다. 특별 취급은 안해. 나는 편애하지 않는 선생이거든."

내가 시간을 더 달라고 했던가? 특별 취급을 해달라고 했던가? "혼자서 할 수 있어요." 속이 끓어올랐다.

"할 수 있는 줄은 안다. 그 걱정이 아니야." 브루작이 마치 나와 음모라도 꾸미는 양 덧붙였다. "내가 걱정하는 건 여기 있는 다른 모든 학생들이지."

얼굴이 새빨갛게 달아올랐다. 진심일 리가 없었다. 브루작이 교탁으로 돌아가는 동안, 나는 오늘 실험 과제를 멍하니 내려다보았다. 중화, 상태, 적정. 할 수 있을까? 선택의 여지가 있나? 내게 선택할 기회가 주어진 적이 있던가? 나는 두 번째 이름 칸에 엑스표를 쳤다.

"오늘 체육관에서 스킵과 우연히 만났다." 아빠가 수요일 아침식사 시간에 말했다.

풀고 있던 문제지에서 천천히 고개를 들었다. 공식을 응용할 수가 없었다. 문제의 논리가 이해되지 않았다. 브루작이 나를 우수한 학생이라고 믿어버리는 바람에 나는 완전히 녹초가 돼 있었다. 성차별주의자 돼지 선생인 편이 더 나았던 것 같았다.

오빠는 아빠 말을 들은 척도 하지 않았다.

"네 운동 일정에 대해 물어봤다. 내가 뭘 도울 수 있을지 말이다." 아빠가 신문을 접었다. "그런데 네가 한 번도 연습하러 나오지 않았다더군."

나는 오빠를 유심히 살폈다. 오빠는 위트 첵스에 푹 빠진 척했다. 식탁 맞은편에 앉은 엄마는 일정수첩에 메모를 계속했다. 엄마의 휴대폰이 울리며 긴장을 깨뜨렸다. 혹은 더 고조시켰다. 아빠가 입술을 꾹 다물고 엄마에게로 관심을 돌렸다.

"네, 앤디, 안녕. 뭐? 뭐!" 엄마의 목소리가 점점 커졌다. 귀가 따가웠다. "따냈다고?" 엄마가 큰 소리로 외쳤다. "따냈어!" 송화구를 손으로 막으며 엄마가 우리에게 말했다. "소렌슨 결혼을 따냈어!"

오빠가 고개를 들었다. "축하해요." 오빠가 엄마에게 미소 짓더니 아빠 쪽을 돌아보며 말했다. "거짓말했어요."

엄마는 일어서서 앤디에게 재잘거리며 거실로 나갔다. 아빠가 눈을 깜박거리며 오빠에게 말했다. "그건 알겠다. 내가 알고 싶은 건 왜 그랬냐는 거야."

오빠가 바닥을 보며 고개를 흔들었다. 길게 숨을 내쉬고는 말했다. "아뇨, 아빠. 알고 싶지 않으시죠. 사실은 알고 싶지 않을 거예요." 오빠가 의자를 뒤로 밀며 일어났다. 식탁 너머로 나와 눈이 마주쳤다. 오빠의 얼굴에 떠오른 감정은 공포뿐이었다.

"나 태워줄래?" 내가 얼른 일어났다.

아빠가 고함을 쳤다. "레이건, 앉아라. 너희 둘 다, 앉아!" 나는 의자에 도로 주저앉았다. 오빠는 계속 걸어갔다. "리엄, 이리 와. 아직 애기 안 끝났어."

"끝났어요." 오빠가 나지막하게 대꾸했다. 아빠조차도 이 답에는 놀랐다. 아빠가 반응하기 전에 엄마가 신경질적으로 웃으며 씨근댔다. "진심일 리가 없어. 2,000달러로 오백 명을 접대하라고? 그 여자 미쳤대? 정말이지, 부자들이 더 쩨쩨하다니까!"

오빠가 현관문을 휙 열고 나가버렸다.

"아빠, 저 정말 가야 해요." 오빠를 쫓아가기 위해서, 그래, 하지만 오늘 도망치고 싶은 이유는 그것만이 아니었다. 오늘 수업 전에 몇 달 전부터 애타게 기다려온 행사가 있었다. 오페라 공연이었다. 크리스마스 전 《호라이즌 교내신문》 마지막 장에 산타페 오페라단이 예술에 대한 관심을 고양하기 위해 학교를 방문한다는 기사가 실렸었다. 내 관심은 더 고양할 필요가 없지만 말이다. 최근에 신경 쓸 일이 너무 많아서 깜박했는데, 어제 알리가 텔레비전 채널을 돌리다가 PBS에서 마리아 칼라스가 〈나비 부인〉을 부르는 장면이 잠깐 지나간 덕분에 다시 기억이 났다. 오페라가 필요했다. 특히 오늘 아침에는. 음악은 불안한 마음을 가라앉히고 이 멍청한 화학 문제를 푸는 데 도움이 될 터였다.

"이게 다 무슨 일이니?" 아빠가 나를 노려보았다.

"뭐가요?"

아빠가 턱 끝으로 현관을 가리켰다.

아, 그거요. 나는 뭐라 말하려다가 도로 입을 다물었다.

"안다면 말 좀 해다오. 리엄은 말하지 않을 테니. 대체 녀석이 어쩌고 있는 건지 이젠 전혀 모르겠어. 예전에는 불평 한마디 없었는데, 우린 대화하곤 했단 말이다. 예전에는 제대로 소통할 수 있었어. 그렇잖니?"

하나도 모르시네요, 아빠. 아빤 정말 아무것도 몰라요.

아빠가 거실에서 깔깔 웃으며 일정수첩에 무언가를 휘갈겨 쓰고 있는 엄마에게로 시선을 돌렸다. "예전엔 한 번도 내게 거짓말한 적이 없었지."

그 말을 듣자 입이 떡 벌어졌다. 아빠, 오빠의 삶 자체가 거짓이었어요. 눈 좀 떠요.

"내가 뭘 잘못했지? 내가 무슨 짓을 했기에 리엄이 등을 돌린 거야?"

"오빠는 등을 돌린 게 아니에요. 그냥……." 나는 더듬거리다가 한숨을 쉬었다. "아빤 여러 가지를 기대하시죠."

"뭘 기대하는데? 단지 녀석이 다른 모든 아이들과 같길 바랄 뿐이다. 나 같기를. 나는 정상적이고 행복한 아이였어. 우리 아버지도 완벽한 분은 아니었지. 완벽과는 한참 멀었지만 나는 그 노인네를 이상화했어." 아빠가 갑자기 말을 멈추고 베란다 창문으로 고개를 돌렸다. "그래, 어쩌면 무리한 요구일지도 모르지. 녀석은 천재야. 나도 알아. 리엄이 내 수준으로 낮아지길 바라는 게 아냐. 힘없이 늙어가는 아비에게서도 배울 만한 지혜가 한두 가지 있다고 한순간이라도 생각해주길 바라는 것도 아냐. 그냥 몸을 움직이면 리엄에게도 좋으리라고 생각하는 것뿐이다. 운동은 인격을 닦아주고 협동심을 길러줘. 리엄에게는 그런 부분이 필요해."

"잭……" 축 늘어뜨린 손에 휴대폰을 달랑거리며 불쑥 나타난 엄마가 지친 듯 한숨을 내쉬며 말했다. "그냥 포기하는 게 어때?"

그래요. 나 역시 동의했다. 오랜만에 고맙네요, 엄마.

"뭐? 이게 지나친 기대야? 레이건, 네가 답해봐라." 아빠가 나를 똑바로 쳐다보았다. 나를!

왜 나한테 물어요? 비명을 지르고 싶었다.

"내가 네게도 지나치게 기대하고 있니?" 아빠가 내게 묻고 답을 기다렸다.

"아뇨." 정직한 대답이었다. 내게 지나치게 기대하고 있는 것은 세상이었다.

아빠가 홈데포로 가는 길에 나를 태워줬는데도 학교에 늦게 도착했다. 공연은 이미 시작했다. 숨이 턱 막혔다. 〈라 트라비아타〉를 하고 있었다. 비올레타의 아리아 〈언제나 자유롭게〉의 곡조가 복도를 따라 울려 퍼졌다. '나의 마음은 언제나 자유롭게.' 나는 작은 목소리로 따라했다. 좋아하는 아리아다. 꿈에서도 부를 수 있을 정도였고, 밤새 푹 잠들 수 있는 날이면 꼭 불렀다.

가장 가까이 있는 이중문은 닫혀 있었지만 건너편 문은 버팀쇠로 열려 있었다. 발끝을 들고 걸어갔다. 어둠에 눈이 익숙해지자 뒷좌석으로 살금살금 들어갔다. 자리에 앉아 가슴팍에 무릎을 대고 꼭 끌어안자, 찬란한 음악을 빨아들이려고 저절로 눈이 감겼다.

소프라노의 목소리가 등골을 타고 흘러내렸다. 청명하면서도 음역이 넓은 목소리였다. 나는 눈을 가늘게 뜨고 가수를 살폈다. 우와. 젊었다. 예상보다 젊었다. 나는 한 번도 오페라 실황을 본 적이 없었다. 그녀는 언제부터 노래를 시작했을까? 이 정도 수준에 오르려면 여러 해 동안 발성 훈련을 받고 무대 경험을 쌓고 외국어도 배웠을 것이다.

내가 지금까지 배운 외국어라고는 8학년 때 들은 스페인어뿐이었다. 스페인어로 쓰인 오페라는 많지 않았다. 늘 합창단 오디션을 보고 싶었지만 한 번도 응시하지 않았다. 용기가 없었다. 내 목소리는 그저 그랬다. 어쨌든 목욕탕에서는 울려 퍼졌다.

아리아가 갑자기 끝났다. 공연이 끝났다. 벌써? 시계를 보았다. 1년, 평생이라도 앉아 들을 수 있을 터였다. 무대에 불이 들어오고 얼마 되지 않는 관객들이 뿔뿔이 흩어졌다. 나는 장면 하나 하나를 음미하며 강당에 남았다. 그 느낌, 고양감, 다른 시공간으로 전이하는 감각.

1교시 종이 울렸다. 아쉬움을 뒤로 한 채 일어섰다. 〈언제나 자유롭게〉를 흥얼거리며 사물함으로 걸어가는데, 날카로운 물건이 등을 찔렀다.

"계속 걸어."

온몸이 긴장했다. 교문 앞에 금속탐지기가 있는데, 어떻게 칼을 들고 들어왔지?

"점심값 아니면 목숨을 내놓아라."

"오빠!" 몸을 휙 돌렸다. "맙소사." 심장이 다시 뛰기 시작했다.

오빠가 샤프를 딸각거리며 씩 웃었다.

"그러지 마, 편집증 걸리겠어."

"이런. 어떤 기분일지 난 절대 모르겠는데."

내가 코웃음 쳤다. 오빠가 내 영혼을 탐색하듯이 내 눈을 똑바로 들여다보았다. 오빠가 이렇게 깊숙이 나를 탐색할 때면 겁이 났다. 오빠가 사물함까지 나를 따라왔다. 오는 길에 여학생 대여섯 명이 오빠에게 인사를 했다. 만족한 고객이거나 여자친구 지망생들이겠지.

숫자 자물쇠를 돌리는데 오빠가 불쑥 말했다. "토요일에 또 갈 수 있을까?"

"뭐라고?" 내가 휘청거렸다. "정말 가고 싶어?"

"레, 하고 싶은지의 문제가 아니야. 이번에도 아기 봐주러 가야 해? 더 빨리 갈 수 있으면 좋겠어. 가능하다면 점심때쯤." 놀란 채 사물함을 열고 영어 교과서를 꺼냈다.

"환한 대낮에 루나를 드러낼 작정이야?"

"결국 그래야 해."

왜? 왜 그냥 포기할 수 없어? 지금 이대로, 늘 그냥 있어왔던 대로 내버려두면 안 돼? 이렇게 말하려고 몸을 돌렸지만, 오빠에게서 뿜어져 나오는 감정의 기운에 말을 삼키고 말았다. 마치 우리가 하나의 혈관계를 이룬 양, 하나의 심장을 가진 양 우리 사이로 흐르는 오빠의 갈망과 진실함이 느껴졌다.

"점심 사 줄래?" 나는 대신 이렇게 말했다. "고급 레스토랑에서 점심을 먹자. 그 정도 값은 치러야 해."

오빠는 나를 가만히 바라보았다.

왜?

"아, 알았어." 오빠가 커다란 희생이라도 치렀다는 듯이 흠 소리를 냈다.

"좋아. 만약 마테라 씨가 아이를 봐달라고 했는데 오빠 때문에 못 가면 30달러나 손해거든."

오빠가 얼굴을 찌푸렸다. "갚을게." 상처 받은 어조였다. 돈만 신경 썼다는 죄책감이 들었다. 그냥 농담이었는데.

머리 위로 수업 시작종이 시끄럽게 울렸다. "이제 가야겠어."

오빠는 이렇게 말하고도 가지 않았다. 그저 길을 막고 서 있었다. "내가 가고 나서 아빠가 뭐라고 하셨어?"

내가 침을 꿀꺽 삼켰다. "그다지."

오빠가 내 등 뒤의 텅 빈 복도를 살폈다. "나한테 실망했다고 하셨어?"

"아니."

오빠가 눈빛으로 나를 몰아붙였다.

"거짓말 아냐." 나는 거짓말을 했다.

"아빠는, 잘 들어, 아빠는 오빠가 자기를 이상화하지 않아서 걱정이라고 했어." 내가 빈정거렸다.

오빠의 얼굴이 굳었다. 고개를 숙이고 가쁜 숨을 내쉬었다. 한참 동안 꼼짝도 하지 않더니, 고개를 들고 정말 기묘한 말을 했다. "아빠는 내 영웅이야. 그걸 모르신단 말이야? 난 평생 그걸 증명하기 위해 살아온 것 같은 기분인데."

13

우리는 장례 몇 분 전에 장례식장에 도착한다. 할머니가 손님들을 맞이하며 위로를 받고 있다. 우리를 보자 사람들 사이에서 빠져나와 서둘러 다가온다.

"팻." 할머니가 엄마를 끌어안는다.

"어머님, 상심이 크시겠어요."

할머니가 나를 내려다보고 미소 짓는다. "레이건, 안녕."

내가 울음을 터뜨린다. 참아왔던 감정이 마침내 터져나온다.

"이런, 아가." 할머니가 나를 힘주어 껴안는다. 최소한 할머니는 울지 않는다. 할머니가 울었다간 우리 모두 엉망이 될 터다.

"리엄, 우리 잘생긴 손자." 할머니가 오빠의 허리를 끌어안는다.

오빠가 흠칫한다. 어제 아빠와 함께 나가 산 검은 정장을 입고 있다.

새 정장은 뻣뻣하고 오빠도 뻣뻣하다. 마네킹 같다. 발로 차면 두 조각
으로 부서질 것 같다.

짙은 색 정장을 입은 영안실 사람이 할머니에게 다가와 상냥하게 말
한다. "오닐 부인, 준비 다 됐습니다."

할머니가 고개를 끄덕이고, 우리는 할머니를 따라 엄숙하게 예배당으
로 들어선다. 우리 가족을 위한 자리가 비어 있다. 엄마가 가장 먼저 들
어가고 나, 할머니, 아빠가 뒤를 따른다. 우리 뒷자리에 앉은 노부인의
향수 냄새에 내가 기침을 한다. 케케묵은 잡초 냄새다. 내가 코를 틀어
막자 엄마가 티슈를 건넨다.

할아버지의 장례는 노래로 시작한다. 〈네 주를 가까이 하게 함은〉. 아
름다운 노래다. 나는 눈을 감고 음악을 느낀다. 목사가 기도를 이끌고
성경을 인용한다. 그러고 나서 돌아서 앉는다.

필 삼촌이 옆 의자에서 일어나 성서대로 다가간다. 아빠와 조엘 삼촌
은 자리에 앉은 채 고개를 숙인다. 필 삼촌이 목을 가다듬고 말한다. "우
리 아버지에 대해 말씀드리겠습니다."

아빠의 어깨가 흔들리기 시작한다. 조엘 삼촌이 아빠에게 팔을 두른
다. 필 삼촌이 할아버지가 삼촌들을 데리고 매년 가을 고라니사냥을 나
갔던 이야기를 시작한다.

할머니가 입속말로 뭐라고 중얼거린다.

"네?" 엄마가 내 위로 몸을 기울이며 속삭인다.

할머니가 고개를 돌려 엄마를 본다. "필립은 사냥을 싫어했어. 잡은
사냥감을 갖고 집에 올 때마다 방문을 잠그고 들어앉아 눈이 퉁퉁 부을
때까지 울었지. 그건 잊어버린 모양이야."

나는 가볍게 웃으며 할아버지가 스컹크에 쫓겨 나무 위로 도망쳤던 이야기를 하고 있는 필 삼촌을 본다. 할아버지는 스컹크가 아니라 곰이었다고 우겼단다.

"잭도 사냥을 전혀 즐기지 않았지." 할머니가 이를 갈며 말한다. "저들, 저 세 녀석들 좀 봐. 속이 뒤집힐 것 같아."

내가 놀란 눈을 휘둥그레 뜬다. 이런 식으로 말하는 할머니를 한 번도 본 적이 없다. 할머니는 언제나 다정하고 상냥했다. 수줍어했다. 오빠처럼.

필 삼촌 차례가 끝난다. 삼촌이 발을 끌며 자기 자리로 돌아간다. 필 삼촌, 아빠, 조엘 삼촌이 코를 푼다. 아빠의 얼굴에서 눈물이 흘러내린다. 아빠가 다음 차례이지만 조엘 삼촌에게 먼저 하라고 손을 흔든다.

할머니가 내 다리 위로 몸을 굽히고 엄마에게 말한다. "그이는 아이들을 때렸어. 알고 있지. 아이들을 지하실로 끌고 내려가 피를 흘릴 때까지 혁대로 때렸어. 비열한 개새끼였어." 할머니가 등을 똑바로 펴며 덧붙인다. "하지만 아이들은 그이를 숭배했지."

엄마가 불편한 듯 몸을 움직인다. 나만큼 충격을 받았다면 드러내지 않고 있는 것이다. 할아버지는 우리에게 언제나 상냥했다. 어쨌든 나한테는 그랬다. 계집애 같다고 오빠를 놀리긴 했다. 싸움이 일어난 적도 한 번 있었다. 큰 소란이었다. 할아버지가 오빠를 너무 세게 때린 바람에 오빠가 넘어지자 아빠가 거실을 성큼성큼 가로질러 할아버지의 멱살을 잡고 주먹으로 위협했다. "리엄은 건드리지 마세요. 두 번 다시 내 아들에게 손대지 말라고요."

오빠와 시선을 맞추려 하지만, 오빠는 묘한 표정으로 아빠를 쳐다보며 못 박힌 듯 서 있다.

엄마는 아빠를 옹호해야겠다고 느낀 모양이다. 엄마가 몸을 기울여 할머니에게 속삭인다. "잭은 맞을 만했다고 하더군요. 꽤 거친 사내녀석들이었다고요."

"맞을 만해?" 할머니의 목소리가 높아진다. 측랑 건너편에서 사람들이 고개를 돌리고 우리를 쳐다본다. 할머니가 턱을 내리고 내 손을 잡고 속삭인다. "맞아 마땅한 어린아이가 어디에 있어? 패트리스, 말해봐. 대체 누가?"

엄마가 아무 대답도 하지 않는다. 최소한 당장은. 나는 속으로 아빠가 절대 우리를 때리지 않아서 다행이라고 생각한다. 아빠는 우리 엉덩이조차도 한 번 친 적이 없다.

할머니의 뺨에서 눈물이 한 방울 흘러내린다. 할머니가 핸드백을 뒤져 손수건을 찾는다. 코를 풀고 나서 혼잣말처럼 중얼거린다. "그저 아이들이었어. 팻. 그저 아이다웠을 뿐이야."

그 일로 오빠가 아빠를 영웅이라고 생각하기 시작했을까? 다른 사건도 있었다. 호잇과의 일이었다. 호잇이 오빠를 괴롭히는 줄 어떻게 알았는지는 모르겠지만, 격노한 아빠는 도세 씨 집을 찾아갔다. 그리고 몇 분 뒤 벌겋게 달아오른 얼굴로 욕을 하며 돌아왔다. 도세 씨와 거의 치고 박고 싸울 뻔한 것 같았다.

그 후로도 호잇은 달라지지 않았다. 하굣길에 오빠를 기다리고 있는 호잇이 보이곤 했다. 달라진 점은, 8학년 내내 아빠가 등하굣길에 오빠를 차에 태워 다녔다는 사실이었다.

오빠는 아빠를 기쁘게 하려고, 아빠에게서 존중받으려고 필사적으로 노력했다. 오빠 말이 옳았다. 하지만 아빠에게는 결코 충분치 못할 터였다. 이상한 점은, 오빠가 아빠를 흉내 내지는 않았다는 사실이었다. 오빠는 아빠처럼 되고 싶어하지 않았다. 엄마처럼 되고 싶어했다. 아빠가 오빠의 영웅이라면 어째서 오빠는 아빠를 그토록 두려워할까?

"점심 어디에서 먹어?" 진입로 램프에 따라 차도로 들어서는 오빠에게 물었다.

"타코 벨." 오빠가 쓰레기차 뒤편에서 떨어진 얼음 덩어리를 피하려고 차를 틀며 대답했다.

"타코 벨? 타코 벨 가려고 내가 이렇게 차려입었단 거야?"

오빠가 나를 흘끔 살폈다. "그게 차려입은 옷이야? 나라도 너하고 사람들 앞에 나서고 싶어하니 천만다행이네."

팔을 뻗어 오빠를 꾹 찔렀다.

아빠의 감시에서 빠져나와 뿌듯했다. 우리가 지하감옥에 제대로 갇혀 있다고 안심한 아빠는 하키 경기를 자장가 삼아 소파 위에서 혼수 상태에 빠져 있었다. 일어나시지 그래요, 아빠.

오빠에게 보조키가 있다는 사실은 놀랍지 않았다. 다만 아빠가 운전을 명백히 금지했는데도 차를 끌고 나와 공개적으로 반항한 것은 충격이었다.

"자색 스웨터와 검은색 진을 샀어. 어떨 것 같아?"

"나라면 자색 옷은 절대 안 입겠지만, 뭐, 내가 그런 거니까."

"옷장에 색을 좀 더하는 것도 괜찮지 않아? 네 옷은 모두 너무 칙칙해."

"내 색은 내가 정해. 칙칙한 게 내 성격하고 딱 맞거든. 회색은 나한테 끝내주게 어울려."

오빠가 고개를 흔들었다.

뭘? 사실이잖아.

1.6킬로미터 정도 달렸을 때 차 안의 분위기가 바뀌었다. 오빠의 얼굴 근육이 긴장되었고 운전대를 너무 세게 쥐어서 손마디가 새하얘졌다.

"무슨 가발을 쓸 거야?" 오빠의 주의를 돌리고 루나를 불러오려고 노력하며 내가 물었다.

"갈색 단발머리." 오빠가 기계적으로 대답했다.

"잘 골랐네." 솔직히 단발머리는 오빠를 20세기로 퇴보하게 할 것 같았다. 어쩌면 그게 오빠의 콘셉트일지도 몰랐다. 언젠가 한밤중에 화장실에 가려고 나왔다가, 텔레비전 앞에 붙어 무성영화를 보고 있는 오빠를 본 적이 있었다. 〈방황하는 소녀의 일기〉. 오빠는 그 영화를 백 번쯤 보았지만, 언제나 화면에 완전히 몰두해 꿈꾸듯 미소 짓고는 했다. 오빠는 옛날 영화를 좋아했다. 이유는 나도 모른다. 내가 보기에는 너무 감상적이다.

오빠가 워싱턴가(街)를 벗어나 시내로 향했다. 시내? 그 순간, 떠오른 생각을 거의 입 밖으로 낼 뻔했다. 왜 그렇게 사람 많은 데로? 스트립 몰에도 타코 벨은 있었다. 위험을 최소화하고 차에서 먹으면 됐다. 하지만 오빠는 자기가 하는 짓을 알고 있는 것 같았다. 오빠다웠다. 언제나 다각도에서 철두철미하게 준비했다.

우리는 버진 레코드 가게 옆에 있는 커다란 타코 벨 앞에 섰다. 사람이 엄청 많았다. 출입문으로 사람들이 끊임없이 들락거렸다. 시동을 끈 오빠가 목숨이라도 달린 양 운전대를 움켜쥔 채 얼어붙어 있었다. 이번에도 내가 설득해야 한다면 그만두겠어.

"좋아. 계획은 이래."

나는 오빠의 명령조에 움찔했다.

오빠가 뒷좌석으로 손을 뻗어 사슬이 달린 노란색 안내판을 꺼냈다. "안에 들어가서 여자화장실을 확인해봐. 아무도 없는 게 확실하면 나한테 신호를 보내. 내가 들어가고 나면 문에 이 안내판을 걸어."

관리소 안내문이었다. 일시 사용 중지.

"어디서 훔쳤어?"

오빠가 민망해하며 씩 웃었다.

안내판을 받아 들고 문을 열었다. 오빠가 가방을 들고 앞범퍼까지 따라왔다.

"내가 준비를 끝낼 때까지 복도에 서서 화장실을 감시해."

"윽." 내가 눈을 과장스럽게 떴다. "이걸 내 목에도 걸까?"

오빠가 코웃음 치다가 진지한 표정으로 말했다. "레, 고마워. 너한테 빚지고 있는 줄 알아. 결코 갚을 수 없을 만큼 큰 빚을 지고 있어."

내가 고개를 떨구었다. "서두르기나 해. 배고파."

빈 탁자가 일고여덟 개뿐이었다. 시끄럽고 혼란스러웠다. 여자화장실에 남자가 들어가도 먹느라 바빠 아무도 눈치 채지 못할 것 같았다. 화장실 근처에서 반나절 동안 여장남자가 어슬렁거려도 아무도 수상하게 여기지 않을 듯했다. 햄버거 양념 냄새를 맡으니 배에서 꼬르륵 소리가 났다. 나는 타코 벨을 정말 좋아했다. 오빠도 알았다.

시계를 보았다. 왜 이리 오래 걸리지? 만약 거울 보고 포즈를 취하고 있다면…….

"레, 안녕. 여기서 뭐 해?"

너무도 놀란 나머지 펄쩍 뛰어올라 천장을 뚫을 뻔했다.

크리스가 나를 보며 웃고 있었다. 크리스? 온몸의 뼈가 부서져내리는 기분이었다. "어, 잘 지내."

크리스가 얼굴을 찌푸렸다.

"잠깐만, 질문이 뭐였지?"

크리스가 웃음을 터뜨렸다. "여기서 너와 딱 만날 줄은 상상도 못했어."

그가 내 옆에 있는 쓰레기통에 휴지를 던져 넣고 쟁반을 올려놓았다.

"음, 여기서 만났네." 목소리가 떨렸다. 다리도 후들거렸다. "그래서, 잘 지내? 배신자."

크리스가 찡그리며 말했다. "으응, 그러잖아도 너한테 얘기하려고 했어."

나는 있는 힘껏 사나운 눈빛으로 크리스를 쏘아봤다. 사실 크리스를 만나서 정말 흥분했기 때문에 반은 건성이었다. 아니, 반갑긴 했지만.

걱정스러운 눈길로 화장실 문을 쳐다보았다. 문은 움직이지 않았다. 나는 마음속으로 크리스에게 떠나라고 텔레파시를 보냈다. 아니, 여기 있어. 떠나.

크리스가 앞주머니에 손을 찔러 넣고 맞은편 벽에 기댔다. "도망칠 작정은 아니었어. 레이건. 하지만…… 그게…….." 크리스는 달아날 준비라도 한 듯, 어쩔 줄 몰라 했다.

"괜찮아." 내가 얼른 말했다. 가지 마.

"아니, 괜찮지 않아." 크리스가 나를 똑바로 보았다. "틀림없이 망쳤을 퀴즈를 치고 나서, 그 수업에서 나가야겠다고 생각했어. 과학교과 학점이 필요해서 화학 수업에 들어간 거였거든. 뭐, 화학이 얼마나 어렵겠냐고 생각했지. A와 B를 섞고, C를 붓고, 데워서 내놓으면 땡이라고."

내가 코웃음 치자, 크리스가 입술 끝을 들어 올리며 눈을 찡그렸다.

"그래, 수학 선수여야 한다고는 아무도 안 가르쳐줬거든."

웃음이 터졌다. 크리스는 재치가 있었다. 귀여웠다.

"수학이라면 질색이야. 게다가 낙제는 안 돼. 운동을 계속하려면 평균 C 이상을 받아야 하거든. 알지?"

나는 알고 있는 척 고개를 끄덕였다.

그때 어떤 사람이 출입문을 열고 얼굴을 들이밀며 크리스에게 말했다. "야, 뭐 하냐? 갈 준비됐어."

"갈게. 보채지 마."

남자가 나와 크리스를 번갈아 흘끔거리더니 눈을 굴렸다. "얼른 끝내." 문이 쾅 닫혔다.

"내가 수학을 도와줄 수도 있었는데. 수강신청을 취소할 필요까진 없었어."

"취소해야만 했어, 레이건."

다시 내 이름을 불렀다. 두근거렸다.

"낙제를 면하려면 널 이용할 수밖에 없는 줄 알고 있었어. …… 그래." 크리스가 바닥에 있는 구겨진 타코 벨 봉지를 발끝으로 문질렀다. "솔직히 고백하면, 처음에는 그럴 계획이었어." 크리스가 고개를 들어 나를 보았다. "개학 초에 원소를 외운다든지 하는 시험을 볼 때마다 네가 A를 받는 걸 봤거든. 하지만 도저히 그럴 수가 없었어. 넌 괜찮은 애야. 난 널 좋아했어."

심장이 콩닥거렸다. 날 좋아했다니, 무슨 뜻이지?

"이런, 젠장." 누군가 내 앞에서 말했다. 날카롭게 소리를 질러대는 어린 아기를 데리고 온 여자였다. 그녀가 몸을 돌려 친구에게 불평했다. "고장났대."

젠장이란 말이 딱 맞았다. 시계를 보았다. 루나는 저 안에서 뭘 하고 있지? 사십 분이나 지났다. 게다가, 만약 바로 지금 루나가 당당하게 등장한다면 어떻게 하지? 밖에서 경적이 울렸다. 크리스의 일행이었다. "가는 게 낫겠어." 나는 텔레파시로 크리스를 밀어냈다. 멀리멀리.

"쟤들은 기다려도 돼." 크리스가 머리카락을 쓸어 넘겼다. 오빠의 가늘고 잘 다듬어진 손가락과는 다른 멋진 손이었다. 남자의 손이었다. "여기서 뭐 하고 있는지는 결국 안 가르쳐줬네. 시내에 자주 나와? 누나가 바로 저쪽에서 자취를 하거든." 크리스가 엄지손가락을 어깨 너머로 젖히며 말했다. "저기서 만나도 괜찮을 것 같은데. 나 오늘 시내에 있어도 되거든. 만약에……."

"안 돼!" 내 목소리가 복도를 울렸다. "아니, 내 말은. 난 절대 이쪽으로 안 나와. 지금은 누굴 기다리고 있을 뿐이야."

그가 내 시선을 따라 복도를 훑었다. 예전에 그랬듯이, 크리스의 태도가 변하는 것이 느껴졌다. 경적이 시끄럽게 울리고 크리스의 친구가 조수석 창문을 내리고 가운데 손가락을 내밀었다. "정말 가는 게 낫겠어." 내가 말했다.

크리스가 벽에서 몸을 뗐다. "그런 것 같네."

그의 말투는 마치…….

크리스의 등 뒤로 문이 세게 닫혔다. 여자화장실은 고장. 누군가를 기다리고 있는 나. 남자화장실에 있는 누군가를? 그렇게 생각한 거야?

"아냐, 크리스, 잠깐만!"

출입문을 향해 두 걸음 내딛었을 때, 크리스를 태운 차의 타이어가 끼익 하며 주차장을 빠져나갔다. 그와 동시에 루나가 화장실에서 나왔다.

"정말 바빴어. 정말 너무 바빠." 루나는 집에 가는 내내 말했다. "정말로 너무너무 바빴어." 휴대폰 앤디와 통화할 때의 엄마, 누가 듣고 대답하지도 못할 만큼 일 분에 160킬로미터의 속도로 시끄럽게 투덜거리는 엄마 같았다. "아무도 눈치 못 챘어. 못 알아봤어. 눈도 깜짝 않더라."

틀렸다. 눈을 깜박이는 것 이상의 행동을 한 사람도 많이 있었다. 우리가 타코 벨에서 주문한 음식을 받아 든 다음, 계산원은 경비원을 붙잡고 루나를 가리키며 무어라고 속삭였다. 둘이서 킬킬댄 뒤 다른 점원들에게 속닥거렸다. 그들이 우리 자리로 와 소란을 피울까봐 긴장해서 온몸의 털이 삐죽 섰다. 점퍼수트를 입은 남자가 건너편에서 루나를 발견하고 다가오기도 했다. 그는 우리가 먹는 내내 루나를 유심히 봤다. 자기 식사를 다 먹고 나서는 일부러 출구까지 돌아가는 길을 택해 우리 자리를 어슬렁거렸다. 우리 앞에서 속도를 늦추더니 잠깐 멈추어 서서 빤히 쳐다보았다. 그의 표정이란, 맙소사. 역겨움, 혐오. 무어라고 불러야 할지 모르겠지만, 두려움에 몸이 움츠러들었다.

그 남자가 떠나기를 기도했고 마침내 그가 사라졌다.

루나는 다행히 눈치 채지 못했다. 그저 토스타다를 먹고 빨대로 음료수를 뺄 뿐이었다. 어떻게 눈치 채지 못할 수가 있지? 눈치 챘어야 마땅했다. 루나한테도 눈은 있었다.

점심을 먹은 다음 우리는 재개발된 구시가를 돌아다녔다. 이번에는 루나가 더 과감하게 행동했다. 나를 끌고 지갑을 보러 바나나 리퍼블릭, 샤퍼 이미지, 가죽 제품점에 들어갔다. 할인해서 58달러인 지갑을 샀다. 내가 마지막으로 산 지갑은 5.53달러를 할인해 4.76달러에 팔던 월마트 떨이였는데. 나가 있는 내내 사람들의 시선이 우리를 따라다니는 것 같았다. 우리 옷이 벗겨지고 루나와 내가 알몸을 드러내는 것 같았다. 어떻게 루나는 알아채지 못할 수가 있지? 어떻게 이런 시선을 모를 수가 있지?

기괴했다. 비현실적이었다. 마치 그녀가 사실은 알면서도 조금도 개의치 않는 것 같았다.

오빠는 평생 동안 그들이 자신을 어떻게 보는지를 신경 써왔다. 만약 오빠가 루나로 보이고자, 그녀가 되고자, 마음속으로 그리는 소녀가 되고자 최선을 다했는데도, 단지 여자 옷을 입은 사내로만 사람들에게 비친다면 어떻게 하지?

오빠가 말한 전환의 대가가 이런 것일까? 만약 그렇다면 나는 견딜 수 없었다. 이건 오빠의 존엄을 대가로 치르는 일이었다.

14

루나가 새벽 두 시에 나를 깨우지는 않았다. 나는 이미 깨어 있었다. 잠이 오지 않았다. 복도에서 크리스와 만났던 일이 비극적인 오페라의 한 장면처럼 반복재생되었다. 소프라노와 바리톤. 그녀가 그를 차지한다. 그를 잃는다. 그를 갈망한다. 마침내 그들은 다시 만나지만, 그녀는 그의 품에서 죽는다. 그러나 내 오페라에서 나는 크리스의 품 안에 있지 않았다. 마지막 장면에서 나는 홀로 죽어가는 백조였다.

분명 크리스는 내가 자길 피한다고 생각했을 것이다. 요전에 나한테 파티에 같이 가자고 했을 때도 마찬가지였다. 언니와 쇼핑하러 간다고 했으니 틀림없었다. 크리스를 중요하지 않게 생각하는 것처럼, 내키지 않아 거절하는 것처럼 보였을 것이다. 크리스와 얘기를 해야 했다. 가능한 한 빨리. 월요일. 크리스를 찾아내 타코 벨에서는 오빠를 기다리고 있었을 뿐이라고 하자. 파티 날에도 마찬가지였다고. 그때도 오빠 때문이었다고.

언제나 오빠 때문이었다.

오빠는 내 우주의 블랙홀이었다. 나에게서 삶을 빨아들였다. 마치 내가 저항할 수 없는 힘에 의해 이 구멍으로 빨려 들어가는 것만 같았다. 오빠는 이미 그 속에 있었다. 우리는 꽤 밑바닥에 있었다. 구멍은 깊고 어두웠으며 우리 위에서 닫히고 있었다. 우리는 움직이지도 일어나지도 출구를 찾지도 못했다.

크리스에게 그 애 탓이 아님을 알려야 했다. 내 탓, 오빠에 대한 의무 때문이었다. 크리스가 오빠에 대해 알 필요는 없었다. 나는 크리스에게 관심이 있었고 그 애가 내게 관심을 보여준다면 응할 생각도 있었다. 그에게 필요한 정보는 이것뿐이리라.

3교시 자습 시간에 체육관을 망보았다. 크리스라면 언젠가는 체육관에 나타날 것 같았다.

빙고. 점심식사 직후 체육관의 열린 문으로 뛰어 들어가는 크리스가 내 감시망에 걸렸다. 보안창 너머로 바닥에 책가방을 던지고 농구하는 남학생들에게 뛰어가는 크리스가 보였다. 그들에게 같이 해도 되냐고 묻고 있었다.

쳇. 나는 바닥에 다시 주저앉았다. 마치 사랑에 굶주려 그의 뒤를 밟은 오빠부대인 양 저 안에 들어갈 수는 없었다. 사실이 그랬지만 말이다.

비극 오페라의 제2막을 수정하지 않은 내가 저주스러웠다. 음험한 디바가 의심하지 않는 바리톤을 자기의 소굴로 꾀어 들이는 절정의 순간이 있어야 했다.

그런데 이번 한 번만은 오빠의 여신이 나를 보고 미소 짓고 있음이 분명했다. 5교시 시작종이 치자 다른 두 남학생이 크리스만 남겨두고 서둘러 수업을 받으러 나갔다. 크리스는 파울라인과 골대 밑에서 드리블을 하고 있었다. 레이업숏을 하나 쏘았다. 철렁.

아름다운 숏이었다. 크리스도 아름다웠다. 영화배우나 운동선수 같은 아름다움이 아니었다. 키가 크고 탄탄한 근육질의 아름다움도 아니었다. 오빠보다 키가 작았고 균형 잡힌 체격도 아니었다. 물론 있을 건 다 있었지만 말이다. 면도는 해야 할 것 같았다. 코는 부러진 적이 있는 듯 구부러져 있었다. 바랜 청바지와 팔꿈치 위로 소매를 잘라낸 크루넥 스웨터를 입고 있었다. 허름했다. 지저분할 정도였다. 그래도 멋있었다. 크리스의 어디가 이렇게 멋진지는 나도 모르겠다. 크리스는 보통 남자였다. 괜찮고 평범했다. 어쩌면 바로 그 점이 나를 끌어당겼는지도 몰랐다.

"지금 해." 나도 모르게 혼잣말을 했다.

두 발은 말을 듣지 않았다.

"지금!"

"알았어, 보채지 마." 내가 한 말인가? 나는 누구한테 말하고 있지? 나는 없었다. 나에게는 형상도 형체도 없었다. 나는 일어나 열린 문으로 걸어 들어가 체육관에 한 발을 들여놓았다. 그러고는 한 발로 빙 돌아 언제나 그래왔고 앞으로도 결단력 없는 겁쟁이답게 복도를 잽싸게 달려 나왔다. 난 겁쟁이였다. 모든 사람, 모든 일을 너무나 두려워해서 평범하든 그렇지 않든 간에 결코 내 삶을 가질 수 없었다. 이런 내가 스스로 역겨웠다.

아빠의 큼지막한 폭스바겐—아빠 혼자서 고친—이 차고에 서 있었
다. 아빠는 일찍 귀가하신 모양이었다. 아니면 홈데포에서 아빠 일정을
또 변경했나? 열여덟 살 정도인 아빠의 상사는 항상 아빠 일정을 바꾸었
다. 자기가 못과 나사의 재고 목록을 작성할 수 있도록 아빠에게 묘지 근
무를 시켰다. 아니면 아빠가 싫어하는 인테리어 디자인이나 창문 장식
쪽 일을 시켰다. 아빠는 고객이 미니블라인드 치수를 재는 법을 물으러
올 때마다 돌대가리처럼 보이게 된다고 했다. 아빠는 시어스에서 해고
당한 뒤 거의 1년 동안, 인간이 얼마나 대체가능하고 인간의 충성심이
얼마나 무의미한지 끊임없이 구시렁거렸다.

아빠가 말한 자신에게 배울 만한 한두 가지 지혜가 바로 그런 것이었
으리라.

움츠러든 아빠의 모습은 애처로웠다. 나는 늘 아빠를 세상의 왕, 반
지의 제왕처럼 생각했다. 오빠도 마찬가지였던 모양이다.

집에 들어가보니 예상과 달리 아빠는 텔레비전 앞에 붙어 있지 않았
다. 탁자에 놓인 반쯤 빈 맥주병으로 보아 화장실에 갔는지도 몰랐다.
지하실로 내려가기 전에 냉장고에서 콜라를 꺼냈다.

숨이 턱 막혔다. 지하실 문이 열려 있었다.

지하실 문은 한 번도 열린 채 방치된 적이 없었다.

오빠일 리는 없었다. 스파이더가 없었다. 엄마도 아닐 터였다. 오늘
아침에 늦게 퇴근한다고 했다. 오직…….

"아빠?" 계단 위에서 소리쳤다.

답이 없었다.

계단을 쿵쿵 구르며 내려갔다. 삐걱대는 소리가 계단통을 울렸다. 오

빠의 긴 작업대에 줄지어 놓인 모니터의 화면보호기로 마천루가 그려지고 있었다. 흔한 일이었다. 오빠는 습관적으로 종일 컴퓨터를 켜놓았다. 나를 기겁케 한 사실은 오빠의 방문이 열려 있다는 것이었다. 오빠는 집에 있지 않을 때 방문을 열어놓고 나간 적이 한 번도 없었다. 단 한 번도.

오빠가 집에 있는지도 몰랐다. "오빠?"

"레이건, 너냐?" 아빠였다.

내가 바닥에 흩어져 있는 컴퓨터 부품들 사이로 길을 내며 걸어갔다. "여기서 뭐 하세요?" 오빠 방문을 잡고 방 안을 휙 둘러보았다. 모두 제자리에 있는 것 같았다. 오빠는 열린 공간에 증거를 남겨두기에는 너무 조심스러운 사람이었다. 그렇지만 남아 있었다. 오빠의 보물상자 위에 핸드백이, 태피스트리 가방이 있었다. "여기 어떻게 들어왔어요?"

"문이 열려 있더라."

거짓말쟁이.

"학교에서 왜 이렇게 일찍 왔니?"

얼굴이 달아올랐다. "전, 음…… 땡땡이쳤어요." 사실 체육관의 가장 가까운 출구를 달려 나와 그대로 집까지 뛰어왔다.

아빠의 입가에 냉소가 퍼졌다. "최소한 넌 솔직하긴 하구나." 웃음기가 사라졌다. "넌 외출금지 중이었어. 땡땡이는 안 된다."

"저 또 외출금지 받아요? 아님 아직 외출금지 중인가요?"

아빠가 나를 노려보았다. "후, 그만두자." 아빠가 내 쪽으로 손을 휘저었다. "외출금지는 취소다. 너희 둘 다 됐어. 억지로 집에 있게 할 생각은 없다. 늙은 아비가 친구들에게 보여주고 싶어 안달 날 만한 남자라서 집에 있길 바라지."

내가 코웃음 쳤다. 그렇겠죠, 아빠. 역겨워요. 갑자기 가방 무게가 1톤쯤 나가는 것 같았다. 어깨에서 가방을 미끄러뜨려 바닥에 쿵 하고 떨어뜨렸다. 어렸을 때처럼 아빠에게 달려가 꼭 안기고 싶었다. 아빠에게 매달리고 싶었다. 나를 높이 들어 올려, 우리 둘 다 휘청거릴 때까지 빙글빙글 돌려주던 아빠의 손길을 느끼고 싶었다. 아빠의 딸내미 팔랑개비.

그렇게 하는 대신에 나는 콜라를 한 모금 들이켰다.

"레, 한 가지 물어보자. 이리 와라." 아빠가 들어오라고 손짓했다.

내키지 않았다. "오빤 자기 방에 누가 들어가는 걸 싫어해요. 특히 제가요." 특별히 아빠는 더요.

"왜? 여기 뭐가 있는데? 가져갈 것도 하나 없잖아. 약값도 못 찾겠다."

"아빠!"

"농담이야. 바람이지. 뭘 훔쳐 갈 생각은 없다. 그냥⋯⋯." 아빠가 말을 멈추었다. "저 상자는 뭐냐?" 아빠가 오빠의 보물상자를 가리켰다.

숨이 멎었다. "제가 어떻게 알아요?"

아빠가 나를 꿰뚫어 보듯 응시했다. "리엄이 네게는 이야기를 하지. 대화를 해. 나나 엄마보다 너와 더 가깝지." 아빠가 깔리기 싫으면 옆으로 비키라는 듯이 문으로 성큼성큼 걸어왔다. "이 잡동사니들은 다 뭐니?" 아빠가 벽을 따라 쌓인 컴퓨터 부품들을 향해 손을 휘둘렀다. 아직 비닐포장도 뜯지 않은 부품도 있었다. "리엄이 훔쳐서 파는 것들이야?"

"아니에요." 내가 얼굴을 찡그렸다. "사람들한테 컴퓨터를 조립해줘요. 아빠도 아시잖아요." 아빤 오빠를 대체 뭐라고 생각하고 있을까? 마약중독자? 밀매업자? 불법중개상? 오빠는 아빠의 상상과는 너무나 달랐다.

아빠가 툴툴거렸다. 종류별로 깔끔하게 정돈된 부품들을 바라보며 아빠가 말했다. "최소한 그건 거짓말이 아니었군."

방문으로 걸어가는 내게 아빠가 충격적인 질문을 했다. "레, 말해다오. 리엄은 게이니?"

나는 문손잡이를 꽉 움켜쥐었다.

"난 알아야만 해. 게이니?"

내가 천천히 몸을 돌렸다. "아니에요."

아빠가 눈을 가늘게 뜨고 나를 추궁했다. "거짓말이지." 아빠가 쿵쿵 걸어와 소파 끄트머리에 불안하게 앉아 양손으로 얼굴을 덮었다. "난 바보가 아니다." 아빠가 소리 죽여 말했다.

"아빠, 거짓말이 아니에요." 불쑥, 나의 아빠에게 격한 동정심이 일었다. 혹은 공감이. 나는 탁자에 콜라를 올려놓고 아빠에게 다가가 그 옆에 앉았다. "제 말 믿으세요. 오빠 게이가 아니에요."

아빠가 고개를 들어 옆에 앉은 나를 보았다. 극심한 공포를 겪은 직후처럼 몸을 부르르 떨었다. "모르겠다. 늘 알리라든지 여자아이들이 여기에 놀러 오니 리엄이 정상이라고 생각했지. 하지만 그냥 최근에……"

"오빠 정상이에요." 내가 아빠의 말을 잘랐다.

아빠가 내 얼굴을 찬찬히 살폈다. "리엄이 데이트는 하니? 그러니까, 여자애들하고 나가서 같이 식사를 하거나? 자동차 극장에 가거나?"

"요새는 자동차 극장에 안 가요. 멀티플렉스에 가죠."

아빠가 눈을 부릅떴다. "똑똑한 척 굴지 말고 질문에나 대답해."

나는 일어나 방을 가로질러 가 텔레비전을 켰다. "오빠가 저한테 뭐든지 다 말해주는 건 아니에요." 최소한 이것만은 사실이었다. "어쩌면 아빠가 너무 섹시한 남자라서 경쟁해야 할까봐 집에 여자친구를 데려오지 않는지도 모르죠." 내가 어깨 너머로 히죽 웃었다.

아빠가 소파 등판에 팔을 걸쳤다. "그래도 여자애들을 좋아하긴 하는 거지."

그만둬요, 아빠. 텔레비전 위에서 리모컨을 집어 들고 아빠가 힌트를 알아듣길 바라며 채널을 돌렸다.

"레이건?"

아빠의 코앞에서 비명을 지르고 싶었다. 아뇨! 오빠 여자를 좋아하지 않아요, 알겠어요? 오빠 남자를 좋아해요. 우리 둘 다 그래요. 그렇다고 오빠가 게이는 아니에요. 오빠도 저와 똑같이 이성애자예요. 오빠의 마음은 여자니까요, 아빠. 꼭 저처럼요. 아빠한테는 딸이 둘이라고요. 아시겠어요?

나는 〈스쿠비 두〉에 채널을 고정하고 리모컨을 옆으로 늘어뜨렸다.

"흠." 아빠가 일어섰다. "이만하면 만족스러운 것 같구나."

오빠처럼, 아빠도 보고 싶은 것만 보았다. 듣고 싶은 말만 들었다. 유전적 결함이었다.

아빠가 뒤에서 다가와 내 어깨에 양팔을 둘렀다. "리엄에게 앞으로는 자중하겠다고 전해다오. 집에 여자아이를 데려와서 소개해주면 내 폭스바겐을 빌려주겠다고도 전하거라." 아빠가 내 생기 없는 어깨를 가볍게 쥐었다.

억지웃음을 지었지만 가슴이 아팠다. 오빠 아빠에게 결코 말하지 못하리라. 결코.

아빠가 계단 꼭대기에서 소리쳤다. "오빠에게 향수 좀 적당히 쓰라고

도 해라. 방이 꼭 매음굴 같아."

오빠는 그날 밤 열시 반쯤 집에 왔다. 침대에서 숙제를 하다가, 오빠가 책상의자에 앉아 딸각거리기 시작하는 소리를 들었다. 몹시 졸렸지만 화학 문제를 마저 풀어야 했다. 문제지가 이틀 치 밀렸고 실험과제도 늦었다. 브루작은 하루 늦을 때마다 점수를 한 단계씩 깎았고, 누구에게도 쉴 틈을 주지 않았다. 특히 나한테 더 심한 것 같았다. 오늘 수업 후에 교탁 앞을 지나가는 내게 통통한 손가락을 흔들었다.

오빠에게 도와달라고 할까 생각해보았지만 오빠는 자기 일만도 한가득이었다. 이제 오빠는 방문을 따고 들어오는 아빠까지 걱정해야 했다. 오빠한테 경고해주는 편이 좋으리라. 크리스는 왜 수강신청을 취소했을까? 내가 도와줬을 텐데. 함께 낙제할 수도 있었다. 크리스가 수업을 그만두지 않았다면 아마 그렇게 됐을 터다. 수업 시간 내내 끈적거리는 시선으로 크리스를 보느라 집중력이 절대영점에서 오갔을 테니 말이다. 정신을 산만하게 하는 요소가 없는 편이 낫겠지. 어째서인지 브루작의 기대에 부응하려는 불가해한 욕망이 나를 잡아먹고 있었다. 자매의 도리를 영광스레 다할 절호의 기회이기라도 한 양 말이다. 내 영광이나 찾을 것이지.

내 방문이 활짝 열렸다. "이것 좀 봐." 오빠가 뛰어 들어왔다.

"이제 노크도 안 해? 이 집엔 남의 사생활을 존중하는 사람이라곤 남아 있지 않은 거야?"

오빠가 슥 멈추어 서더니, 과장스레 발끝으로 뒷걸음질 쳐 문을 닫고 두 번 두드렸다.

짜증나. "꺼져." 내가 투덜거렸다.

오빠가 다시 문을 두드렸다.

"오빠, 나 바빠."

"그냥 보여줄 게 있어서 그래. 응? 얼마 안 걸려." 문이 조금 열렸다. 한숨을 쉬며 리모컨으로 '카르멘' 시디를 껐다. "삼십이 초 줄게. 이십구."

오빠가 침대 위로 폴짝 뛰어올라 맞은편에 양반다리를 하고 앉았다. "뭐 하고 있어?" 오빠가 종이가 어수선하게 흐트러져 있는 담요 위를 눈으로 훑었다.

"화학." 무뚝뚝하게 대꾸했다.

어제 반쯤 풀다 만 문제지를 오빠가 집어 들더니 물었다. "무지막지 브루작 걸렸어?"

"어떻게 알았어?"

"낯익어서. 낯이라 하니 말인데……." 오빠가 입술을 깨물더니, 등 뒤에 숨기고 있던 것을 휙 꺼내 우리 사이에 내려놓았다. "이것 봐."

인쇄물을 살폈다. 종이를 들어 올려 얼굴 가까이에 대고 보았다. 안경 쓴 여드름투성이 남자의 흐릿한 사진이었다. 희미한 운전면허증 사진의 확대본 같았다. 종이를 내려놓았다.

"그리고 다음엔 이거." 오빠가 그 위에 다른 사진을 한 장 더 올렸다.

내가 눈썹을 치켜떴다. "우와, 이게 누구야?" 사진을 집었다. 여자였다. 검은 머리칼에 푸른 눈을 한 아름다운 소녀였다. 스튜디오에서 마치 모델처럼 포즈를 취하고 있었다. 사진에서 시선을 들어 보니 오빠가 씩 웃고 있었다. "그 사람이 테리 린이야."

"정말?" 사진을 꼼꼼히 보았다. "우와."

"둘 다 테리 린이야."

"뭐? 설마." 촌스러운 남자 사진을 잡아채 샅샅이 뜯어보았다. 두 사진을 나란히 놓고 비교해보았다. 비슷한 점이 하나도 없었다. "농담이지."

"진담이야." 오빠가 나지막이 말했다. "멋지지?" 오빠가 여자 사진을 집어 들었다. 사진을 응시하는 오빠의 눈에서 불꽃이 튀었다.

현기증이 났다. 나는 하품을 했다. "그녀한테 화장 비법을 가르쳐달라고 해. 됐지?" 양팔을 머리 위로 쭉 뻗자 어깨뼈에서 우둑 소리가 났다. 딱딱하고 아팠다.

"화장뿐이 아냐. 그녀는 수술도 받았어. 턱 이식수술하고 코 축소수술을 했지. 하지만 가장 큰 변화 요인은 호르몬이었대."

"그럼 호르몬제 먹어." 나는 숙제를 마저 하기 위해 오빠에게 남자 사진을 건넸다.

"먹고 있어." 오빠가 남자 사진을 남겨둔 채 침대에서 폴짝 뛰어내렸다. 황금 잎사귀라도 되는 양, 테리 린의 새로운 얼굴에서 눈을 떼지 못하며 문을 열어둔 채 천천히 걸어 나갔다.

머릿속에서 경고음이 울렸다. 오빠가 호르몬제를 먹고 있다고? 무슨 호르몬? 호르몬제는 위험한 약이었다. 어디서 구했지? 인터넷으로 샀나? 분명 불법일 터였다. 나는 침대에서 내려가려다 말고 멈칫했다. 난 정말 알고 싶은 걸까?

그래. 그러나 오늘 밤에는 아니었다. 호르몬제와 수술과 전환에 대해 깊은 토론을 하기에는 너무 늦었다. 집중해야 했다. 단 한 번이라도, 나의 인생에.

문을 닫고 숙제로 돌아갔다. 구리 금속 변환에서 산출되는 산성비의 분자량을 계산해야 했다. 짜릿하기도 하지. 집중이 흐트러졌다. 자꾸만 오빠가 남기고 간 사진에 눈이 갔다.

테리 린의 다른 얼굴. 잘못된 얼굴. 가장 충격적인 것은 남자와 여자 얼굴의 차이점이 아니라 태도, 자세, 자신감의 변화였다. 남자 테리 린은 전혀 다른 사람 같았다. 오빠가 때로 그렇듯이, 시체 같았다. 공허하고 슬퍼 보였다. 다른 테리 린, 진짜 테리 린은 생기를 찾아 활짝 피어나 있었다. 오빠가 루나로 변할 때 자유로워지는 것과 같았다.

번데기에서 나오는 나비처럼. 날개를 펼치고 날아가는 우아하고 섬세한 생명. 그러나 루나의 나비는 날마다 날개를 구겨 접고 고치 속으로 돌아가야 했다. 날마다, 날마다, 그녀는 껍질뿐인 사람이 돼야 했다.

눈물이 맺혔다. 불공평했다. 왜 오빠가? 왜 그녀가? 그녀는 좋은 사람이었다. 루나. 리엄. 최고의 오빠였다. 내가 편도선 수술을 했을 때, 오빠는 날 위해 인형극 공연을 했다. 무대를 준비하고 양말 인형에 옷을 입혔다. 물론 옷은 치마였다. 목이 어찌나 아팠던지, 지금도 때로 침을 삼킬 때면 그때의 통증이 떠오른다. 내가 글자를 아직 모를 적에는 밤마다 잠자리에서 책을 읽어주었다. 나에게 가르쳐주려고 했다……

1학년 때, 한번은 놀이터에서 어떤 싸움대장이 날 쫓아다니며 머리카락을 잡아당기자 오빠가 녀석의 얼굴을 주먹으로 때린 적도 있었다. 오빠가 태어나서 지금까지 다른 사람을 때린 것은 그때가 처음이었다.

아니, 아니다.

엄마와 쇼핑몰에 갔을 때도 그랬다. 그날, 엄마는 지갑을 보고 있었다. 오빠도 마찬가지였다.

오빠가 엄마를 흉내 내 팔에 지갑을 걸친다. 등 뒤에서 엄마가 말한다. "그거 도로 내려놓고 가서 동생 보고 있어."

"나도 해볼래." 내가 모자를 잡아당기며 오빠에게 말한다.

"그래. 자, 이거 써봐." 오빠가 내 머리 위에 펠트 모자를 씌우고 깃털이 앞으로 오게 가다듬는다. 모자가 떨어질 것 같아서 목을 뻣뻣이 세운다. 모자가 너무 크다. 오빠는 비단 리본이 뒤에 달려 있고 위에는 레이스가 있는 녹색 모자를 쓴다. 레이스를 눈 위로 조심스레 내린다.

우리는 모자를 쓰고 거울 앞에서 포즈를 취한다. 오빠가 엉덩이에 한쪽 손을 대고 모델처럼 뽐내며 걷는다. 내가 까르르 웃고 오빠를 따라한다. 오빠가 다른 모자를 가져오려고 진열대로 간 사이, 어떤 일이 일어난다.

나는 어떤 남자의 손을 잡고 에스컬레이터를 타고 있다. 등 뒤에서 오빠가 나를 부르는 소리가 들린다. "레이건?"

내가 돌아본다. 오빠와 눈이 마주친다. "레이건!"

그 순간, 나는 남자가 낯선 어른이라는 것을 깨닫는다. 비명을 지른다. 손을 빼려고 하지만 안 된다. 남자가 내 손을 꽉 쥐고 있다. 오빠가 넘어지고 다시 일어나고 하면서 에스컬레이터 계단을 뛰어 내려온다. 에스컬레이터에서 내리기 직전에 오빠가 따라잡는다. 남자의 손아귀에서 나를 떼어내려고 오빠가 달려들어 매달린다. "동생을 놓아줘! 놔!" 오빠가 남자의 등을 때린다. 주먹으로 남자의 팔과 옆구리, 배를 친다.

오빠가 고함을 지르고 남자를 걷어찬다. 내가 넘어지고 누군가 나를 안아 든다. 오빠가 나를 끌어안자 내가 울음을 터트린다. "괜찮아, 레이건. 내가 왔어. 괜찮아." 오빠가 말한다.

엄마가 에스컬레이터를 뛰어 내려와 오빠 품에서 나를 잡아챈다. 나를 끌어올려 가슴팍에 단단히 안고 오빠에게 소리를 친다. "왜 동생을 잘 보고 있지 않았니? 널 잠시도 믿을 수가 없구나!"

엄마가 오빠를 울린다.

엄마, 오빠 잘못이 아니었어요. 부모가 코앞에 있더라도 늘 아이들에게 일어날 수 있는 일이에요. 코디도 놀이터에서 그런 적이 있어요. 엘리스가 잠깐 등을 돌린 사이에 한 남자가 난데없이 코디에게 접근했대요. 오빠가 나를 구해주지 않았다면…… 날 위해 거기 있어주지 않았다면…… 생각만으로도 소름이 끼쳤다.

지금 오빠가 나를 너무 필요로 하기에, 나는 내가 오빠를 필요로 했던 날들을 잊어버리고 있었다. 오빠는 언제나 내 곁에 있어주었다. 언제나.

오빠의 콧노래 소리가 방문 밑으로 새어 들어왔다. 낮고 관능적이고 낯선 음이었다. 오빠는 행복할 때만 흥얼거렸다. 오빠가 정말로 행복해지는 날이 올까? 만약 오빠가 지금 테리 린이 있는 곳으로 간다면 괜찮아질지도 모른다. 그녀가 티걸이라고 의심하는 사람조차 없으리라. 루나가 자신이 생각하는 그런 사람임을 온 세상에 확신시킬 수 있을 만큼 몸의 화학적 성질과 외모를 바꾸는 일이 가능할까?

크리스의 얼굴이 다시 머릿속에 둥둥 떠올랐다. 어째서 크리스가? 어째서 지금?

화학. 그게 문제였다. 눈물이 흘러내렸다. 왜 화학의 문제여야만 할까?

15

찬장에서 코코아 가루를 꺼내 식탁 위에 놓는데, 부엌 벽걸이 전화로 통화 중인 엄마 목소리가 들렸다. "로셀 선생님께 전화 달라고 전해주시겠어요? 에스트로겐을 일정보다 빨리 재처방받아야 해서요."

내가 눈살을 찌푸리며 냉장고에서 오늘 분 오렌지 주스를 꺼내 부었다.

"안녕." 식탁에 앉는 내게 아빠가 인사했다. 툴툴거리는 대답마저도 쉽지 않았다. 밤을 샜더니 머리가 멍했다. 화학으로 시냅스를 끊는 것보단 루나가 마스카라를 칠하는 모습을 서너 시간 동안 멍하니 보는 편이 나은 것 같았다.

엄마가 전화를 끊자마자 또 벨이 울렸다. 마치 복권 당첨 전화라도 기다렸던 양 엄마가 서둘러 받았다. "레이건, 네 전화야. 엘리스네." 엄마가 내키지 않는다는 듯이 말했다. 엄마는 엘리스를 별로 좋아하지 않았다. 내가 엘리스를 좋아하는 이유 중 하나였다. 한번은 엄마가 엘리스와 데이비드가 나를 이용하는 것처럼 느껴진다고 말했다. 늘 직전에 전화를 걸어 내가 하던 일을 모두 그만두고 오기를 바란다고 말이다. 내게 하다가 그만둘 일이라도 있나. "주말 내내 그 집에 있지는 마. 나도 네가 필요해." 엄마 일을 시키려고 그러겠지. 수화기를 건네며 엄마가 물었다. "오빤 어디 있니?"

"그녀는 제가 일어났을 때 아직 욕실에 있었어요."

우리 사이에 순간 냉랭한 전류가 흘렀다. 엘리스가 내 귀에 대고 "안녕, 레이건. 부탁 좀 해도 될까?"라고 말했을 때야, 내가 뭐라고 했는지 깨달았다. 한밤중에 루나가 내 방에 와서 향수 내음을 남기고 갔거나 새벽에 꾼 꿈이 선명하게 남아 있었기 때문이었을지도 모른다. 전과 후. 리엄과 루나. 그들 사이의 구분이 희미해지고 있었다.

"레이건?"

"아, 네." 나는 정신을 차리고 대답했다. "물론이죠, 엘리스. 뭐든지요."

"데이비드와 내가 진짜 보고 싶어하던 공연표를 마침내 구했어. 〈사랑해요. 당신은 완벽해요. 이제 변해줘요.〉라는 공연이야. 본 적 있니?"

"아뇨."

엘리스가 살짝 웃었다. "당연하겠지. 넌 이 제목을 이해하기에는 너무 어리지."

아니, 그렇지 않았다.

"어쨌든, 이 표를 구하려고 정말 오래 기다린 데다 이번 주말 공연이 마지막이거든. 그래서 말인데, 혹시 토요일 밤에 아이들 봐줄 수 있을까?" 엘리스가 희망을 담은 목소리로 망설이듯 물었다. "빠듯한 일정인

데다 주말에는 친구들과 만나느라 바쁠 테니 금요일과 토요일 밤에는 가능하면 부탁을 안 하려고 했지만……."

아, 그럼요. 저와 중화작용 문제 둘이서요. "괜찮아요."

"정말? 레이건, 넌 천사야. 너 없으면 우린 어떻게 할까?"

뭘 궁금해해요? 거의 물을 뻔했다. 절 입양하시죠. 제게 정상적인 삶, 행복한 어린 시절을 주세요. 이런 이런, 너무 늦었군요.

엘리스가 내게 여섯 시 반까지 와달라고 했고 우리는 전화를 끊었다. 부엌으로 돌아가 보니 오빠가 나타나 있었다. 아빠가 신문을 내리고 말했다. "장님과 맹도견이 식당에 들어왔다."

오빠와 내가 투덜댔다.

"장님이 음식을 주문하고 잠시 앉아 있다가 종업원에게 고함을 쳤지. '이봐요, 금발에 대한 농담 하나 듣겠수?'"

눈을 두 번이나 굴려가며 오빠의 시선을 끌려고 했지만, 오빠는 해진 만화책에 몰두해 있었다. 『공주라고 불러요』. 저래도 티가 안 나나.

"식당 안은 쥐죽은 듯 조용해졌지." 아빠가 말을 이었다. "장님 옆자리에 앉아 있던 여자가 굵고 쉰 목소리로 말했어. '그 농담을 하기 전에 한 가지 아셔야겠군요. 종업원은 금발이고, 요리사도 금발이고, 나는 가라데 검은 띠인 데다가 키가 183센티미터에 몸무게가 91킬로그램 정도인 금발이에요. 게다가 내 옆에 앉은 여자도 금발 역도 선수죠. 당신 오른쪽에는 프로레슬러인 금발 여자가 앉아 있고요. 잘 생각해보세요, 아저씨. 그래도 그 농담을 하고 싶나요?'"

아빠가 극적 효과를 위해 말을 멈추었다. 나는 코코아 가루를 한 입 떴다. 엄마가 커피잔을 들어 올렸다. 오빠가 만화책을 한 장 넘겼다.

"장님은 이렇게 말했지. '아니, 같은 이야기를 다섯 번이나 설명해야 한다면 됐소.'"

오빠가 웃음을 터뜨렸다. 나는 식탁에 시리얼을 뿜었다. 엄마까지도 웃음을 지었다.

"괜찮았지?" 아빠가 윙크했다.

"좋네요." 오빠가 말했다.

내가 냅킨으로 식탁을 닦는데, 아빠가 덧붙였다. "어제 지하실에 내려가봤다. 레이건이 얘기하든?"

이런. 까먹었다. 나는 오빠의 반응을 두려워하며 시리얼 상자 뒤로 머리를 숨겼다. 눈을 살짝 들어보니 오빠는 태연히 책을 읽고 있었다. 아빠는 아무것도 찾아내지 못했다. 심지어 지갑조차 눈치 채지 못했다.

"쓰레기통이더구나. 소파 속통이 터져 나왔고 카펫은 버팔로 무리가 밟고 지나간 것 같았어. 묵은 피자 같은 냄새도 나더라. 너희 둘은 그렇게 너저분한 데서 어떻게 지내니?"

"청소할게요." 오빠가 웅얼거렸다.

"그 얘기가 아니잖아. 전체를 수리하는 편이 나을 것 같다. 벽을 새로 칠하고 카펫을 갈자. 우리 회사 할인 혜택을 이용할 수 있어. 네 컴퓨터 부품들을 보관할 선반을 맞춰서 바닥 좀 치우고. 일단 청소하고 나면 당구대를 놓거나 오락실로 꾸며도 좋을 거야. 우리 가족이 다 함께 사용할 수 있는 공간으로 말이다."

오빠가 지친 웃음을 띠었다. "괜찮아요. 지금 이대로가 좋아요. 우리 둘 다 이대로도 좋은걸요. 그렇지, 레?"

아빠가 주먹으로 탁자를 내리쳤다. "아니, 괜찮지 않다. 온 가족의 프로젝트로 만들 거다. 우리 셋 다 참가해야 해. 이번 주말에 시작한다."

아빠가 벌떡 일어나 부엌으로 쿵쿵대며 걸어갔다. 식기세척기를 거칠게 열더니 커피 잔을 요란스레 집어넣었다.

오빠가 말했다. "토요일에 도서관에 가서 해야 할 과제가 있어요. 일요일에는 알리랑 영화 보러 가기로 약속했고요. 데이트 비슷한 거죠."

아빠가 문간으로 돌아와 눈썹을 치켜떴다. "그래?"

내 떡 벌어진 턱이 식탁에 부딪히는 바람에 오빠의 거짓말이 들통 날 뻔했다. 나도 끼어들었다. "네, 전 토요일 밤에 일하러 가요. 게다가 월요일까지 내야 하는 영어 숙제를 아직 시작도 안 했어요." 사실이었다. 화학에 집중하느라 다른 과목들을 방치하고 있었다. "제가 낙제하길 바라시는 게 아니라면, 토요일 저녁 동안 숙제에 쓸 자료를 검색할 생각인데요."

오빠는 농담을 알아들었지만 부모님은 이해력이 좀 딸렸다. "잭, 지금 당장은 그럴 돈이 없어. 카펫을 살 돈도 없고, 탁구대나 오락실을 꾸밀 돈은 더욱 없지." 엄마가 이렇게 말하고는 오전 내내 해온 영수증 정리를 계속했다. 그때, 엄마의 휴대폰이 울렸다.

그것을 신호로 오빠와 나는 학교에 가려고 일어섰다.

아빠가 식당으로 성큼성큼 걸어왔다. "거기 서, 둘 다."

우리는 동시에 도로 주저앉았다.

"리엄, 네 방 벽이 엉망이던데, 그 구멍은 다 뭐냐?"

구멍. 구멍은 잊고 있었다. 엄마는 매년 친지와 친구들에게 보낼 학교 사진 세트를 샀다. 우리 사진들을 8×10 크기의 액자에 넣어 식당 찬장에 걸었다. 그러면 일주일이 지나지 않아 오빠의 사진은 뒤집히고 다른 사진들(작은 사진이나 지갑에 넣을 만한 크기의 사진)은 이상하게도 사라져버리곤 했다. 그 사진들이 어디로 갔는지는 나만 알고 있었다. 오빠 방이었다. 오빠는 사진들을 압정으로 벽에 박아 다트판으로 썼다.

엄마는 찬장에 걸린 오빠 사진을 날마다 바로 했지만, 언젠가부터 맞서 싸우기를 포기한 듯했다. 우리가 중학교에 들어간 뒤부터 사진 구입을 그만두었다.

"흰개미들이요." 오빠가 웅얼거리고 현관으로 걸어갔다.

"레이건, 네 방은 돼지우리더라." 아빠가 말했다.

내 방에도 들어왔단 말이야? 어쩜 그럴 수가! 뭔가 손대기라도 했다면…… 난 쓰레기를 좋을 대로 늘어놓고 있었다. "아빠, 제 방에 오지 마세요. 저희 방에 오지 마세요." 나는 아빠에게 명령조로 말하고 한방 쏠듯이 째려본 다음 오빠를 따라 문을 나섰다. 오빠를 따라잡으려고 뛰어야 했다. "어떻게 들어갔는지 나한테 묻지 마." 오빠의 등에 대고 헐떡거리며 말했다. "더 좋은 자물쇠를 구하는 게 좋을 거야."

오빠는 대답하지 않았다. 차 잠금장치에 비밀번호를 세게 누르고 문을 열었다.

"나 태워줄 수 있어?"

조수석 문이 열렸다. 나는 빙 돌아 탔다.

오빠가 시동을 걸며 말했다. "지갑은 봤어? 보물상자는 열었어?"

"아니, 천만다행이지. 내가 제시간에 들어갔어." 안전벨트를 맸다. 오빠가 짧게 한숨을 쉬었다. 마치 내가 성가시다는 듯이. "왜? 아빠가 가발을 써봤으면 싶었어?"

오빠가 이를 꽉 물었다.

이상했다. 오빠는 내가 이해하지 못하는 신호를 내보내고 있었다.

골목에서 정지 신호에 맞춰 속도를 늦추며 오빠가 차 뚜껑을 열었다. 오늘 기온은 영하 백 도쯤 됐다. 거뜬하겠지.

오빠는 나를 학교에 내려주고 주차장을 돌아 나갔다. 이를 딱딱 두드리며 학교 건물로 터덜터덜 걸어가던 내게 마침내 신호가 도착했다. 오빠는 일부러 방문을 열어놓았던 것이다. 아빠가 비밀스러운 수집품을 발견하길 바라면서.

미쳤어? 아빠는 결코 알아채지 못할 거야. 결코 이해하지 못할 거야. 오빠는 불장난을 하고 있었다. 분명 데고 말 터였다.

내 점심값은 부엌 탁자 위에 잠들어 있었다. 점심시간에 사물함으로 걸어가며 지갑에 손을 찔러넣었다가, 지폐가 잡히지 않아 깨달았다. 쳇. 붐비는 점심 식당 줄에 혼자 서 있는 걸 들키지 않기 위해 매점에 살짝 들어가 자판기에서 샌드위치와 감자칩을 뽑아야 한다는 사실만으로도 싫었다. 자판기는 내 자리와 가까웠다. 내 자리는 가장 작고 침침한 탁자로, 매점의 금지구역이었다. 오타쿠들 옆자리였다.

섀년 아이버네 자리에 앉아 점심을 나누어 먹을 수 있을지도 몰랐다. 섀년과 선택받은 자들은 날마다 식당 한가운데 앉아 서로의 성생활을 비교했다. 그 이상 재미있는 일이 있을까? 그들은 한 시간 내내 미친 듯이 웃어댔다.

눈을 찌르는 듯한 두통이 파고들었다. 병결을 낼 걸 그랬다. 엄마가 점심을 만들어주던 시절이 좋았다. 볼로냐 롤업.

아아, 볼로냐 롤업 생각은 몇 년 만이다. 사실 난 볼로냐 롤업을 싫어했다. 하지만 지금이라면 볼로냐 롤업을 위해 영혼도 팔 수 있었다.

사물함 앞에 쓰러지듯 앉아 무릎 사이로 얼굴을 파묻었다. 엄마는 언제부터 점심 도시락을 싸주지 않았을까? 중학교 때? 우리 사진을 사지 않으면서부터였나? 아니, 그전이었다. 크리스마스 직후, 내가 막 열 살이 되던 때였다.

"오늘은 영업홍보부와 오찬 회의가 있어." 아빠가 커프스 단추를 잠그며 부엌으로 들어와 말한다. "팻, 내 점심은 없어도 돼."

부엌에서 무언가 깨지는 소리가 난다. 오빠와 내가 펄쩍 놀란다. 우린 거실에 있다. 오빠가 내 새 시디플레이어를 고치고 있다. 전날 밤에 아빠가 설정하려고 하다가 엉망으로 만들어놓았다.

엄마가 고함을 지른다. "왜 말 안 했어? 지금까지 한 시간 동안이나 여기에 처박혀 점심을 만들고 있는 줄 알았으면서. 난 날마다 같은 시간에 이곳에서 점심을 만들어. 그것밖에 안 하지. 당신 밥 먹이고, 당신 대신 치우고, 아이들 돌보고……."

아빠가 움찔한다. "여보, 미안해. 깜박했어."

"깜박해?" 엄마가 날카롭게 소리친다.

이럴 때면 오빠와 나는 놀이를 한다. 점점 줄어드는 투명인형 흉내를 낸다.

"볼로냐 롤업을 만드는 데 한 시간이나 걸려? 볼로냐를 잡아 오나?" 아빠가 어물쩍 농담을 하고 우리에게 윙크를 한다.

오빠가 숨죽여 웃는다. "잭, 농담이나 하지. 당신은 그거밖에 할 줄 몰라. 사는 게 농담 같겠지."

아빠가 농담을 하려고 입을 벌렸다가 재빨리 다문다.

"다음부터는 제 봉사가 필요치 않으실 때면 부디 미리 알려주시겠어요?" 엄마가 보온도시락을 들고 사납게 걸어 나와 우리에게 도시락을 던진다. "학교 갈 준비해. 늦겠다."

아빠가 멋쩍은 표정으로 양복 윗도리를 걸치는 사이, 엄마는 복도를 쿵쿵 걸어가 안방 문을 쾅 닫고 들어간다.

내가 혼잣말하듯이 말한다. "저 오늘 학교 안 가요. 선생님이 연수 가셨어요." 엄마한테 말하는 걸 잊었다. 하지만 엄마라면 알고 있어야 했다. 왜 내가 굳이 말해야 하지? 엄마는 늘 이런 중요한 일을 빠뜨렸다.

엄마가 뒤쪽 복도로 돌아 나오더니 아빠에게 지갑을 던지듯이 안긴다. "저녁식사에도 또 늦겠지." 엄마가 식당을 지나 부엌으로 들어간다.

아빠가 지갑을 챙겨 넣는다. "그럴지도 몰라. 제시간에 나오려고 애는 쓰겠지만 이번 주에는 대장이 와 있어서 말이지, 감히 아무도 그보다 먼저 퇴근하질 못하거든. 어떤 식인지 알잖아."

냉장고 문이 열리는 소리가 들린다. 오빠가 내 점심 도시락을 들고 일어서더니 부엌으로 들어간다. 그렇게 용감할 만한 사람은 오빠뿐이다. "엄마, 레는 오늘 학교 수업이 없어요." 오빠가 엄마에게 예의 바르게 말한다. "하지만 제가 레의 점심을 가져갈게요. 아빠 것도요. 학교에 있으면 금세 배가 고프거든요."

"그래서, 뭐야? 내가 밥을 모자라게 싸주기라도 한단 말이니?" 마치 공중에서 냉동 칠면조라도 떨어진 양, 쿵 하고 싱크대에서 소리가 난다. "내가 대체 뭐 하러 신경 쓰는지 모르겠어. 내가 일하러 나가도 사라진 줄도 모르겠지."

"그럴 리 없다는 거 알잖아." 아빠가 날카롭게 말한다. 오빠가 서둘러 거실로 돌아온다. "요즘 대체 왜 이래?" 아빠가 엄마에게 따진다. "우리가 뭘 해도 당신한테는 부족하지."

"당신은 아무것도 안 해!" 엄마가 소리친다. "내가 다 하지. 당신은 내가 종일 뭘 하는지도 모르잖아. 밥하고 빨래하고 당신과 아이들한테 끼니를 갖다 나르는 고역에 감사하는 마음도 없어. 지긋지긋하고 숨이 막혀."

아빠도 고함친다. "그래, 우리 때문에 지겹다면 미안해. 당신은 늘 일하러 나가겠다고 하는데, 그럼 어디 나가봐." 아빠가 양손을 치켜든다. "당신더러 억지로 남으라고 막은 적 없어. 나나 아이들이 한순간이라도 당신을 막을 수 있을 리가 없지." 아빠가 화내고 있다. 이렇게 화난 아빠는 지금껏 본 적이 없다.

오빠와 나는 거실에서 움츠러든다. 끝나라. 제발 그냥 끝나라.

"오늘 발륨은 먹었어? 또 처방량을 늘여야 할지도 모르겠군." 아빠가 말한다.

엄마가 부엌에서 돌진해 나온다. 아빠를 때리려 한다고 생각했지만, 대신 엄마는 딱 멈추어 서서 가장 가까이에 있는 물건을 움켜쥔다. 찬장에 걸려 있던 오빠 사진이다. 엄마가 액자를 바닥에 내동댕이치자 유리가 산산조각 난다.

아빠가 엄마의 손목을 쥔다. "그쯤 해둬. 이제 지긋지긋해."

"아니, 잭." 엄마가 쏘아붙인다. "내가 지긋지긋해. 당신과 이 아이들과 내 삶에 진력이 났어. 이걸론 충분하지 않아. 당신한테 계속 그렇게 말했지만 들은 척도 않잖아. 난 죽어가고 있어. 그냥 나가고 싶단 말이야!" 엄마가 아빠 손을 뿌리치고 침실로 뛰어 들어간다.

고개를 들었다. 부모님의 목소리가 아직도 귓가에 울리는 듯했다. 죽어가고 있어. 엄마도 오빠처럼 덫에 걸린 기분이었다. 하지만 오빠와 반대였다. 오빠는 내면으로 침잠한 반면, 엄마는 밖을 봄으로써 탈출구를 찾으려고 했다.

"안녕, 레. 괜찮아?" 누군가 나를 내려다보았다.

휘청이며 일어났다. 알리가 언제부터 여기 서 있었지? "응. 나……점심값을 두고 왔어."

"여기, 줄게." 알리가 책가방을 뒤져 지갑을 꺼내 5달러 지폐를 내밀었다.

"고마워." 뇌가 지연 반응을 했다. "나중에 갚을게."

"괜찮아." 알리가 지갑을 가방에 도로 던져 넣고 다른 물건을 꺼냈다. "오빠 보거든 이것 좀 전해줄래?" 알리가 오빠의 만화책『러브 인 러브』를 안기며 덧붙였다. "토요일 약속 잊지 말라고도 전해줘. 미술 숙제 때문에 같이 조각가의 작업실에 가기로 했어. 한 시쯤 날 태우러 와줘야 해."

나는 속으로 되새기며 고개를 끄덕였다. 온갖 기억과 생각이 머릿속에 엉켰다.

알리가 입술을 깨물었다. "리엄이 졸업무도회에 대해 뭔가 얘기했어?"

졸업무도회. 머리에 스위치가 켜졌다. 루나. 하늘하늘한 드레스.

"올해는 꼭 가고 싶거든. 리엄이 졸업무도회를 쓸데없는 허영이라고 생각하는 줄은 알지만, 올해 우리 졸업하잖아? 난 드레스까지 이미 골라났어."

오빠한테 맞을까? 하마터면 입 밖으로 내뱉을 뻔했다. 오빠는 졸업무도회 반대론자가 아니었다. 그냥 여왕 쪽이 되고 싶어할 뿐이었다. "나한텐 아무 말도 안 했어."

알리는 자신 없는 표정이었다. 혹은 만족하지 못했거나.

화제를 돌리자. "타이레놀 몇 알만 빌려줄래?" 두통이 내 두개골에 계곡을 새기고 있었다.

"물론이지." 알리가 다시 가방을 뒤졌다. "엑세드린도 괜찮아?"

엑세드린. 엑스터시. 고통을 줄일 수 있다면, 기억을 지울 수 있다면 무엇이든 좋았다.

알리가 내 손바닥 위로 캡슐을 두 개 떨어뜨렸다.

"매점까지 같이 가줄게."

알리는 내가 알약을 삼키는 동안 식수대 옆에서 기다렸다. 복도를 걸어가며 알리가 거듭 말했다. "오빠한테 얘기해줄 수는 없을까? 힌트를 주는 거야. 리엄의 두꺼운 두개골에 잠재의식적인 메시지를 심어."

"뚫고 들어가지겠어?" 내가 중얼거렸다.

"나도 알아. 벽돌에 매서라도 던져 넣어."

매점으로 들어가는 자리에서 알리가 걸음을 늦추더니 멈추어 섰다. 한참을 망설이더니 내게 물었다. "다른 사람을 데려간단 얘긴 없지?"

"응?"

"이봐아." 알리가 '레, 정신차려'라고 말하듯이 머리를 기울였다. "요즘 리엄이 평소보다 더 산만해 보여. 나한테서, 사람들에게서 멀어지려고 하는 것 같아. 거리를 두려고 한달까, 잘 모르겠어. 예전에도 이런 적이 있지만 요즘은…… 달라." 알리가 말끝을 흐리며 내 어깨 너머로 시선을 돌렸다. "다른 사람을 사귀는 것 같다고나 할까?"

그래, 오빠 자신과 말이지. 나는 소리 내어 말하지 않았다. "다른 사귀는 사람은 없어."

알리가 또 입술을 깨물었다.

"알리, 맹세할게."

"만약 있다면 말해주겠지, 레? 그런 일을 내게 숨기지는 않겠지. 난 알고 싶을 거야. 상처 입더라도 말이야."

"언니에게 아무것도 숨기지 않을게." 거짓말이 혀끝에서 매끄럽게 흘러나왔다. 나는 결코 알리를 상처 입히지 않으리라. 일부러는. 왜 오빠에게 직접 묻지 않아? 왜 오빠와 얘기하지 않아? 둘은 가장 친한 친구 사이였다.

알리가 조금 편안해진 얼굴로 나를 끌어안았다. "너 없으면 어떻게 할까?" 그녀가 웃으며 내 팔을 쥔 손에 살짝 힘을 주고 떠나갔다.

이런 말을 했던 사람이 또 누구였더라? 엘리스? 오빠? 기억이 나지 않았다. 하루에 신뢰를 두 배로 받는다면 다들 영광스러워 할 것이다. 그런데 어째서 난 이용당한 기분일까?

16

귓전에서 누군가의 목소리가 울렸다. 크리스의 몸에서 나온, 진짜 크리스의 목소리였다. 크리스의 몸이 바로 옆에서 음파와 열파를 내보내고 있었다. "안녕." 그 애가 말했다. 머릿속에서 모든 언어가 싹 사라졌다. 다행히 바로 그 순간 사물함 제일 위에 놓여 있던 영어 교과서가 미끄러져 큰 소리를 내며 바닥에 떨어졌다. 책을 집으려고 수그렸는데, 크리스도 몸을 낮추다가 나와 머리를 꽝 박았다.

"아얏!" 동시에 외쳤다.

"멍청하긴." 크리스가 헐떡이며 덧붙였다.

"알아, 미안해."

"너 말고, 나 말이야." 크리스가 내 이마를 짚었다. "괜찮아?"

내가 흠칫했다. 반사적 행동이었지만 크리스는 기분이 상한 표정이었다. 상처 받은 것 같았다. 마치 크리스가 에이즈라도 걸린 양 대했으니 말이다.

"미안해." 왜 크리스를 대할 때만 이럴까? 크리스가 가까이 있을 때마다 나는 위험한 생물이 됐다.

"널 기다리고 있었어. 가사 시간 끝나고 사물함에 들르지 않을까 생각했지. 너하고 얘기하고 싶었어."

음, 이상했다. 『믿기지 않는 이야기』에서 바로 튀어나온 듯한 상황이었다. 이게 내 사물함인 줄 어떻게 알았지? 내가 가사 수업을 듣는 줄은 또 어떻게 알고? 내가 자기에게 사로잡혀 밤마다 자기 꿈을 꾸는 줄도 알고 있을까? 카누에 물이 차오르고 있었다. "무슨 얘긴데?" 나는 사물함을 파헤쳤다…… 뭘 찾고 있는지는 몰랐다. 구명조끼?

크리스가 내 맞은편, 시선을 피할 수 없는 쪽으로 왔다. "네가 어떤 사람인지 물어보며 다녔는데 아무도 널 모르는 것 같았어."

내가 코웃음 쳤다. 놀랍기도 하지.

"쌔년 아이버만 빼고."

신경이 곤두섰다. "걔가 뭐랬는데?"

크리스가 침을 꿀꺽 삼켰다.

나는 눈을 가늘게 떴다. "뭐라던?"

"그냥 네가 좀…… 잘난 척한다고 했어."

"잘난 척이라니!" 목소리가 높아졌다. 다들 그렇게 생각했던 거야? 내가 잘난 척한다고? 속물이라고? 못된 애라고?

"물론, 난 그렇게 생각하지 않아." 크리스가 재빨리 말했다. "사돈 남 말 한단 말이 있잖아?"

그저 고개를 흔들 수밖에 없었다. 그래도 눈물이 날 것 같았다. 이래서 사람들하고 얘기하기가 싫다. 나는 잘난 척하고 있지 않았다.

크리스가 몸을 들이밀며 은근한 어조로 속삭였다. "넌 신비해."

얼굴이 확 달아올랐다. 말 그대로. 연기 냄새가 날 정도였다. "아, 그래, 내가 좀 그렇지. 신비. 나 자신에게까지도 신비주의라지." 이렇게 서투를 수가.

크리스가 웃었다. 내 머리 뒤로 팔을 뻗어 사물함 문틀을 잡았다. 우리 주위의 공간이 친밀하게 닫혔다. "진짜 질문에 답을 듣고 싶어서 널 따라다녔어."

어? "무슨 질문인데?"

"사귀는 사람 있어?"

크리스의 표정이 그렇게 심각하지 않았다면 웃음을 터뜨렸을지도 모른다. "진지하게?"

"멋진 차로 널 학교까지 태워다주는 남자 있잖아. 주차장 뒤에 내려주고 나가는 남자. 그 사람이 남자친구야?"

이번에는 정말로 웃었다. 히스테리컬하게. 천식에 걸린 원숭이처럼 몸을 꺾으며 웃었다. 웃음이 멈추질 않았다. 숨쉬기가 힘들었다.

크리스가 사물함 문의 구멍을 손가락으로 두드렸다. "그렇게 우스운 질문인 것 같진 않은데."

"미안해." 크리스의 가슴에 손을 대고 몸을 바로 하며 숨을 고르다가 재빨리 손을 뗐다.

"만약 남자친구라면 얘기해줘. 물러날게. 그냥 생각하기에, 어쩌면 너도 알지도……."

"무슨 생각을 했는데?" 정신이 싹 들었다.

"도전해보려고 했어. 데이트를 신청하려고. 하지만 이미 사귀는 사람이 있다면 됐어."

"날 태워다주는 사람은 우리 오빠야."

크리스가 눈썹을 추켜올렸다. "뻥 아니지?"

"아니고말고."

우리는 마주 보고 씩 웃었다가 얼른 고개를 숙였다. 나는 섀넌 아이버처럼, 그녀라면 그랬을 것처럼 수줍어하며 그를 살짝 쳐다보려고 했다. 그런데 아무런 경고 없이 사물함 문이 휙 열리며 벽과 문 사이에 있던 크리스의 손을 쾅 찧었다.

뼈가 부서질 것 같은 소리가 났다. "으아악!"

"맙소사." 크리스에게 손을 내밀었지만, 그는 비틀거리며 피하더니 고통을 덜기 위해 껑충껑충 뛰며 손을 흔들었다. 나는 아무 말도 하지 못한 채, 사죄하는 마음으로 내 허벅지를 쿡쿡 때렸다.

크리스가 손을 가슴에 문지르며 말했다. "그래서, 나하고 사귈래?"

믿기지가 않았다. "너 마조히스트야?"

틀림없었다. 그는 미쳤다. 그런데 진심일까?

통증에 고통스러워하면서도 크리스는 내 질문에 눈빛으로 답했다. 진심이었다.

'아니, 어쨌든 고마워. 난 너무 위험해. 사람들과 접촉해서는 안 돼'라고 머리는 말했지만, 내 입 밖으로 나온 말은 "좋아. 언제?"였다.

"어…… 토요일 밤은 어때?" 크리스가 손을 마지막으로 털었다. "크레이튼에서 파티가 있어. 파티이긴 한데 언더그라운드 풍이야. 어떤 건지 너도 알 거야."

"물론이지." 거짓말이었다. "아, 잠깐만." 가슴이 철렁 내려앉았다. "토요일은 안 돼. 아이들을 보러…… 일, 일하러 가야 해."

크리스의 표정이 바뀌었다.

이번에는 안 된다. 이것이 마지막 기회일지도, 유일한 기회일지도 몰랐다. "대신 해줄 사람을 찾을 수 있어. 정말 일을 해야 하거든. 아니, 했거든. 내 말은, 갈 수 있어. 어떻게 해볼게."

"그래?" 크리스의 표정이 환해졌다. "좋아. 그럼 몇 시에 데리러 갈까? 일곱 시?"

여섯 시. 일곱 시. 지금은 어때? "우리 집 주소를 가르쳐줄게." 펜을 찾아 가방을 뒤졌다.

"어디 사는지 알아. 따라다녔다고 했잖아." 크리스가 멀쩡한 쪽 손으로 내 팔을 꾹 찌르고 우쭐대듯이 걸어갔다.

넋이 나갔다. 정신 나간 짓이었다. 크리스와 데이트를 하기로 하다니. 무서웠다. 혹시라도…….

혹시라도 뭐? 무슨 일이 있겠어? 데이트 한 번인걸. 우리가 얼마나 가까워지겠어? 그래 봤자 내가 가까워지려고 하는 만큼 정도겠지.

집에 도착하자마자 알리에게 전화를 했다. "토요일 밤에 나대신 애들 좀 봐줄 수 있을까? 마테라 씨네?"

"마테라?" 알리가 픽 웃었다. "농담이겠지. 내가 마지막으로 그 집에서 일했을 때 무슨 일이 있었는지 잊어버렸어?"

아, 그래. 예전에는 알리가 그 집의 정규 베이비시터였다. 어느 날 지루해진 알리가 친구들을 몇 명 불렀고, 그 집에서 커다란 텔레비전으로 유료방송을 보고 있을 때 데이비드와 엘리스가 돌아왔다. 알리가 소란스러운 파티를 벌이거나 한 것은 아니었지만, 알리는 이제 마테라 씨의 공식 블랙리스트에 올라 있었다. 알리의 손해는 내게 이익으로 돌아왔다. 그날 밤 이후 나는 마테라 씨네 독점 베이비시터였다.

어떻게 잊어버릴 수가 있지? 뇌가 모든 실린더(자기디스크 장치의 기억장소 단위─옮긴이)에서 작동하지 않고 있었다.

"어차피 못해. 토요일 밤에 무슨 디자이너의 트렁크 쇼에 가기로 엄마와 약속했거든. 유후."

"달리 아는 사람 있어?" 내가 물었다. 애원했다.

알리는 잠깐 생각에 잠겼다. "브릿은 어떨까? 아니, 그만두자. 걔 피어싱하고 문신을 보면 엘리스가 기절할걸. C. J.? 물어볼 수는 있지만 아마 데이트하러 나갈 거야. 저쪽 링컨의 졸업반 애한테 푹 빠져 있거든."

잠시 침묵했던 알리가 말했다. "우와. 아무도 생각이 안 나."

절망감이 밀려왔다. 이렇게 내 첫 번째, 그리고 마지막 데이트가 사라지는구나.

알리가 덧붙였다. "오빠한테 토요일 약속에 대해서 확인했니?"

"아니, 집에 방금 왔어." 내가 달리 어디에서 고독한 여생을 곱씹겠어.

목요일 밤, 엘리스와 데이비드가 요가 교실에서 부부의 음양을 탐험하는 동안 나는 꿈나라에 빠져들었다. 그들이 돌아왔을 때 커다란 텔레비전 앞에서 아기처럼 몸을 웅크리고 자고 있었다. 데이비드가 나를 흔들어 깨웠다. 면목이 없었다. 미렐과 코디는 잠옷으로 갈아입지도 않고 텔레비전을 보고 있었다. 이러고도 베이비시터라니. 집이 무너져도 눈 하나 깜짝 안 했을 정도였다.

계속 사과했지만 엘리스는 괜찮다고, 이해한다고 했다. 그러나 그녀의 목소리에는 비난하는 어조가 깔려 있었다.

돈을 거절하려고 했지만 데이비드가 억지로 안겼다. 내가 평소에 받던 액수보다는 조금 적었지만, 그렇더라도 시간당 일 달러씩만 깎은 아르바이트비는 내가 받아 마땅한 돈보다 훨씬 많았다.

집에 돌아온 나는 오늘 번 돈을 자동차 구입 자금으로 저금하지 않고, 아이들 선물을 사는 데 쓰기로 결심했다. 죄의식에 대한 대가를 치르기로. 내 방문을 열자 루나가 습격했다. "오늘 무슨 일이 있었는지 상상도 못할걸." 그녀가 나를 침대에 눌러 앉혔다.

"내가 없는 사이에 내 방에 몰래 들어온 것 같네. 아빠만큼이나 나쁘잖아." 나는 부츠를 벗어 차버렸다. 루나가 저녁 옷을 입고 있기에는 이른 시간이었다. 달이 아직 낭만적으로 차오르지도 않았다.

루나가 어깨 너머로 머리카락을 넘겼다. "테리 린이 여기에 온대."

"우리 집에?" 눈이 튀어나왔다.

"아니, 시내에." 루나의 주홍색 입술이 커다란 호를 그렸다. "주말에 판매전이 있고 월요일에 발표를 한대. 그래서 그다음에 만나서 같이 저녁식사를 하면 어떻겠냐고 했어." 그녀가 벌떡 일어나 거울을 향해 날듯이 다가갔다.

"그 테리 린이란 사람은 몇 살이야? 무슨 일을 하는데? 그 사람이 적법한 사람인지는 어떻게 알아?" 꼭 우리 부모 같은 말투였다.

루나가 조명이 켜진 거울 앞에 놓여 있는, 내 책상 의자에 미끄러지듯 앉았다. 마스카라 뚜껑을 열며 답했다. "스물일곱 살이야. 컨설팅 회사를 운영하고 있대. 법 집행 기관들을 위한 다양한 훈련 과정을 제공한대. 전화로 얘기해봤어."

전화로? 나는 침대에 큰 대자로 누웠다. "우와, 그래서, 그녀는 어떤 사람이야?"

"사람이야."

내가 킁 하고 비웃었다. "아니, 내 말은, 자기가 돈 모아서 부자가 된 거야?"

"음⋯⋯." 루나의 목소리에 웃음기가 섞여 들었다. 그녀가 내게 몸을 돌리고 덧붙였다. "쇼핑을 가야 해. 그녀와 처음 만나는 자리에 굿윌 넝마를 입고 가긴 싫어. 토요일 몇 시에 갈까?"

토요일. 토요일 밤. 나는 텅 빈 천장을 응시했다. "토요일 밤엔 데이트 약속이 있어. 아니, 있었어."

"뭐라고!" 루나가 깜짝 놀라며 숨 막히는 소리를 냈다. 서둘러 다가와 내 옆에 폴짝 앉았다. "누구하고? 내가 아는 사람이야? 빠짐없이 말해줘."

작게 틀어막고 있던 즐거움이 마침내 구름 밖으로 부풀어 터져 나왔다. "네가 아는 사람은 아닐 거야. 크리스 가라초?"

"낯선 이름이네."

"전학 왔어." 아주 최근에.

"어떻게 생겼는데?" 그녀가 눈을 반짝이며 물었다.

"사람처럼 생겼어." 우린 서로를 보며 피식 웃었다. 내가 동경의 한숨을 쉬었다. "사람을 신이라고 치고."

루나가 꺅 소리를 냈다.

"하지만 문제가 생겼어." 나는 일어나 무릎을 끌어안았다. "심각한 퇴보지. 토요일 밤에 아이 보러 가기로 했는데 대신 일해줄 사람을 못 찾았어."

"방금 찾아냈잖아." 루나가 일어섰다. "너한테 빚진 게 있지. 크리스가 날 몇 시에 데리러 온대?" 루나가 고개를 돌려 어깨 너머로 미소 지었다. "농담이야. 내가 몇 시까지 마테라 씨네 가면 돼?"

나는 망설였다. 이유는 모르겠다. 그냥 엘리스에게 전화해서 다른 일정이 있다고 말하면 될 터다. 친구와의 약속에 대해 말하고 대신 아이를 봐줄 사람을 찾았다고 하면 될게다.

엘리스는 누구인지 물으리라.

오빠라고 답해야겠지.

엘리스는 좋다고 말할 것이다.

아니, 그럴 리 없다. 엘리스는 절대 낯선 사람을 집에 들이지 않을 것이다. 자기가 모르는 사람과 아이들만 있게 둘 리가 없다. 특히 그 사람이 남자라면 말이다.

갈망을 담고 있는, 루나의 반짝이는 얼굴에 달빛이 한 줄기 비쳤다.

오빠가 내게 빚지긴 했다. 이번 한 번뿐이다. 엘리스와 데이비드가 모르게 할 수 있을지도 모른다. 왜 안 되겠어? 누구든지 나와 같은 상황이라면 데이트에 가리라. "좋았어, 해보는 거야." 내가 말했다. 정신이 번쩍 들었다. 갑자기 흥분됐다. "하지만 마테라 씨 부부가 떠나기 전에는 오면 안 돼. 난 몇 시간만 자리를 비울 거야. 엘리스와 데이비드가 집에 오기 전에 나와야 해. 잠깐만, 내가 아이들을 재우기 전엔 오면 안 돼. 그러잖으면 애들이 이를 거야."

"그럴듯한 계획이네." 루나가 다시 거울 앞에 앉았다.

"크리스에게 날 마테라 씨네서 데려가라고 말할게. 그러면 우리 집에 와서 '이름을 밝힐 수 없는 그분' 과 '프리커조이드(미국 만화영화의 괴팍한 영웅 캐릭터. 원래는 고등학생―옮긴이)' 의 접촉 위험을 무릅쓰지 않아도 되겠지." 사내다운 조합이네. "아이들을 일찍 재우고 크리스에게 날 여덟 시 반까지 데리러 오라고 할게."

"그러자." 루나가 허벅지를 찰싹 두드리고 책상 의자에 앉은 채 빙 돌았다. "우리 토요일 언제 쇼핑하러 가지? 너도 새 옷이 필요하겠네."

토요일. 점심. 졸업무도회. 조각가. "알리가 토요일 약속에 대해 너한테 말하라고 했어. 무슨 작업실에서 미술 숙제라던가? 한 시에 알리를 데리러 간다고 했다며?"

"이번 토요일이었어?" 루나의 시선이 거울에 비친 나와 마주쳤다. 그녀가 기운 빠진 표정으로 무거운 한숨을 쉬었다. "미안해, 레. 일요일은 어때? 일요일에 쇼핑을 갈 수도 있잖아. 적어도 내 옷을 사려는 말이야. 가게가 몇 시에 열지? 열한 시? 열두 시?"

나는 알리 얘기를 계속했다. "올해 알리에게 졸업무도회에 같이 가자고 할 생각이야? 알리는 정말 가고 싶어해. 벌써 드레스를 골라놨대."

"드레스라." 루나가 단조롭게 말했다. 다리를 꼬고 배를 쥐며 몸을 구부렸다. "레, 내가 정말 뭘 하고 싶은지 알아? 졸업무도회에 나 자신으로서 너무나 참석하고 싶어. 내 드레스를 입고. 머리를 하고 손톱을 다듬고. 리무진을 빌려서. 데이트 상대도 빌려서." 그녀가 고개를 들었다. "크리스한테 형은 없지?"

내가 기겁한 표정을 지은 모양이었다.

"농담이야." 루나가 몸을 곧추세웠다. 빗을 들어 거울에 비친 자신을 텅 빈 눈으로 응시하며 가발을 빗었다.

루나, 리엄. 마테라 씨 집에서의 오빠. 배 속에 두려움이라는 단단한 혹 덩어리가 뭉쳤다. 왜? 괜찮을 거야.

두려움을 털어버렸다. 내 삶에 대해, 나에 대해, 내 미래에 대해 이렇게 행복하고 희망찬 기분을 느낀 것은 이번이 처음이었다.

무슨 일이 있겠어? 겨우 하룻밤이었다. 대체 뭐가 잘못될 수 있겠어?

17

평소처럼 십오 분 일찍 마테라 씨 집에 도착했다. 엘리스가 말했다. "우와, 예쁘다." 그녀가 나를 집 안으로 서둘러 들이며 머리부터 발끝까지 훑어보았다.

"뭔가 달라진 것 같은데. 뭘까? 머리?"

"네, 잘랐어요. 끝부분만요."

"어디서 했어? 나도 다듬어야 하는데. 지난번에 갔던 메인 이벤트에서는 머리를 난도질해놓았지 뭐야."

"어⋯⋯." 내가 머뭇거렸다. 뭐라고 하지? 쉐 루나(chez Luna)? "친구가 잘라줬어요."

"정말? 솜씨 좋네." 엘리스가 나를 빙글 돌렸다. "친구한테 고객을 늘리고 싶다면 나도 기꺼이 돈을 내겠다고 전해줘."

"그럴게요." 그럴 리가 없지.

엘리스가 말했다. "데이비드가 삐삐를 사서, 단축번호를 추가로 적어 놨어." 데이비드가 엘리스 뒤에서 코트를 벌리며 나타났다. 엘리스가 코트를 걸쳤다. "아무리 늦어도 열한 시 반에는 돌아올 거야. 각성제를 사 놨어. 냉장고 위에 있어." 엘리스가 미소 지었다. "이건 농담이고."

농담 같은 말투가 아니었다. "잠들지 않을게요. 약속해요."

"문 잘 잠가라." 데이비드가 말했다.

나는 언제나 문을 잠갔다. 그들도 알고 있었다.

엘리스가 사소한 이야기를 끊임없이 늘어놓았다. 어디로 갈지, 뭘 먹을지, 어쩌고저쩌고. 끝이 없었다. 그냥 가요! 나는 속으로 고함을 질렀다. 여기서 나가요.

마침내 창문 블라인드 틈으로 그들이 탄 포드 익스플로러가 차도로 나가는 모습이 보였다.

"〈몬스터 주식회사〉 봐도 돼?" 코디가 내게 디브이디를 안겼다.

"물론이지." 나는 코디와 미렐을 따라 텔레비전 앞에 가서 양반다리로 앉았다. 루나가 나한테 억지로 입힌 꽉 끼는 진 차림으로는 쉽지 않은 일이었다. 흰색 바지였다. 내가 가진 옷 중에 유일한 흰색이었다. 어째서 루나는 내게 꼭 흰색을 입으라고 고집했지?

영화는 끝없이 길었다. 나는 계속 손목을 들여다보았다. 바보스러운 행동이었다. 깜박하고 손목시계를 두고 나왔기 때문이다. 그래도 이는 닦았다. 마침내 영화가 끝나고 편집 장면 모음이 나왔다. 내가 일어서며 말했다. "자, 잘 시간이야."

"벌써?" 코디와 미렐이 푸념했다. 미렐이 덧붙였다. "우리 아직 간식도 안 먹었잖아."

"침대에서 먹어도 돼."

아이들 눈이 휘둥그레졌다. "좋아!" 코디가 소리쳤다.

아이들에게 침대에서 음식을 먹게 한 줄 알면 엘리스가 죽이려 들 테
다. 음, 뭐. 오늘 밤을 살아서 넘길 수 있을지 아닐지도 몰랐다. 미렐과
코디가 얼른 방으로 들어갔다. 아기는 내 품에서 양처럼 자고 있었다.
아기를 먼저 내려놓았다. 부엌에 있는 프라이팬에서 라이스 크리스피를
몇 조각 꺼내는데, 초인종이 울렸다.

"젠장." 여덟 시 이십 분이었다. 늦어지고 있었다.

"내가 나갈게." 등 뒤에서 코디의 목소리가 울렸다.

"안 돼!" 내가 고함쳤다.

코디가 복도를 쾅쾅 울리며 내 뒤를 지나 달렸다. 나는 현관문을 휙
여는 코디를 안아 올렸다.

"어, 안녕." 오빠가 코디에게 인사하고, 내게 눈을 치켜떴다.

"일찍 왔네."

"그런가?" 오빠가 시계를 보았다.

"누구세요?" 코디가 물었다.

"이빨요정이란다. 아무한테도 날 봤다고 말하면 안 돼. 아무도 내가
어떻게 생겼는지 모르거든. 만약 지금 당장 침대로 돌아가지 않으면 난
결코 여기에 돌아와 네 침대 밑에 용돈을 남겨줄 수 없어. 요정들의 규칙
이지."

코디가 헐떡거렸다. 눈을 한 번 깜박이더니 빙글 돌아 복도를 다시 달
려 돌아갔다. 문이 쾅 닫히는 소리가 났다.

내가 코웃음을 쳤다. "그 이야기는 어디서 들었어?"

"네 요정 안내서에서 읽었지."

오빠의 가슴팍을 찰싹 치고 부엌으로 돌아가 간식을 정리해서 아이들에게 날랐다. 서둘러 먹이고 잘 자라고 뽀뽀를 했다. 미렐은 내게 책을 읽어달라고 했다. 나는 오늘은 안 된다고 하고, 대신에 이어폰을 끼고 음악을 들어도 된다고 했다. 이것도 규칙위반이었다. 아, 뭐. 오늘 나는 요정 규칙을 따르고 있었다.

거실에 돌아와 보니 오빠는 소파에 몸을 말고 앉아 책을 읽고 있었다. "애들이 깨면 그냥…… 모르겠다. 오빠가 귀신이라고 해."

오빠가 얼굴을 찌푸렸다. "최면술을 걸어서 기억을 지울게. 내가 여기 왔던 줄도 모를 거야."

"타일러는 너무 더우면 가끔 잠에서 깨. 자주 확인해줘. 알겠지? 기저귀 등은 침실 장롱에 있어. 가능하면 미렐을 깨우지 말고 이어폰을 빼줘. 비상연락망은 전화에 단축번호로 지정되어 있으니까 그냥 누르기만 하면……."

"전화가 어디 있는지 정도는 내가 찾을 수 있어." 오빠가 끼어들었다.

"오늘 밤에는 알리의 휴대폰을 빌렸으니 무슨 일이 있으면……."

"아무 일도 없을 거야."

창틈으로 들어온 차의 불빛이 거실을 비추었다. "왔네."

오빠가 읽던 책을 접고 일어섰다.

"토할 것 같아."

"아니, 안 그럴 거야."

"그럴 거야." 속이 뒤집히며 꾸르륵거렸다. "못 가겠어. 속이 거북해.

정말이야."

"진정해." 오빠가 내 어깨를 잡았다. "잘될 거야." 오빠가 몸을 숙여 뺨에 입을 맞췄다. "레, 재미있게 놀렴."

초인종이 울리고 내가 펄쩍 뛰어올랐다. 아니, 오빠가 나를 바닥에 단단히 잡아 누르지 않았다면 그랬으리라. 오빠가 나를 현관으로 밀어냈다. 내가 양팔이 마비된 채 옆에 붙어 있어서, 오빠가 나를 돌아 나가 현관문을 열어야 했다.

"안녕." 오빠가 크리스에게 인사했다.

"아, 누구신지 알아요." 크리스가 오빠에게 손가락을 흔들었다. "실력 테스트, 맞죠?"

오빠의 몸이 굳었다.

나는 기겁했다. 서로 아는 사이였어?

"그래." 오빠가 아주 낮은 목소리로 말하고 나를 문턱 너머로 밀었다.

"팀에 들어왔어요?" 크리스가 내 머리 위로 목을 빼고 물었다.

"아니."

"오, 이런. 유감이네요."

내가 뒤돌아서서 오빠를 노려보았다. 오빠가 '이봐, 나도 몰랐어' 하고 말하듯이 어깨를 으쓱했다. "아무리 늦어도 열한 시 전까진 돌아올게." 내가 악문 잇새로 말했다. "아무리 늦어도 말이야."

"그냥 즐겁게 지내." 오빠가 웃었다. "섹시하네." 오빠가 크리스에게 들리지 않게 내게 몸을 기울이고 덧붙이더니, 눈앞에서 문을 쾅 닫았다.

"오빠한테 아기 보는 일을 맡겼어? 어떻게 한 거야? 뇌물?"

"그렇고말고. 영혼을 팔았어."

크리스가 얼굴을 찌푸렸다.

"아니, 괜찮아. 그럴 만한 일이잖아." 왜 이런 소릴 하지? 말을 너무 많이 하고 있는 것 같았다.

크리스의 얼굴에 서서히 웃음이 퍼졌다. 현관 불빛을 받은 나를 훑어보며 그가 말했다. "정말 예쁘다."

뇌에서 태연하게 굴라는 신호가 왔지만, 신경체계가 광범위한 작동불능을 일으키고 있었다.

"파티는 몬타나로 반쯤 간 데서 열려." 크리스가 손을 내밀었다. "어서 가는 게 좋겠다."

나는 현관 계단을 향해 한 발짝 걸음을 옮긴 후 죽음으로 몸을 내던졌다. 말 그대로였다. 얼음덩어리를 밟아 몸이 붕 떴다. 운 나쁘게도 내 손을 잡고 있던 크리스도 나와 함께 날았다. 크리스의 운동량은 나를 넘어서 이제 막 녹기 시작한 잔디밭의 눈무더기에 거꾸로 처박힐 만큼 컸다.

크리스의 엉덩이가 허공으로 치솟았다. 그가 비틀거리며 바로 섰다. 옷을 털며 입속으로 욕지기를 했다. 앞쪽이 완전히 푹 젖었다.

"맙소사." 나는 손으로 얼굴을 가리고, 망가진 시디처럼 되풀이해 말했다. "맙소사. 맙소사. 맙소사." 하수구가 열려 날 통째로 집어삼키기를 기도했다.

"씨." 크리스가 엉덩이에 묻은 눈을 털어내며 투덜거렸다.

얼굴이 달아올라 손을 뗄 수가 없었다. "미안해. 정말 미안해."

"뭐가 미안해? 내가 멍청해서 그런 건데." 내가 훌쩍거리자 크리스가 젖은 웃옷을 살피며 말했다. "잠깐 들러서 옷을 갈아입어야겠어. 괜찮아?"

괜찮고말고 할 상황이 아니잖아? 나는 크리스를 뒤따라 길가에 세워 있는 차로 향했다.

크리스의 차는 문, 펜더, 보닛 등이 제각각인 개조한 고물차였다. 아빠가 오빠의 평생 보물로 생각하고 샀던 폭스바겐과 비슷하지만 더 컸다. 탱크 같았다.

오빠가 기막히게 좋은 새 스파이더 컨버터블을 몰고 돌아왔던 날이 다시 떠올랐다. 아빠의 분노는 나에게까지 넘어왔다. 내가 열여섯 살이 되어도 절대 차를 사 줄 생각조차 하지 않겠다고 했다. 오빠에게 나와 같이 쓰라고 했다. 현실적으로 생각하셔야 했는데. 나는 한 달 전에 운전면허를 땄지만 오빠는 동네를 딱 한 번 돌게 해줬을 뿐이다.

크리스가 나를 위해 문을 열어주자 거세고 뜨거운 바람이 밀려왔다. 난방을 최고치로 틀어놓은 차가 공전하고 있었다. 크리스가 운전석에 올라타며 말했다. "시동을 끄면 절대 다시 못 걸 거야. 배터리를 충전하는 중이거든."

나는 '물론 그렇겠지'라고 말하듯 고개를 끄덕였다. 나는 웃옷을 여섯 벌쯤 겹쳐 입고 있었다. 무엇을 입으면 좋을지 결정하지 못해서였다. 루나가 골라준 옷 중에 내게 어울리는 것은 없었다. 촌스러운 여자애를 패션쇼에 세워놓은 것 같았다. 내 말인즉슨, 대체 흰색과 무슨 옷이 어울린단 말인가? 나는 얼룩지거나 냄새나거나 구멍 뚫리지만 않은 옷이면 다 걸치고 나가야겠다고 생각했다. 파티에 가서 무슨 옷이 어울리는지 보고 벗을 생각이었다. "난방 좋네." 나는 땀을 뻘뻘 흘리며 크리스를 돌아보았다.

"그렇지. 이 고물에서 유일하게 작동하는 거랄까." 크리스가 시동을 걸자 차가 뒤로 덜컹했다. "하지만 환풍기가 좀 이상해." 그가 계기판을 두드렸다. "조절이 잘 안 돼."

5급 허리케인 같았다. 이마에 땀방울이 송골송골 맺혔다. 루나가 한 시간이나 걸려 해준 화장은 녹아내리는 왁스처럼 돼버렸다. "창문 열어도 될까?"

나는 답을 기다리지 않고 손잡이를 잡아 돌렸다. 창문이 판자처럼 툭 떨어져 문틀 사이로 사라졌다.

크리스가 기어 스틱과 사투하다 말고 고개를 천천히 돌렸다. "우와. 그런 적은 처음이야."

나는 내 온몸에 대고 명령했다. 녹아버려. 녹아서 사라져버려.

크리스가 클러치를 홱 젖히고 차도로 내려갔다.

얼음장처럼 차가운 바람이 열린 창문을 통해 나를 강타했다. 얼굴 절반은 꽁꽁 얼었고 나머지 반은 계란처럼 익었다. 크리스가 고속도로로 들어섰다. 바깥보다 크게 말해야 했기 때문에 크리스가 고함을 쳤다. "어떤 음악을 좋아해?"

"오페라." 내가 맞고함 쳤다.

크리스가 고개를 젖히고 소리 질렀다. "목소리 정말 크다."

내가 머쓱하게 웃었다.

"자, 듣고 싶은 걸로 들어." 그가 뒷좌석으로 손을 뻗어 시디케이스를 집어 들었다.

시디케이스가 아니라 여행가방이었다. 지금까지 나온 시디란 시디는 몽땅 들어 있을 만한 크기였다. 자물쇠까지 달려 있었다. 누르거나 당기거나 이로 물어뜯어야 열리는 기묘한 장치 말이다. 자물쇠를 붙잡고 십 분쯤 씨름하다가 고개를 드니 크리스가 나를 쳐다보고 있었다. 씩 웃으면서.

"여자애들이 얼마나 기계치인지 한마디라도 했다간……."

크리스의 눈이 반짝였다. "버튼 눌러봐."

"버튼이라." 으악. 버튼을 누르자 자물쇠가 탁 하고 열리더니, 팔백 개쯤 되는 시디가 한꺼번에 튀어 올랐다.

크리스가 절벽으로 차를 몰아 나를 떨어뜨리면 이 고통에서 해방될텐데. "미안해." 허리를 굽히고 시디를 가방에 도로 모아 넣으며 중얼거렸다. 시디를 체계적으로 보관할 수 있는 비닐 시디꽂이 얘기를 꺼낼까 했지만, 잔소리 많은 엄마 본능을 드러낼 때는 아닌 것 같았다. 몸을 일으키다가 계기판에 머리를 박았다. 갈라진 두개골 틈으로 얼음장 같은 바람이 느껴졌다.

내 작은 비명을 들었는지 크리스가 차를 급히 세웠다. 차가 커브에서 급정지하면서 흔들리는 바람에 내 몸이 튀어 올랐다. 뒷머리가 머리받침에 세게 부딪히면서 뇌진탕 같은 충격이 왔다.

놀란 크리스가 입을 떡 벌렸다. "괜찮아?"

"잘 풀리고 있는 것 같지?" 내가 말했다.

크리스는 웃지 않았다. 나도 웃을 수 없었다. 울고 싶었다. 그렇지만 울면 마스카라가 번져 하얀 바지에 얼룩이 질 수도 있었다.

어느새 우리는 고속도로를 벗어나 있었다. 내가 시디를 주워 모으는 사이에 지난 모양이었다. 우리가 좌초한 곳은 폐허였다. 판자로 창문을 막아놓은 불탄 연립 주택밖에 보이지 않았다. 몸을 숙이고 미처 찾지 못한 시디를 몇 장 주웠다. 내 발밑에 깨져 있었다.

"미안해." 내가 얼굴을 찌푸리며 사과했다.

"그냥 노래 부르면 되지."

농담이었나? 웃었던가? 이럴 때 어떻게 내게 웃어줄 수가 있어? 비웃고 있는 건지도 몰라. 틀림없이 그렇겠지. 내 존재 자체가 웃음거리였다. 슬랩스틱의 전형이었다.

"걱정하지 마." 크리스가 팔을 뻗어 내 손에 들린 시디를 가져가더니 창밖으로 휙 던지고, 내 턱을 주먹으로 치는 시늉을 했다. 상냥했다. 내 기분을 알고 있는 것 같았다.

"지금 날 집에 데려다주면 아직 살아서 도망칠 수 있을지도 몰라."

내 말에 크리스가 웃었다. 정말로 웃었다. 나도 웃음이 나왔다. 기분이 나아졌다. 크리스가 시동을 걸었고 우리는 도로를 빠져나왔다.

몇 분 뒤에 어느 집 앞에 섰다. 사 층 건물이었다. 우리 앞에 커다란 트레일러 트럭이 한 대 서 있었다. "젠장. 데니가 돌아왔군. 내일까진 집에 안 온다고 했는데." 크리스가 입속으로 투덜거리더니 내게 설명했다. "엄마 남자친구야. 짜증나는 놈이지. 내가 지 물건이라도 되는 것처럼 굴어." 크리스가 손가락으로 운전대를 두드렸다. "자, 이렇게 하자. 넌 여기 있어. 내가 안에 들어가서 청바지 한 벌 집어 올게. 엄마와 데니가 재회의 기쁨에 빠져 내가 들어온 줄 모르길 바랄 수밖에 없겠다. 혹시 총소리가 들리면 911에 전화해."

눈이 튀어나왔다. 농담이지? 설마? 크리스가 차문을 조용히 열고 자갈이 깔린 주차로를 달려 옆문으로 들어갔다. 멀리서 개 짖는 소리만 들릴 뿐 고요했다. 총성도 들리지 않았다. 그러다 갑자기 지옥도가 펼쳐졌다. 크리스가 현관을 달려나왔다. 덩치 큰 남자가 "이 애새끼야, 들어오라니까! 네놈이 뭔데? 내 말 들어, 새꺄!"라고 소리 지르며 쫓아왔다.

크리스가 차문을 다급히 열고 내게 청바지를 던졌다. 덩치가 차까지 와서 트렁크를 주먹으로 내리치는 찰나에 다행히 차를 돌려 나갈 수 있었다.

"맞아 죽을 줄 알아." 남자의 협박이 열린 창문으로 크고 또렷하게 들렸다.

"개자식." 크리스가 골목을 돌며 말했다. "정말 싫어. 짱점 10점짜리 인간이지. 왜 엄마가 저런 놈하고 사귀는지 모르겠어. 믿기지 않는 이야기지만, 몇 주 뒤에 결혼한대." 크리스가 분노를 실어 액셀을 밟았다. 우리는 순식간에 고속도로로 돌아왔다.

낯익은 풍경이 보였다. 타코 벨이 있던 시내였다.

크리스가 차를 주차장에 세우고, 내 무릎 위에서 나는 있는 줄도 모르고 있던 청바지를 집어 들었다. "곧 돌아올게." 내가 고개를 끄덕였다. 백미러에 비쳤던, 주먹을 흔들어대던 덩치의 모습이 머릿속을 떠나지 않았다. "내가 옷 갈아입는 동안 안에서 기다릴래? 입술이 새파래."

나한테 입술이 있었나? "아니, 괜찮아." 내가 속삭이듯 말했다. "원래 파란색이야." 세상에서 제일 바보스러운 말이었다.

유리 정문으로 들어서는 크리스를 지켜보면서 문득 내 삶이 무엇인지 깨달았다. 남자들이 옷 갈아입기를 기다리는 삶.

크리스는 얼마 안 걸렸다. 변신하는 데 루나처럼 한 시간 반씩 걸리지는 않았다. 재빨리 뛰어나와 운전석에 앉더니 시동을 걸었다.

긴장이 풀렸다. 자, 최악은 넘겼지. 이제 또 무슨 일이 생기겠어? 여기부터는 순항일 거야.

꿈속 달빛을 받은 잔잔한 호수를 노 저어 갈 거야. 그렇지만 나의 꿈은 6학년 말 즈음에 모두 끝장났다.

18

우리는 북아메리카 끄트머리까지 고속도로를 타고 달렸다. 정말이었다. 한 번도 본 적 없는 동네, 호수, 풍경을 지나쳤다. "진입로를 지나친 것 같아." 크리스가 눈을 가늘게 뜨고 온통 상형문자 투성이인 공책 쪼가리를 들여다보았다.

마침내 도착하고 보니 파티가 한창이었다. 우리는 줄지어 선 차 사이를 지나며 주위를 살펴보았다. 소음에 귀가 먹먹했다. 사람들이 경적을 울리고 고함을 질렀다. 누군가 파티장 문을 열 때마다 터질 듯한 음악이 들려왔다. 파티가 열린 곳은 엄밀히 말하면 건물이 아니라 헛간 같은 곳이었다. 이웃들이 소음에 방해받지 않을 만큼 교외로 나온 자리였다. 주위에는 아무도 살지 않는 것처럼 보였다.

크리스가 5킬로미터쯤 떨어진 공원에 차를 세웠다. 두 대의 SUV 사이로 크리스가 주차를 하는 동안 나는 헛간 문이 열리는 모습을 창문 너머로 바라보았다. 수만 명이 실내에서 부대끼며 몸부림치고 있는 것 같았다. 겁이 났다. 그러고 보니 파티는 어떻게 하는 거지? 술자리 같은 건가? 벌거벗은 사람은 보이지 않았지만, 갑자기 내가 벌거벗은 기분이었다. 움츠러들고 겁에 질린 채 사람들 앞에 내놓인 기분이었다. 학교에서 열리는 댄스파티에도 한 번도 가본 적 없는 나였다. 같이 가자는 초대를 받은 적도 없었다. 나는 춤을 추지 않겠다고 맹세했었다.

크리스도 나만큼이나 어쩔 줄 몰라 하는 것 같았다. 그럴 리가 없겠지만 말이다. 우리는 난리통을 지켜보며 차 안에 가만히 앉아 있었다. 크리스가 길게 숨을 들이쉬더니 입을 열었다. "우리 지금 뭘 기다리고 있는 거지?"

내가 어깨를 으쓱했다. "초대?"

"초대는 받았어." 크리스가 아까 들고 있던 쪽지를 흔들어 보였다.

크리스가 차에서 뛰어내려 앞으로 돌아와 조수석 문을 열었다. 내 손을 잡고 차에서 내리게 도와주었다. 그러고 나서도 손을 놓지 않았다. 헛간으로 걸어가며 마치 세상에서 가장 자연스러운 일인 양, 크리스가 자기 손을 내 손에 깍지 끼었다. 그 순간을 그 모습 그대로 남길 수 있다면 완벽할 터였다. 크리스의 따뜻한 손에서 전해지는 열기가 내 팔까지 올라왔다. 누군가, 내가 곁에 있어주기를 바라는 누군가와 함께 있다는 행복감이 느껴졌다. 내가 모양과 형체를 띤 유의미한 존재가 된 것 같았다. 감정에 사로잡혀 있는 줄은 알았지만 하룻밤이라도 위험하게 살아보고 싶었다.

헛간에 가보니 다들 약을 하고 있는 게 분명했다. 우리가 한 발을 내

딛자마자 어떤 사내가 크리스에게 흥정을 하러 다가왔다. "고맙지만 됐어." 크리스가 음악 소리보다 크게 고함을 치고 내 귓가에 덧붙였다. "잡히면 팀에서 쫓겨나. 그렇지만 혹시 생각 있으면……."

내가 고개를 흔들었다. 아니, 아니, 아니. 오늘 밤을 온전한 정신으로 생생하게 느끼고 싶었다.

디제이가 음량을 높였다. 베이스음에 뼈가 부서질 것 같았다. 크리스가 고함을 질렀다. "음료수는 뭐 있나 보자."

춤추는 사람들도 있었지만 대부분은 담배를 피우거나 술을 마시거나 약에 취해 어슬렁거리고 있었다. 간이 카운터까지 가서 크리스가 바텐더에게 고함을 쳤다. "뭐 있어요?" 머리 바로 위에 스피커가 하나 매달려 있어 바텐더의 목소리가 들리지 않았다. 크리스가 내 귀에 대고 말했다. "콜라하고 맥주 있대."

"콜라로 할게." 진짜 탄산이 든 콜라였으면 좋겠는데.

다행히 약이 아니었다. 크리스가 내게 빨간 플라스틱 컵을 건넸다.

우리는 댄스 플로어를 돌아다니는 무리에 섞여 들어가 음악에 귀를 기울이고 춤추는 사람들을 보았다. 고함을 치지 않고는 대화가 불가능할 만큼 시끄러웠다. 크리스가 콜라를 홀짝였다. 나는 그를 따라했다. 크리스가 '귀 먹겠다, 그렇지?'라고 말하듯 검지로 귀를 틀어막았다. 내가 고개를 끄덕였다.

낯익은 사람이 댄스 플로어에 등장했다. 섀넌 아이버였다. 아슬아슬한 튜브탑에 다리를 타고 흐를 듯이 딱 붙는 가죽바지를 입고 있었다. 최소한 스물다섯 살은 되어 보였다. 나는 열두 살 꼬마가 된 기분이었다.

섀넌이 크리스를 알아보고 손가락을 흔들었다. 우리 쪽으로 춤추며 다가와 크리스 바로 앞에서 몸을 흔들었다. '춤출래?'라고 입모양으로 말하며 엉덩이를 크리스의 엉덩이에 문질렀다. 내 투명인간 보호막이 최대치로 올라가 있는 모양이었다.

크리스가 섀넌의 귓가에 무어라 말하고 내 허리에 팔을 둘렀다.

섀넌이 나와 눈을 마주쳤다. 그녀의 얼굴에 믿지 못하겠다는 표정이 스쳤다. "안녕, 레이건." 섀넌이 소리쳤다.

"안녕." 내가 마주 소리쳤다.

섀넌이 몸을 휙 돌리고 춤을 추며 우리에게서 멀어졌다.

우리에게서. 크리스와 나. 내게 팔을 두르고 선 크리스. 그 순간은 역사상 가장 긴 노래와 같았다. 나는 그 노래가 영원히 끝나지 않길 기도했다.

크리스가 몸을 수그려 내 귓가에 대고 물었다. "지루해? 춤출래?"

"아니. 난 춤 안 춰."

크리스가 고개를 위로 젖혔다. "하느님 감사합니다." 그가 천장에 대고 "감사합니다, 감사합니다, 감사합니다"라고 하더니, 나를 보고 말했다. "춤은 질색이야. 형편없거든."

"나도야." 우리 집에서 열렸던 하룻밤 파티 이후로 나는 한 번도 춤을 추지 않았다.

더웠다. 우리는 최단시간 기록을 세우며 콜라를 다 마셨다. 크리스가 내 빈 컵을 자기 컵 밑에 끼우고 152센티미터 높이의 바닥 스피커 위에 놓았다. 그러고는 턱짓을 하며 말했다. "밖으로 나가자."

사람들을 헤치고 우리는 뒷문으로 갔다. 문가에는 대여섯 명이 모여 마약봉지와 현금을 교환하고 있었다. 우리는 그들을 가로질러 갔다.

헛간 뒤에는 긴 나무 울타리가 둘러쳐진 목장이 있었다. 얼마 전에 내린 눈 때문에 바닥이 질척질척해서, 한 발 디딜 때마다 박자 맞춰 소리가 났다. 밤공기가 찼다. 여러 겹 껴입어 다행이었다. 옆에 앉은 크리스가 몸을 떨었다.

"추워? 스웨터 한 벌 벗어 줄까?"

"좋지. 이왕이면 아랫도리로 줘."

"닥쳐." 찰싹 때리자 크리스가 씩 웃었다.

우리는 울타리까지 힘겹게 걸어갔다. 크리스가 울타리 난간에 발을 올리고 한쪽 다리를 건너편에 걸친 다음 내게 손을 뻗었다. 가방이 천근만근이었다. 옷을 갈아입은 뒤 넣어 갈 작정으로 가져온 큼직한 월마트 가방이었다. 실제로 그러진 못했지만. 나는 무릎 위에 위종양 덩어리처럼 가방을 올린 채 울타리 위에 균형을 잡고 걸터앉은 다음, 가방을 울타리 말뚝에 걸었다.

"소." 그때 크리스가 말했다.

"뭐?"

그가 손가락질했다. "저쪽에 소 있어."

나는 눈을 가늘게 뜨고 어두운 저편을 살펴보았다. "그러네."

"누나하고 해본 게임 중에 이런 게 있어." 크리스가 머리카락을 쓸어넘겼다. "번갈아가면서 어떤 대상을 묘사하는 거야. 무슨 말을 하든 그 대상의 다음 글자로 시작하는 설명을 넣어야 해. 해볼래?"

맙소사. 파티에 게임이라니. "알았어."

그가 내 쪽으로 고개를 돌렸다. "네가 먼저 해봐."

"대상은 뭔데?"

"소로 하자. 우선 소(cow)의 C가 들어가는 단어를 대봐."

소라. "알았어. 새김질(cud)."

"응?"

"소가 하는 새김질."

"새김질이 뭔데?"

농담인가? 정말로 모르는 것 같았다. "소나 염소 같은 반추동물이 한 번 삼킨 먹이를 다시 게워내 씹는 거야."

크리스가 눈살을 찌푸리더니 슬그머니 입꼬리를 들어 올렸다. "지어냈지?"

"진짜야."

"흐음. 새김질이라. 기억해두지. 좋아. 다음은 'O'지." 그가 잠시 생각했다. "패스."

패스해도 돼? 나는 머리를 열심히 굴렸다. O. 보통(ordinary)? 괴상함(odd)? 산소(oxygen)? 크리스가 내게 다가와 어깨에 팔을 두르고 있는 것이 사실이라면 숨쉴 산소가 필요했다. 꿈이 아니었다. "나도 'O'를 넣은 말은 생각이 안 나네." 내가 말했다. 아무 생각도 할 수 없었다.

"바보 같은 게임이야." 크리스가 나를 품으로 끌어당겼다.

"아야."

크리스가 팔을 풀었다. "무슨 일이야?"

"엉덩이에 가시가 박혔어."

"정말? 내가 뽑아줄까?"

내가 팔꿈치로 크리스를 꾹 찔렀다. 직접 가시를 뽑아낸 다음, 우리는 내 어깨에 크리스의 팔을 두르는 '실험'을 계속했다. 옷을 몇 겹이나 입었는데도 그의 체온이 느껴졌다. 하지만 크리스는 여전히 오한이 드는 모양이었다. "스웨터 벗어 줄까?"

"아니, 네 덕분에 따뜻해."

나도야. 나는 속으로 생각했다.

발을 흔들며 밤공기를 들이마셨다. 나의 숨, 그의 숨. 크리스 옆에 있으니 편안했다. 마치 원래 내 자리에 온 것 같았다. 자연스러웠다. "다시 해보자. 더 쉬운 단어를 골라서." 나는 목장을 둘러보았다. 너무 어두웠다. 하늘? 별. 오늘 밤에는 하늘에 있는 수억 개의 별이 모두 반짝이고 있었다. 별이 원래 이렇게 밝았던가? "별(star)."

"좋아, 너부터 해."

"S. 별은 우주(space)에 있어."

"T. 별은 반짝거려(twinkle)."

"A. 별은…… 음…….." A로 시작하는 단어가 뭐 있지? 천문학?

"막힌 사람은 한 대 맞는다고 얘기했던가?" 크리스가 손으로 내 허벅지를 톡 쳤다.

"어, 들었던 것 같기도 하네." 나도 크리스의 허벅지를 쳤다. 단단한 근육이 느껴졌다. "잠깐, 생각났어. 부재(absent). 별은 밝을 때는 보이지 않아."

크리스가 묘한 눈으로 나를 보았다. "그건 심판의 판정을 받아야겠는데." 그가 어깨 너머를 보았다. "콩콩(skippy)?" 그가 양손으로 귀를 덮으며 계속했다. "받아들임(acceptable)? 쥐(rats)."

"쥐(rats)는 R에 해당 안 돼."

"쥐(rats)."

"두 번 말해도 소용없어."

"조용히 하세요, 아가씨. 생각 좀 합시다." 그가 입을 삐죽 내밀었다.
"R."

내가 제퍼디(미국의 유명한 텔레비전 퀴즈쇼—옮긴이) 주제곡을 흥얼거리자, 크리스가 손으로 자기 목을 베는 시늉을 했다.

내가 씩 웃었다.

"별은 빛을 내(radiant)."

"우우, 좋은 답이네." 다시 S였다. "S, 별은…… 결국 빛나지 않게 돼(stop)."

크리스가 팔을 내렸다. "정말? 언제?"

내가 크리스를 마주 보았다. "죽을 때."

크리스의 눈이 휘둥그레졌다. "별이 죽는다고? 몰랐어."

"별들은 다 타오르고 나면 블랙홀을 남기고 사라져." 내가 가르쳐주었다. 그가 눈을 깜박깜박했다. 속눈썹이 아주 길었다. "그러면 별에 빌었던 소원도 함께 죽을까?"

진지하게 묻는 걸가? 진심으로 궁금해하는 것 같았다. 슬픈 목소리였다. 산타클로스의 진실을 막 알게 된 어린아이 같았다. "아니, 소원은 영원해."

그가 길게 안도의 한숨을 쉬었다.

크리스가 하는 말이 농담인지 진담인지 정말 헷갈렸다. 시험 삼아 그의 정강이를 차봤다. 크리스가 발로 내 발목을 붙잡아 자기 다리로 감쌌다. 다리로 레슬링을 했다. 낄낄 웃으며 서로 밀다가 하마터면 울타리에서 떨어질 뻔했다. 그가 떨어지지 않게 내 팔을 단단히 붙들었다. "레이건, 별에 소원을 빌어본 적 있어?"

내 이름. 크리스가 내 이름을 불러줄 때마다 가슴이 울렁거렸다. "아마. 기억은 안 나. 오빠는 종종 소원을 빌었지만, 한번은 여름에 뒷마당에서 자면서 별을 세어보려고 했어. 오빠가 천 개까지 세었지. 난 그렇게 큰 수를 알지도 못했는데 말이야. 오빠가 '레, 내가 무슨 소원을 빌었는지 알아? 하느님께 날 고쳐달라고 기도했어'라고 했지." 목이 메었다. 방금 내가 말해버렸나?

"오빠한테 무슨 문제가 있었는데?"

"아무것도." 내가 웅얼거렸다. "오빠는 그저…… 아무것도 아니야."

저녁 내내 오빠 일을 생각하지 않았건만, 오빠는 다시 지금 여기에 끼어들고 있었다.

크리스가 자기 어깨를 내 어깨에 살짝 부딪혔다. "무슨 생각해? 어디 간 것처럼."

"아니, 나 여기 있어." 크리스를 쳐다보며 미소 지었다. "다 괜찮아."

"그래." 크리스가 내 두 눈을 응시했다. 강렬하게, 깊이.

너무 깊었다. 나는 고개를 돌려 시선을 피했다.

"다른 형제자매가 있어?" 크리스가 물었다.

"아니, 오빠 하나뿐이야." 하나로 충분해. 특히 내 경우에는 말이야. 나는 소리 내어 말하지 않았다.

한참 동안 크리스가 말이 없었다. 흘끗 보니, 나를 빤히 쳐다보고 있었다.

"왜?"

"언니가 있다고 한 것 같은데."

어떻게 알았지? 아, 복도에서 만났을 때 언니와 쇼핑을 간다고 말했지. "있어. 이복자매야." 내가 재빨리 말했다. 반은 오빠, 반은 언니. "넌? 다락방에 사는 누나가 있다고 했지."

"응, 좋은 누나야. 팸이라고 해. 내가 도망치고 싶을 때마다 자기 방에 있게 해줘. 멍청한 데니에게서 달아나야 할 때가 아주 많거든."

"아버지는? 이혼하셨어?"

"아니." 크리스가 한숨을 내쉬자 입김이 올라왔다. "내가 두 살 때 돌아가셨어. 기억이 안 나. 엄마는 사진도 안 갖고 있거든. 아빠라는 사람이 존재한 적도 없는 것 같아. 엄마의 실패한 남자친구들을 줄줄이 만나는 대신 아빠 밑에서 자랐다면 얼마나 달랐을까 가끔 생각하곤 해." 그가 고개를 떨구고 흔들었다. "엄마가 데니와 결혼한다니 믿을 수가 없어. 맙소사. 집에서 나갈 거야. 너희 부모님은 이혼하셨어?" 그가 몸을 돌려 나를 마주 보았다.

"아니, 아직은 원래 세트대로야."

"운이 좋네."

"어지간히."

크리스는 내 빈정거림을 알아들었다. "왜? 꼰대야?"

"아니. 응." 나는 허공을 바라봤다. "모르겠어. 함께 사시는 게 별로 행복해 보이지 않아. 가끔은 대체 어떻게 사귀었는지조차 모르겠어. 차라리 이혼하는 편이 나았을지도 모르겠다는 생각도 들어. 이혼했을지도 몰라. 만약……." 나는 말을 멈추고 침을 삼켰다.

"만약 뭐? 너하고 오빠 때문에 이혼하지 않았다고 생각해?"

"아냐." 나는 소에, 무엇이든 좋으니 단단한 것에 시선을 집중하려고 애썼다. "서로에게 얽매여버렸다고 생각하는 것 같아. 그다음에는 우리한테 매였고. 인생을 낭비했어. 두 분 다." 나는 크리스를 홀끗 보았다가 눈을 돌렸다. 엄마는 대부분의 일에서 아무 의미를 찾지 못하는 것 같았고, 아빠는 내리막을 타고 있었다. "아메리칸 드림이 두 분 기대에 그다지 미치지 못했나봐." 또다시 기대가 문제였다. "모르겠어. 부모님은…… 환상이 깨진 것 같아. 그냥 움직여야 하는 대로 살고 있을 뿐이지. 알겠어?" 내가 크리스를 쳐다보았다.

"알고말고. 우리 엄마는 늘 모델이나 배우가 되고 싶어했지. 될 수 있었을지도 몰라. 나는 절대 그렇게 살고 싶지 않아. 십 년, 이십 년 뒤에 삶을 돌아보며 '이봐, 나도 뭔가 될 수 있었어. 꿈을 포기하지만 않았다면 말이야'라고 말하기는 싫어."

"맞아." 크리스의 말대로였다. 나도 한때는 꿈이 있었다. 내 꿈이 뭐였는지 이제 기억조차 나지 않았지만. "네 꿈은 뭐야?" 크리스에게 물었다.

그가 망설였다. "정말 알고 싶어?"

"응, 비밀이거나 개인적인 게 아니라면."

"아니, 그런 거 아냐. 그냥 지금까지 아무도 나한테 꿈이 뭐냐고 물어본 적이 없거든. 아무도 신경 쓴 적이 없어." 그가 나와 눈을 맞추었다. 아프게 느껴질 만큼 강렬한 시선이었다. 한쪽 다리를 울타리 너머로 넘겨 말을 타듯이 앉아 말뚝을 양손으로 잡고, 그가 말했다. "음, 내 꿈은 말이지, 스포츠 해설자가 되는 거야. 허접한 지방방송 말고 ESPN 같은 전국방송에서 말이야." 주먹을 들어 마이크처럼 입에 갖다댔다. "크리스 가라초가 쿠어스필드에서 생방송으로 보내드립니다. 록키즈가 월드시리즈 우승에 대한 열망으로 세상을 흔들며, 레드삭스를 전례 없는 4 대 0 스코어로 눌렀습니다. 레이건 오닐과 함께 탈의실부터 구석구석 밀착 취재합니다. 하지만 우선, 스튜디오를 불러보지요. 알."

내가 웃었다. "잘하네. 대학에서 신문방송학 같은 걸 전공해야겠다."

"그거 좋네." 그가 눈을 찡긋하며 말했다. "고등학교라도 제대로 졸업할 수 있다면 말이지."

"할 수 있어."

"화학에서 낙제하면 못해." 크리스가 얼굴을 찌푸렸다가 몸을 앞으로 내밀었다. 크리스의 얼굴이 내게 다가왔다. 가까이, 더 가까이……. 크리스가 입술을 축였다. 심장이 멈추었다. 이제 어떻게 하지?

갑자기 경보음이 들렸다. 경찰차가 헛간을 둘러쌌고 번쩍이는 붉은 빛이 밤하늘을 붉게 물들였다. 갑자기 웬 경찰이지?

"젠장." 크리스가 울타리에서 뛰어내렸다. "체포당하면 팀에서 쫓겨나."

"젠장!" 나는 크리스의 손목을 낚아채며 소리쳤다. "몇 신지 봐." 손목시계에 10:50이라는 숫자가 깜박였다. 열한 시가 한참 넘어서야 마테라씨 네 도착할 수 있으리라.

크리스가 내 손을 꽉 잡았다. 우리는 목장을 가로질러 차로 달려갔다. 진흙탕에 발이 미끄러지며 질퍽거렸다. 크리스도 마찬가지였다. 하수구에 발을 헛디뎌 발목까지 진창에 빠졌다. 양손과 무릎이 진흙 범벅이 된 채 경사진 길을 올랐다. 조수석에 앉고 나서야 신발을 한 짝 잃어버린 사실을 알았다.

"진창에 빠졌나보다. 내가 가져올게."

"됐어." 경찰 두 명이 파티장을 급습하려는 참이었다. 다른 두 명의 경찰은 길에 바리케이드를 치고 있었다. "가자."

"괜찮아?"

경찰이 문을 밀고 들어가자 여자아이들이 비명을 질렀다. "괜찮아. 어서 가자니까."

우리는 전속력으로 달려 나왔다. 크리스의 차 시계는 열한 시 이 분이었다. 공포감이 차올랐다. "서둘러." 내가 재촉했다. 초고속으로. 음속장벽을 깨.

아아, 맙소사, 하느님, 제발. 나는 기도했다. 엘리제와 데이비드가 집에 일찍 오지 않게 해주세요. 알리의 휴대폰을 꺼내 오빠에게 확인 전화를 하려고 가방을 찾았다.

"가방!" 내가 비명을 질렀다. "울타리에 가방을 걸어놓고 왔어."

크리스가 욕설을 내뱉었다. "다음 출구에서 고속도로를 빠져나가 되돌아갈게."

"아니, 마테라 씨네 돌아가는 게 먼저야. 열한 시까지 가겠다고 했어."

"맙소사, 왜 말 안 했어?"

안 했던가? 말한 줄 알았다. 현관에서 넘어지기 전인가 넘어지고 나서인가에. 파티에 가는 길에. 클럽 안에서. 그와 키스하기 직전까지 갔던 울타리 위에서. "그냥 서둘러!"

엄청난 속도로 달렸다. 주위 풍경이 흐릿하게 지나갔다. 밤의 어둠도 흐릿해졌지만, 크리스 차의 백미러로 경찰차 불빛이 번득였다.

"제기랄." 우리가 동시에 욕했다. 크리스가 갓길에 차를 세웠다.

경찰이 크리스에게 과속 딱지를 떼고, 어디에 다녀오는 길인지 술을 마셨는지 약을 한 건 아닌지 묻는 데 이십 분이 걸렸다. 크리스는 음주측정을 했다. 경찰이 과속하지 말라고 잔소리를 늘어놓았다. 우리 둘 다 진흙탕을 헤치고 나오느라 꼴이 말이 아니었다. 경찰이 우리 몰골을 보며 무슨 생각을 하고 있는지 훤히 보였다.

마침내 경찰이 우리를 놓아주었다.

크리스가 마테라 씨네 현관에 차를 끼긱대며 세웠을 때, 나는 우리가 좋은 시간을 보냈는지 생각해보려고 애쓰고 있었다.

"최악이네." 크리스가 내 의문에 답하듯이 말했다. "신발 잃어버려서 미안해. 가방도. 바지 더럽힌 것도. 다 미안해."

나는 눈물을 삼켰다. "과속 딱지 떼게 해서 미안해." 네 바지도 젖었잖아. 두 벌이나. 데니와 맞닥뜨린 것도, 최악의 저녁을 보내게 만든 것도 미안해. 미안, 미안, 미안.

집에는 불이 환하게 켜 있었다. 어두워서 차고에 체로키 지프가 세워 있는지는 보이지 않았다. 제발, 아직 안 왔기를. "가야 해." 내가 차문을 열었다.

크리스가 차에서 뛰어내렸다.

"가야 한다니까!" 내가 고함을 질렀다.

"알았어." 크리스가 딱 멈추어 섰다.

집 앞까지 뛰어갔다. 현관에 도착해 어깨 너머를 보았다. 크리스는 보닛 위에 주저앉아 두 손으로 머리를 감싸 쥐고 있었다. 화가 났을까? 울고 있는 걸까?

맙소사.

나는 신경질적인 불안을 애써 진정시켰다. 현관문이 조금 열려 있었다. 이상한 일이었다. 어쩌면 오빠가 우리 오는 소리를 들었는지도 몰랐다. 마테라 씨 부부가 연극을 보고 나서 더 놀다 오기로 했는지도 몰랐다. 마테라 씨네 차가 고장 났을 수도 있었다. 제발, 제발, 제발.

19

오빠의 목소리가 집 복도 저편에서 들려왔다. "제발요, 살려주세요."

"당장 벗어." 데이비드의 목소리였다.

복도 끝에서 엘리제가 소스라치게 놀란 표정으로 휘청거리며 뒷걸음질 쳤다.

"제발." 오빠 목소리가 다시 들렸다. "그냥 입어본 것뿐이에요."

어떤 상황인지 알 듯했다. 엘리제가 고개를 돌려 달려오는 나를 보았지만, 겁에 질려 홀린 듯한 시선은 다시 침실로 미끄러져 들어갔다. 그녀를 공포에 질리게 한 무시무시한 장면을 향해.

엘리제가 서 있는 문 앞에서 방향을 틀었다. 오빠가, 아니 루나가 엘리제의 전신거울 앞에 서서 새하얀 네글리제를 벗고 있었다. 그녀는 나와 한참을 마주 보다가 데이비드 쪽으로 시선을 돌렸다.

손에 식칼을 치커든 채 침대 옆 탁자 앞에 서 있는 데이비드에게로 말이다.

"안 돼요!" 나는 방으로 뛰어 들어가 루나 앞으로 몸을 던졌다. 루나가 비틀거리며 뒷걸음질 쳤다. "제 오빠예요. 제발요. 그냥 장난 좀 쳤을 뿐이에요."

데이비드의 눈빛이 칼날처럼 내 살을 꿰뚫었다. "네…… 오빠?"

"제발요." 내가 거듭 말했다. "오빨 찌르지 마세요."

"네 오빠?" 데이비드가 되풀이했다. 믿기지 않는 듯이. 그를, 루나를 찬찬히 보았다. 데이비드가 서서히 팔을 내렸다.

나는 루나 쪽으로 몸을 휙 돌리고 '어떻게 이럴 수가 있어?' 라고 속으로 비명을 지르며 노려보았다.

그녀는 아무런 반응도 하지 않았다. 혹은 소리 없는 협박에는 반응하지 못하는 모양이었다. 네글리제를 머리 위로 벗으려고 버둥대고 있었던 탓일지도 모른다. 네글리제가 엘리제의 검은색 브래지어에 걸렸다. 루나가 한 번 더 세게 잡아당기자 나이트가운 앞면의 레이스가 죽 찢어졌다. "죄송합니다. 배상할게요." 그녀가 나이트가운을 개어 침대 위에 올리고 브래지어의 후크를 풀었다. 그녀를 가리려고 했지만, 그녀를 응시하는 데이비드의 시선을 느낄 수 있었다. 오빠를 보는. 우리를 보는. 오빠가 머리 위로 스웨터를 입고 청바지에 다리를 집어넣었다.

오빠가 신발에 발을 구겨 넣으며 내 옆을 비틀비틀 지나갔다. 아니, 그러려고 했다. 그때 데이비드가 도망치는 오빠를 가로막았다. "귀걸이도." 데이비드가 경직된 손을 내밀었다. 오빠가 엘리제의 진주귀걸이를 잡아 빼 데이비드의 손바닥 위에 떨리는 손으로 올렸다. 데이비드가 주먹을 쥐고 오빠를 죽일 듯이 노려보았다.

오빠는 문으로 걸어갔다. 엘리제는 마치 오빠가 고름덩어리인 양 몸서리치며 물러섰다.

"오빠 그냥 장난친 거예요." 내가 엘리제의 립스틱 뚜껑을 닫으며 말했다. "급한 일이 있어서 잠깐 나가봐야 했거든요." 준비한 거짓말은 내 귀에도 연습한 티가 났다. "오빠한테 전화해서 대신 있어달라고 했어요. 그렇게 오래 나가 있진 않았어요."

엘리제는 대꾸하지 않았다. 데이비드는 거울에 비친 나를 사납게 노려보았다. 꽉 다문 턱이 무서웠다.

"죄, 죄송해요." 데이비드의 눈초리를 느끼며 옷장에서 뒷걸음질 쳤다. 침대를 돌아 문 쪽으로 물러서며 내가 더듬거렸다. "두 번 다시 이런 일 없을 거예요."

"그렇고말고." 데이비드가 말했다. 그가 침대 옆 탁자에 식칼을 놓고, 지갑을 거칠게 꺼내 들었다. 10달러짜리 지폐를 빼내 던지며 말했다. "레이건, 넌 더 이상 우리 집에서 환영받지 못한다. 그리고 네 오빠는…… 맙소사, 그는 도움이 필요해."

창자 속에서 칼날이 요동치는 것 같았다. 진짜 칼에 찔리는 편이 차라리 나을지도 몰랐다. 나는 펄럭이며 바닥으로 떨어지는 지폐를 바라보았다. 그리고 몸을 돌려 무턱대고 달려 나갔다.

분노를 동력 삼아 지하실 계단을 발로 쾅쾅 찍으며 내려갔다. 오빠의 방문은 닫혀 있었다. 쳐들어갔다. 멍청한 다나 인터내셔널의 목소리가 시디플레이어에서 울리고 있었다. 나는 전원 버튼을 끄고 플레이어의 뚜껑을 열었다. 시디를 끄집어내 구멍투성이 벽으로 던졌다. "고마워서 미치겠네!" 오빠에게 고함을 질렀다. "오빠 때문에 방금 실직했잖아."

양손을 뺨 아래에 깔고 침대 위에 아기처럼 웅크리고 있던 오빠가 눈을 깜박였다. 벌어진 입술에는 아직도 엘리제의 붉은 립스틱 자국이 남아 있었다. "그가 집으로 전화할 것 같아?" 오빠가 조용히 물었다.

"내가 어떻게 알아? 그랬으면 좋겠어? 경찰을 불러서 오빠를 체포하지 않은 게 천만다행이지." 감옥에 가두거나. "데이비드는 오빨 죽였을지도 몰라. 그랬으면 좋았을걸." 나는 사납게 문으로 걸어갔다.

"나도 그렇게 생각해." 오빠가 말했다.

노여움이 넘실넘실 차올랐다. 오빠는 너무 황폐했다. 너무 한심했다. 몸을 휙 돌렸다. "한심해." 오빠에게 침을 뱉듯이 말했다. "맙소사! 오빠가 증오스러워."

내 방에 닿기 전에 오빠가 나를 따라잡았다. 오빠가 내 어깨에 손을 얹으며 말했다. "그 사람들이 정말 경찰을 부를 것 같아?"

"오빠!" 다시 몸을 홱 돌리고 말했다. "그러든지 말든지 눈곱만큼도 상관 안 해. 내겐 그 일자리가 필요했어. 난 마테라 씨 가족을 사랑했어. 그들은 마치 가족 같았어. 난 그 일을 정말 좋아했단 말이야. 내가 가진 유일한 내 것이었어." 가슴팍을 두드렸다. "내 것이었다고." 목이 메었다. "오빠에게서 도망칠 수 있는 유일한 장소였어." 눈물이 차올랐다. 오빠는 나를 이해하지 못했다. 오빠는 한 번도 내 마음을 이해한 적이 없었다.

오빠를 밀어내려고 발버둥 쳤지만, 오빠가 내 손목을 놓지 않았다. "너 진흙투성이야. 신발도 한 짝뿐이고."

"꺼져." 내가 야멸치게 말했다. 마음의 도화선에 불이 붙었다. "내 인생에서 꺼져. 난 오빠가 미워. 오빠가 그런 사람인 게 증오스러워. 오빠가 태어나지 않았으면 좋았을 텐데."

오빠가 불에 덴 듯 내 손을 놓아버렸다. 비틀거리며 계단을 한 칸 내려섰다. 오빠 얼굴에 떠오른 표정이란…….

나는 그 앞에 대고 문을 쾅 닫았다. 오빠 앞에서. 오빠를 내 삶에서 쫓아냈다.

일요일 아침에는 침대에서 나가지도 못할 만큼 몸이 아팠다. 나는 누운 채 허공을 응시하며 그 전화가 오기를 기다렸다. 지하실 문이 활짝 열리고 엄마 또는 아빠가 이 우스꽝스러운 광대짓, 이 게임에 끝을 고하리라. 어떻게 내게 이런 일이 일어날 수가 있지? 이건 사람 인생이 아니었다. '재앙의 섬' 같은 제목이 붙은 텔레비전 쇼였다. 무사한 아이돌 따윈 없다. 나는 도전에 매번 실패한다. 크리스를 현관 계단에서 넘어뜨려 창피를 주고, 그의 차 창문을 망가뜨린다. 곧 양아버지가 될 사람에게 혼나게 하고, 시디를 떨어뜨려 박살낸다. 과속 딱지를 떼게 한다. 기분을 상하게 한다. 우리가 함께 있을 때마다 나는 늘 이렇다. 크리스를 다치게 한다.

맙소사. 눈을 꽉 감았다. 크리스는 틀림없이 날 싫어하겠지.

내가 오빨 싫어하는 것과 마찬가지로. 오빠는 언제나 존재했다. 내게 주어진 평범하게 살아갈 수 있는 기회란 기회는 모조리 침범하고 망가뜨렸다. 언제나 오빠, 오빠의 필요, 오빠의 소망이 문제였다. 내가 원하는 것은 어떻게 하란 말이야? 정상적인 가정. 한 무리의 친구들. 절친한 친구. 애인. 이런 게 그렇게나 큰 소망이야?

난 돌아보고, 그리워하지 않을지라도 최소한 행복했다고 기억할 만한 즐거운 어린 시절을 갖고 싶었다. 나만의 추억거리를 갖고 싶었다. 내가 기억하는 어린 시절은 언제나 오빠와 엮여 있었다. 오빠의 삶. 그녀의 발버둥. 내 기억은? 내 삶은 어디에 있지?

단 한 번만이라도 내가 하는 말 한마디 한마디를 고르지 않으면서 다른 사람과 대화해보고 싶었다. 너무 많이 말할까봐, 진실을 누설할까봐, 그녀의 존재를 들킬까봐 걱정하지 않으면서. 이 비밀, 이 거짓, 이 '남자가 아닌 오빠'에게서 자유롭고 싶었다.

오빠 때문에 실직했다는 사실이 믿기지 않았다. 그래, 내가 애당초 크리스와 나가지 말았어야 했다. 내가 더 책임감 있게 굴었어야 했다. 모두 내 잘못이었다.

아니, 아냐! 내 탓으로 짊어지고 싶지 않았다. 오빠는 통제 불능이었다. 날 이용했다. 날 모욕했다. 내 삶을 위험에 빠뜨렸다. 뭘 위해서? 오빠의 즐거움을 위해, 여자 옷을 입어보고픈 어리석은 자기 욕망을 위해서.

"결코 용서하지 않겠어." 나는 내 맹세가 우리 방 사이 벽을 뚫고 오빠에게 들리길 바라며 큰 소리로 말했다. "결코."

조심스레 문을 두드리는 소리가 났다. "레?"

나는 침대에서 몸을 굴렸다.

오빠가 문을 더 세게 두드렸다. "안에 있는 줄 알아. 문 밑으로 연기가 새어 나오고 있는걸."

리모컨을 집어 들어 시디플레이어를 켰다. 〈라 트라비아타〉를 골랐다.

오빠는 내 메시지를 알아들은 모양이었다.

얼마가 지났을까, 눈꺼풀이 바르르 떨리며 잠이 확 깼다. 오빠가 멋쩍은 미소를 띠고 나를 굽어보고 있었다. "아침에 식탁에서 엄마 아빠가 네가 어디 있는지 물어보시기에 어젯밤에 열렬한 데이트를 했다고 얘기했어. 새벽까지 집에 안 들어온 것 같다고 말이야. 두 분 얼굴을 네가 봤으면 좋았을 텐데." 오빠가 침대 모서리에 슬그머니 몸을 낮췄다. "특히 아빠를 말이야. 그래, 데이트는 어땠어?"

오빠를 밀어냈다. 멀리. 마테라 씨네서 전화가 오지 않았나? 왜 오빠는 철창 뒤에 있거나 죄수복을 입고 있지 않은 거야?

"이봐, 레, 미안해." 오빠가 내 어깨에 손을 올렸다.

팔꿈치로 오빠를 밀어냈다. "미안하다는 말론 안 돼, 오빠. 오빤 내 인생을 망가뜨리고 있어. 알고 있어? 알고는 있냐고? 난 오빠를 오빠로 인정하고 싶지 않아. 언니든, 뭐든. 여기서 나가."

오빠는 움직이지 않았다. 대신 입을 열었다. "오늘은 몇 시에 쇼핑하러 갈까?"

정말이지! 오빠는 정말 눈치가 없었다. 나는 이불을 걷어 젖히고 비틀거리며 침대에서 나왔다.

"제발, 레. 내일 저녁에 입을 옷이 필요해. 테리 린을 만난단 말이야."

"네 화장품하고 잡동사니 챙겨서 내 방에서 썩 사라져. 돌아와선 네 흔적 하나 보고 싶지 않아." 나는 바닥에서 가운을 집어 들고 욕실로 향했다.

몇 분 뒤 샤워를 하고 나와 보니 오빠가 문밖에서 머뭇거리고 있었다.

"왜?" 코앞에서 윽박지르자, 오빠가 머리를 기울이며 말했다. "쇼핑은?"

"나는 너하고 쇼핑 안 가." 나는 마치 어린아이에게 설명하듯이 오빠를 바라보며 또박또박 말했다. "알아들었어? 알.아.들.었.냐.고."

오빠가 침을 꿀꺽 삼켰다. "그럼 혼자 갈게."

"좋은 생각이네." 나는 오빠를 벽으로 확 밀었다.

다시 깨어보니 방 안이 온통 어두웠다. 새까맸다. 눈을 찌푸리고 시계를 보았다. 한 시 오십삼 분. 오전? 그사이 루나가 방에 왔던 흔적이나 낌새는 없었다. 그랬다면 최소한 자기 상자를 정리하고 거울 앞 등을 켜놓았을 것이다. 그때, 소리가 들렸다. 처음에는 숨죽여서, 나중에는 더 크게, 더 선명하게. 너무나 익숙한, 너무나 자주 들었던 그 소리였다.

오빠의 울음소리.

온몸을 쥐어짜는 흐느낌, 딸꾹질, 베개에 얼굴을 파묻고 우는 소리. 오빠는 거의 매일 밤 울었다. 엄마나 아빠가 들었을지라도 내색하신 적은 한 번도 없었다. 몇 년 전, 오빠를 끌어안고 달래려고 한 적이 있었다. 하지만 오빠는 혼자 고통 받기를 원했다. 아니, 필요로 했다.

좋을 대로 하라지.

이번 눈물잔치는 뭐가 원인이지? 생각해보았다. 쇼핑을 함께 가지 않는 내게 마음이 상했을까? 내가 같이 가리라고 진심으로 기대했단 말인가. 요전에 그러마 하고 오빠한테 말했던 것 같기도 했다. 그래, 사실이었다. 혹시 엄마나 아빠가 마테라 씨 집에서 있었던 일로 오빠와 대면했을까? 데이비드나 엘리제가 전화했다면 틀림없이 나도 혼났을 것이다.

모두 내 잘못이니까. 아니, 아니었다. 다 오빠 잘못이었다. 오빠의 삶 자체가 기나긴 잘못의 연속이었다. 그래서 어쩌라고? 오빤 내 삶을 뒤죽박죽으로 만들어놓고 신경도 쓰지 않았다.

오빠의 울음소리가 점점 커졌다. 마음이 약해졌다. 오빠가 흐느끼는 소리를 들으면 마음이 아팠다. 하지만 오빠의 눈물은 영원했다. 결코 사라지지 않을 터였다.

오빠 본인이 그렇게 말했다. 자신은 잘못됐다고. 자신에게 맞지 않는 옷을 입고 있다고. 그리고 오빠를 정상으로 만들기 위해 내가 할 수 있는 일은, 누구든지 할 수 있는 일은, 아무것도 없었다.

20

월요일 아침. 아침식사. 초현실적인 오닐가와 함께 하는 또 한 끼. 엄마는 자신이 찾아낸 특가 도매 플로리스트에 대해 휴대폰 앤디에게 조잘댔다. 그녀가 평소에 엄마와 함께 일하는 플로리스트의 절반 이하 가격으로 소렌슨 결혼식의 꽃을 전부 맡기로 했다는 이야기였다. 아빠는 신문 유머란을 보며 킬킬거렸다. 오빠와 나는 바깥세상 차단막을 올렸다. 서로에게도.

부엌 전화가 울렸다. 오빠와 나 둘 다 크게 놀랐다. 아빠가 투덜거렸다. "이른 아침에 누구야?" 아빠가 의자를 밀며 일어났다.

아빠보다 먼저 일어서려다가 의자를 넘어뜨릴 뻔했다.

앤디와 전화를 끊고 부엌으로 달려간 엄마가 우리를 앞질렀다. 엄마는 벨이 세 번째 울릴 때 전화를 받았다. "여보세요?"

숨이 멎었다.

"아, 엘리제. 안녕하세요." 엄마가 내게 손짓하다가 말고, 손을 든 채 얼어붙었다. "아뇨, 얘기 안 했어요."

잊어버려. 나는 생각했다. 이 광대놀음을 얼마나 끝내고 싶어했는지 잊어버리자. 눈앞에 떠오른 결말, 그 피바다, 여파, 이런 식으로 부모님에게 밝혀지는 것은 너무 끔찍해서 상상조차 할 수 없었다.

"그렇군요." 엄마가 우리에게서 등을 돌리며 딱딱한 목소리로 말했다.

세상에. 엄마한테 말했어야 했다. 하지만, 어떻게 말을 꺼내?

"네, 고마워요. 아뇨."

오빠의 눈을 볼 수가 없었다. 맞은편에서 바들바들 떨고 있는 오빠가 느껴졌다.

"음, 엘리제, 그건 당신이 상관할 일이 아닌 것 같군요. 다친 사람이 없다면……." 엄마가 귀를 기울였다. 엄마의 등이 뻣뻣해졌다. 경고 없이, 엄마가 수화기를 쾅 내려놓았다.

오고야 말았다. 오빠와 나는 폭발을 기다렸다. 엄마는 서류가방의 지퍼를 닫고 손잡이를 들었다. 손가방에 휴대폰을 던져 넣고 어깨에 멨다.

"누군데?" 아빠가 스포츠 면을 빼내며 물었다.

엄마는 대답하지 않았다. 혹은 듣지 못한 척했다. 황급히 우리를 스쳐 지나 문으로 향했다.

휴, 살았나보다.

역시 너무 이른 판단이었다.

거실에서 엄마가 고함을 쳤다. "레이건."

나는 움찔하며 고개를 돌렸다.

"학교 갔다 와서 빨래 다 해놔." 엄마가 문을 비틀어 열었다. "식기세척기도 돌려."

그게 다야? 핵폭발은?

아빠가 신문을 내려놓았다. "마더 구스는 쓰레기를 어디에 버릴까?"

순간 정적이 흘렀다.

아빠가 거듭 말했다.

"마더 구스는 쓰레기를……."

"험프티 덤프예요." 나와 오빠가 단조롭게 대꾸했다.

"그건 들어봤구나. 좋아, 그럼 쥐는 아플 때 누구한테 가지?"

"히커리 디커리 닥." 오빠만 읊었다.

"누가 약속을 잡아줘야 할지도 모르지. 머리를 쓰긴 하냐고 물어보게." 내가 중얼거리자, 아빠가 손가락을 흔들어 보였다. "레, 그거 좋네."

얼씨구, 아빠 얘기였다.

"네 동생은 유머 분야에서 늙은 아비의 끼를 이어받은 모양이구나. 응, 리엄?"

오빠는 대답 대신 물리 교과서에 고개를 처박았다. 이건 현실이 아니었다. 방금 여기서 무슨 일이 있었지? 아무 일도 일어나지 않은 일만 빼면?

아빠가 의자를 밀고 일어섰다. 오빠 뒤로 다가가 헤드락을 걸고 두꺼운 오빠의 두개골을 가볍게 찔렀다. "이봐, 적당히 해라. 네 늙은 아빠는 미국인 가족을 먹여 살리기 위해 유머 작가로서의 재능을 포기했잖냐."

오빠는 금방이라도 울음을 터뜨릴 것 같았다. 어젯밤의 눈물잔치로 아직도 눈이 부어 있었다.

아빠가 오빠 머리에 마지막으로 힘을 한 번 주더니 팔을 풀었다. 오빠의 깡마른 어깨를 양손으로 감싸쥔 채 내게로 관심을 돌렸다. "자, 아가, 이제 네 데이트 얘길 들어보자."

가방을 집어 들고 일어섰다.

"에이, 애야." 아빠가 문간까지 따라왔다. "몰래 빠져나갔다고 네 엄지손가락을 매달 생각은 아니다. 하지만 밤새도록 놀다니? 네 나이에?"

아빠는 내 또래 아이가 뭘 하는지도 몰랐다. 보통 사람이. 정상인이. 삶이 있는 사람이. 같이 놀 친구가 있는 사람이. 조금 전 눅눅하게 꺼진 화약도 그렇고, 아직까지 경찰이 집에 오지 않은 점도 조금 놀라웠다. 지금쯤이면 지갑과 운전면허증이 든 내 가방을 찾았을 터였다. 알리의 휴대폰도 거기 들어 있었다.

젠장. 알리의 휴대폰. 잊고 있었다. 휴대폰을 잃어버렸다고 하면 엄청 화내겠지.

"솔직히 말하면, 너희 둘 중에 하나라도 조금은 예측 가능한 행동을 하니 오히려 마음이 놓인다." 아빠가 내가 도망치지 못하게 현관문을 손바닥으로 누르며 말했다.

우리에게서 예측 가능한 행동?

아빠가 내 눈빛을 살폈다. "아가, 그저 네가 나하고 얘길 했으면 좋겠다. 난 네 사랑하는 아빠잖아. 기억하니? 오래된 사이잖아. 높이 날아 뱅글뱅글?"

목이 메었다. "가야 해요." 아빠 팔 밑으로 몸을 숙여 밖으로 나갔다. 안개 낀 눅눅한 날씨였다. 내 기분에 딱 맞았다.

골목을 반쯤 걸어갔을 때 오빠 차가 속도를 늦추며 옆으로 다가왔다. 창문이 열렸다.

"오빠하곤 말 안 해." 파카를 여미고 걸음을 서둘렀다.

오빠가 반 블록쯤 지난 자리에 다시 차를 세웠다. "날 미워한대도 탓하지 않아."

닥쳐.

"학교까지 태워주고 싶을 뿐이야. 아무 말 안 해도 돼."

나는 숨을 길게 들이쉬고 생각해보았다. 오빠는 여전히 내 오빠였다. 앞으로도 그렇겠지. 그 사실을 바꿀 길은 없었다. 날씨는 끔찍했다. 추웠다. 오빠는 내게 빚이 있었다. 그래, 오빠가 지금 나한테 진 빚이란.

스파이더를 빙 돌아가 차에 탔다. "이 쓰레기 같은 테크노 음악 꺼. 난 오빠 음악이라면 질색이야."

오빠가 시디를 빼냈다.

"집 열쇠 줘. 내 건 오빠가 잃어버렸어."

오빠는 어리둥절한 표정이었지만, 차를 길가에 대고 시동을 끈 후 열쇠고리에서 열쇠를 빼냈다.

"그리고 알리 언니한텐 오빠가 휴대폰 잃어버렸다고 말해." 오빠 손에서 열쇠를 낚아챘다. "오빠는 일이 있으니, 오빠가 언니한테 새로 사 줘."

"내가 네 신발도 잃어버렸어?" 오빠가 물었다.

나는 고개를 돌리고 짧게 한숨을 내쉬었다.

"저기, 레, 그 일은……."

"말했잖아. 그 일에 대해선 아무 말도 하고 싶지 않아." 나는 하고 싶었던 말을 다 했다.

오빠가 다시 차에 시동을 걸었고 우리는 학교까지 아무 말 없이 달렸다. 우리 사이의 거리가 점점 멀어지는 것 같았다. 혹은 가까워지거나. 어느 쪽인지 알 수 없었다. 우리는 우주의 양 끝에서 죽어가는 태양을 공전하는 행성 같았다. 주차장으로 들어서는데 불쑥 기억이 났다.

"으악, 안 돼!"

"무슨 일이야?" 오빠가 생각에 푹 잠겨 있었던 양 소스라쳤다.

"오늘 화학 시험을 까먹고 있었어. 교과서하고 과제물을 한 번 들여다보지도 않았어." 손바닥으로 이마를 때렸다. "젠장, 이 시험을 망치면 그 수업에서 C도 못 받을 거야. 브루작은 그러고도 남을 개자식이야. 날 본보기 삼고 있어. 오빠 때문이지." 나는 오빠에게 으르렁거렸다. "내가 팔에 황산을 부은 다음부터⋯⋯."

"뭐?" 오빠가 내 말을 잘랐다. "언제?"

전생에. 다른 누군가의 하루뿐이었던 유의미한 존재의 날에. "별일 아니었어. 그냥 브루작은 여학생들은 바보 멍청이라는 자기 생각을 증명하고 싶어해. 오빠한테도 그랬어?"

"아, 그 선생." 오빠가 눈을 찌푸렸다. "최악이지."

"그래도 오빠는 A를 받았겠지?"

오빠는 아무 말도 하지 않았다.

그게 답이었다. "겉보기에 여자가 아니라서 좋은 점이 하나는 있는 모양이네." 내가 투덜거렸다.

"레, 네 아르바이트 건은 정말 미안해. 나도 정말 어쩔 수가 없었어. 일부러 그러려던 건⋯⋯."

"닥쳐. 알고 싶지도 않아. 아르바이트 자리 문제만이 아니었다고. 그건…… 내 전부였어." 나는 '오빠가 문제야'라고 말하지 않았다.

"알아." 오빠가 고개를 돌렸다. "내가 모를 것 같아?"

안다고? 내가 오빠를 위해 얼마나 많이 희생하고 있는지 안단 말이야? 얼마나 오랫동안 그랬는지? 내가 어떤 대가를 치르고 있는지?

어린 시절, 아빠가 자기 사냥 조끼를 내게 입힌 적이 있었다. 굉장히 컸다. 바닥까지 끌렸고 냄새도 났다. 하지만 무엇보다 기억에 남는 건 바로 그 무게다. 마치 조끼가 내 무릎을 꺾고 나를 아래로 끌어내려 안에 가두고 질식시킬 것 같았다. 오빠에 대한 내 느낌이 그랬다. 덫에 걸린 것 같았다. 숨이 막혔다.

공평한 일일까? 아니, 인생이란 공평하지 않았다. 오빠가 증명했다.

차에서 내린 치어리더와 운동선수 무리가 복도에서 자리를 차지하려고 서로 밀고 당기며 안으로 들어왔다. "오늘은 여기 있고 싶지 않아." 내가 큰 소리로 말했다. "난 학교가 정말 싫어."

"우리 둘이 쇼핑몰에 가도 되지." 오빠가 말했다.

내가 오빠를 노려보았다.

"농담이야." 오빠가 마치 내가 자기를 때리려고 한 듯이 왼쪽 어깨를 움츠리더니 덧붙였다. "네 충고를 따라서 어제는 혼자 가봤어."

내가 깜짝 놀라 물었다. "어떻게 됐어?" 어떻든 내가 왜 신경 쓰는지 모르겠다.

오빠는 대답하지 않았다. 아니, 대답했다. 얼굴만 봐도 상황을 알 수 있었다.

"세상에. 무슨 일이 있었어?"

오빠가 긴 한숨을 내쉬었다. "듣고 싶지 않을걸."

"그래, 안 듣고 싶어." 마음대로 해. 날 밀어내봐. 내가 문손잡이를 잡았다.

"나는 그냥 치마를 입어보고 싶었을 뿐이야." 오빠의 목소리가 굳었다. "경비원을 부를 필요까진 없잖아."

나는 눈을 꽉 감았다.

"이봐." 오빠의 목소리가 밝아졌다. "오늘 밤에 나랑 같이 나가서 테리 린을 만나볼래? 파머 하우스에서 저녁을 산대."

내가 몸을 돌려 고개를 흔들었다. "거기 비싸잖아."

"네가 같이 나가도 테리 린은 신경 쓰지 않을 거야. 내가 남기는 거 뭐든지 먹어도 돼."

내가 콧방귀를 뀌었다. "오빠는 그 사람과 둘이서 할 말이 많겠지. 후골 크기를 비교해본다든가 하는, 트랜스젠더끼리 모였을 때 할 만한 일들 말이야."

리엄 오빠가 웃었다. 정말로 웃음을 터뜨렸다. 내가 오빠를 웃겼다.

오빠를 울리는 것보다는 나았다. 하지만 그렇게까지 낫지도 않았다.

지치고 의기소침한 기분으로 복도를 터덜터덜 걷다가 크리스를 발견했다. 오늘만은 그를 결코 만나고 싶지 않았다. 나는 천천히 멈추어 섰다. 크리스는 내 사물함 맞은편 줄에 기댄 채 섀넌과 그녀의 구접스러운 친구 몇 명과 이야기를 하고 있었다. 크리스가 농담을 하자 그들이 까르르 웃었다. 그가 고개를 들다가 나를 보고 그대로 굳었다.

크리스가 벽에서 몸을 떼더니 내 쪽으로 다가왔다. 나는 공황 상태였다. 그를 마주할 수가 없었다. 토요일 밤은 너무 생생하고 너무 끔찍했다. 방향을 틀어 맞은편 복도로 빠져나가 가장 가까운 여자화장실로 향했다.

"레이건!"

달리기 시작했다. 성공했다. 나는 화장실 칸에 들어가 문을 잠그고 기다렸다. 지구가 멈출 때까지. 쿵쿵 울리는 머리가 진정될 때까지. 숨을, 떨림을, 그를 간절히 원하는 욕망을 멈출 수 있을 때까지 기다렸다.

가사 시간 끝종이 울리며 나를 흔들어 깨웠다. 아니 정신을 들게 했다. 하루가 어떻게 지나갔는지 기억도 나지 않았다. 폭삭 내려앉은 내 에인절 케이크는 기억이 났다. 쓰레기통에 끈적끈적한 실패작을 처박아 넣고 케이크 틀을 문질러 씻은 뒤 앞치마를 걸었다. 토레스 선생님은 점수를 매기며 안타까운 미소를 띠었다. 우리 둘 다 나의 미래에 요리란 없음을 알고 있는 것 같았다. 내게 미래가 있기나 하면 좋겠다.

집에 돌아와 보니 깜짝선물이 있었다. 꽃무늬 포장지에 반짝이는 분홍색 리본이 달린 상자가 침대 위에 놓여 있었다. 방에선 장미향이 났다. 책상 위에는 아이새도, 마스카라, 립스틱이 흩어져 있었다.

젠장, 망할 루나. 날 더 이상 이용하지 말라고 했던 말은 진심이었다.

내 방에서 옷을 갈아입고 테리 린과의 저녁 약속에 일찍 나선 것이 분명했다. 아빠가 퇴근하기 전에 빠져나가고 싶었을 터였다. 그래도 자기 방에서 갈아입어도 될 일이었다. 거울을 사란 말이다.

포장지를 찢고 상자를 열었다. 안에는 스테이플러가 찍힌 서류 더미가 들어 있었다. 첫 장에 분홍색으로 내 이름이 쓰인 종이가 붙어 있고, 그 밑에는 "눈에 익어?"라고 쓰여 있었다.

첫 번째 장을 훑어보았다. 온도 실험. 다음 장은 과산화수소 실험. 수화 실험. 휘리릭 넘기다가 오늘 친 시험지에서 눈이 멎었다. 나는 완전히 망쳤다. 교실에 들어간 기억조차 희미했다. 오빠는 망치지 않았다. 백 점을 받았다. 게다가 보너스 문제에 정확히 답해서 추가로 이십오 점을 받았다.

어련하겠어.

훑어보니 오빠는 모든 과제에서 A 아니면 A⁺를 받았다.

표지 아래쪽에 오빠가 작게 프린트해서 넣은 문장이 있었다. "이걸로 내 잘못을 갚을 수 있길 빌어." 그 옆에 작은 하트를 그리고 동글동글한 글씨로 '사랑해, 루나가' 라고 덧붙여놓았다. 뒷장도 읽어보라는 화살표도 있었다. 팔락 넘겨보았다.

"추신. 돈이 좀 될지도 몰라. 이베이에 경매 붙이기 전에 내 이름은 지우렴."

입이 떡 벌어졌다. 오빠 말대로였다. 사람들은 화학 I 답안지를 구할 수 있다면 영혼이라도 팔 터였다. 크리스라면 그럴 거다. 크리스 생각은 그만두자. 이미 지나간 일이었다.

브루작은 멍청했다. 학기마다 새로운 질문을 만들지도 않고 그냥 순서만 바꿨다. 학생들이 서로 알려주지 않으리라고 생각한 걸까?

더 중요한 질문이 있었다. 내가 브루작을 속일 수 있을까? 내 영혼을 구원하려고 커닝을 할 수 있을까?

아니.

하지만 평균점수를 위해서라면?

할 수 있지.

그녀는 열한 시쯤 발꿈치를 들고 계단을 내려왔다. 나는 그때까지도 영화 채널에서 재상영 중인 〈라이어, 라이어〉를 배경 삼아 브루작의 과제물에서 오빠 이름을 지우고 있었다. 루나는 옷을 갈아입지 않은 채 돌아왔다. 실크 블라우스에 새빨간 스웨이드 치마를 입고, 목에는 줄무늬 스카프를 둘렀다. 스카프 앞에는 카메오 브로치를 달았다. 내 취향으로 볼 때는 지나치게 미세스 다웃파이어스러웠다.

"어땠어?" 내가 무심히 물었다.

그녀가 옆 소파에 털썩 주저앉더니 등을 기대고 눈을 감았다. 루나의 속눈썹 사이로 눈물이 반짝였다.

"별로였어?" 브루작 프린트를 탁자에 올려놓았다. 오빠한테 아무리 불같이 화가 났다 해도, 나는 그녀의 고통에 태연할 수 없었다. "무슨 일이 있었는데?"

그녀가 코를 훌쩍이더니 눈을 뜨고 나를 보며 깜박였다. "레, 믿기지 않을 정도였어."

믿기지 않는다. 상상할 수 없단 뜻인가? 끔찍했단 뜻인가?

루나가 소리 내어 숨을 내쉬었다. "그냥……." 그녀가 다시 눈을 깜박이자 눈물이 한 방울, 뺨을 타고 흘러내렸다. "테리 린은 내 꿈속에 살고 있어."

가슴이 무너졌다. "저런."

"아냐." 그녀가 손을 내밀어 내 손을 마주 잡았다. "내 말은, 정말 굉장해. 일어날 수 있는 일이라는 걸, 가능하다는 사실을 알다니 말이야. 내가 가능하다는 걸." 그녀의 가슴이 마치 처음으로 생기를 불어넣은 듯, 한껏 기대에 부풀었다. 그녀가 벌떡 일어나 내 이마에 입을 맞췄다.

"레, 고마워." 루나는 조금 생각에 잠긴 듯한 어조로 말하더니 침실로 날아 들어갔다.

뭐가 고마운데? 그녀가 사라지길 바란 게? "내가 고마워." 그녀의 등에 대고 소리쳤다. "선물 말이야."

루나가 문 앞에서 키스를 날렸다.

"아, 그리고 알리 언니한테서 전화 왔었어. 내일 있을 졸업생 조찬모임 잊지 말래. 일곱 시에 데리러 온대."

루나의 방문이 딸깍 잠겼다. 황홀경에 푹 빠진 그녀가 들었는지 확신이 서질 않았다.

다음 날 아침이 되자 오빠가 돌아와 있었다. 남자 역할. 하지만 뭔가 바뀌었다. 조금 더 둥글어진 것 같았다. 오빠의 눈은 더 이상 텅 비어 있지도 죽어 있지도 않았다. 지난밤의 빛을 희미하게 품고 있었다. 느슨해지고, 긴장을 푼 것처럼 보였다. 자기 몸을 편안해하는 것처럼 보일 정도였다.

마음이 놓이고 기쁘면서도 한편으로는 걱정스러웠다. 어제 자정쯤 마침내 잠이 들었을 때, 나는 꿈을 꾸었다. 오빠가 또 뭔가 위험한 일을 벌이는 것을 암시하는 꿈이었다. 충동적인, 무모한 일. 꿈은 희미했고 아침에 일어나서는 기억이 잘 나지 않았다. 오빠가 어디에서 무엇을 했는지 떠오르지 않았고 그저 불길한 예감만 남아 있었다.

밖에서 경적 소리가 났다. "알리야." 오빠가 벌떡 일어나 남은 우유를 단번에 마셨다. 오빠는 엄마 옆을 지나다 말고 엄마 어깨에 팔을 두르며 말했다. "오늘도 평소처럼 예쁘시네요." 오빠가 엄마 뺨에 입 맞추고 아빠에게 손을 흔들었다. "아빠, 오늘 하루도 잘 지내세요."

아빠가 먹고 있던 시리얼이 목에 걸려 캑캑댔다. 현관문이 닫히고 아빠가 엄마에게 물었다. "쟤 무슨 약이라도 했나? 당신 진정제?"

"그게 무슨 말이야?" 엄마가 쏘아붙였다.

으악. 나는 늦기 전에 빠져나갈 준비를 했다.

엄마가 말했다. "알다시피, 다음 주 토요일은 리엄의 열여덟 번째 생일이야. 당신이나 너한테 갖고 싶다고 말한 거 있어?"

아빠가 한숨을 쉬었다. "걔가 나한테 얘기하겠어?"

부모님이 내 쪽을 보고 눈썹을 치켜떴다. 나는 말할까 생각했다. 네엡, 오빤 여자가 되고 싶어해요. 오빠의 성전환 수술을 위해 작은 파티를 열어주시겠어요? '패트리스가 준비하는 수술 후 파티'는 어때요? 아빠, 지하실을 새단장해주시면 돼요. 루나는 분홍색이라면 환장하거든요.

"저한테도 아무 말 안 했어요." 내가 웅얼거렸다.

엄마가 한숨을 쉬었다. "이번에도 용돈을 줘야겠네. 걔한테 딱히 필요하진 않겠지만."

아빠가 커피 잔을 들었다. "당신 계좌에서 나갈 테니 수표는 당신이 써야겠군."

엄마의 매서운 눈총에 식탁이 얼어붙을 것 같았다.

"저 나가요." 나는 비상구 밖으로 몸을 던졌다.

1교시 영어 수업에 가는 길에 오빠와 만났다. "오늘 학교 끝나고 집으로 바로 갈 거야?"

"응, 아마. 은행에 들러서 꽤 큰 목돈을 저금하지 않는다면 말이야."

내가 과장스럽게 씩 웃었다.

"알리에게 말할 생각이야."

쿵 소리를 내며 책가방을 떨어뜨렸다. 가방을 주우려고 쪼그려 앉는 내 얼굴이 창백하게 질렸다. "오빠, 안 돼." 몸을 일으키며 말했다. 허공에 대고 말이다.

오빠는 벌써 복도를 반쯤 걸어가고 있었다.

오빠를 따라잡으려고 복도를 달렸다. 모퉁이를 휙 돌다가 누군가의 몸에 머리를 박았다. 정확히 말하면 크리스 가라초의 몸에.

"레이건, 저기." 그가 휘청거리며 내 팔을 잡았다가, 내가 움찔했는지 서둘러 손을 놓았다. "미안해. 어, 있잖아, 너하고 얘기하고 싶어."

시야 끄트머리로 시청각실에 들어가는 오빠가 보였다. "지금은 안 돼." 나는 크리스를 피해 달렸다. "할 일이 있어." 풀어 말하면 너보다 더 중요한 일이 있다는 뜻이었다. 나는 돌아보지 않았다. 오빠를 자기 자신에게서 구해야 하거든. 또.

열람실 자리에 막 앉는 오빠 옆에 주저앉아 숨을 골랐다. "알리 언니한테 말하면 안 돼."

오빠가 눈을 껌벅였다. "왜?"

"설마 그걸 오빠가 모른다고……."

오빠가 물리 교과서를 꺼내며 말했다. "알리는 이미 날 게이라고 생각하고 있어."

입이 떡 벌어졌다. "오빠한테 그 얘길 했어?"

오빠가 나를 흘겨보았다. "레, 알리는 바보가 아냐." 오빠는 연습장을 휙 펼치더니 손가락 끝에 침을 묻혀 팔랑팔랑 넘겼다. 백지를 찾아 위에는 이름을, 밑에는 날짜를 썼다.

그래, 알리는 바보가 아니지. 오빠가 바보야. "오빠, 그러지 마." 예비종이 울렸다. 나는 몸을 일으켰다. "언니한테 그러지 마."

오빠가 샤프를 든 손을 연습장 위에 올린 채 고개를 저었다. "알리한테? 너 못 알아듣는구나?" 화난 목소리였다.

오빠가 화를 내다니? "오빠……."

오빠의 싸늘한 시선에 몸이 굳었다.

오빠가 물리 교과서로 시선을 돌려 나를 놓아주고는 덧붙였다. "네가 그 자리에 있어줬으면 해. 내게 심리적 지지자가 필요할 때를 대비해서 말이야. 하지만 있고 싶지 않다고 해도 이해해."

악문 잇새로 한숨이 새어 나왔다. 있고 싶지 않아서가 아니야! 비명을 지르고 싶었다. 하지만 사실, 그 말이 맞았다. 오빠가 알리에게 자신에 대해 솔직하게 말한다면, 나는 그 순간에 다른 세상에 있고 싶었다.

21

　알리는 지하실에서 오빠와 욕하며 꺅꺅거리고 있었다. "나쁜 놈! 저
리 꺼져." 알리가 오빠의 팔을 때렸다. 내 발이 지하실 바닥에 닿으며 삐
걱 소리를 냈다. 오빠가 의기양양한 표정으로 음흉하게 웃으며 알리를
피하고 있었다.

　"이 게임을 '알리 으악' 이라고 부르기로 결정했어."

　알리가 오빠의 팔을 힘껏 찔렀다.

　오빠의 똑똑한 머리가 낮 동안 펜티엄급으로 좋아졌기를, 그래서 '이
해와 논리' 라는 코드를 실행했기를 나는 간절히 기대했다.

　"레, 왔구나." 오빠가 조이스틱을 놓고 일어섰다. 나는 계단을 밟은
채 서 있었다.

　"안녕, 레이건." 알리가 어깨 너머로 손을 흔들었다. 오빠의 죽음을

알리는 비명이 스피커에서 크게 울려 나왔다. 으아아악!

"앗싸." 알리가 환호했다. "네놈 엉덩이를 구워버렸네." 알리는 조이스틱을 몇 번 더 두드리다가 오빠가 게임을 그만둔 것을 알아차렸다. "아직 끝나진 않았지?" 알리가 고개를 들었다. "이제 겨우 팔 단계잖아."

"알리, 너한테 할 말이 있어." 오빠가 알리를 내려다보며 눈을 깜박였다.

속이 아팠다. 나는 잽싸게 소파로 가서 포대자루 마냥 몸을 묻었다. 몸을 구부리고 목구멍으로 치미는 욕지기를 억지로 삼켰다.

"알았어"라고 말한 알리가 조이스틱을 놓고 두리번거렸다. 나를 향해 묻는 듯한 시선이 느껴졌다. 나는 카펫을 뚫어져라 응시하며 숨을 참았다. 오빠가 끝까지 말하지 않을지도 모른다는 희망으로 버텼다.

알리가 엉덩이를 의자에 댄 채 몸을 돌리고 무릎을 끌어안았다. "그래, 뭔데?"

"그 머리모양 잘 어울려. 늘 그렇게 생각했어."

알리가 손을 뻗어 뒤로 묶은 머리를 만졌다. "고마워. 일주일에 아흐레는 이 머리지." 알리가 눈을 찡긋했다.

"알아. 난 정말 좋아해."

슬그머니 살펴보니 오빠가 알리의 머리를 만지고 있었다. 제발, 신이여, 안 돼요. 나는 기도했다.

"내가 하고 싶은 말은……." 오빠가 침을 꿀꺽 삼켰다. 양팔로 몸을 감싸 안고 밭은 숨을 내뱉었다.

"오래전부터 네게 하고 싶었던 말은…… 알리…… 음, 그러니까…….” 오빠가 말끝을 흐리며 나를 돌아보았다.

싫어. 절대 싫어.

“뭐야, 말해. 무슨 뇌종양이라도 걸렸단 얘기야…… 아, 맙소사.” 알리가 입을 틀어막고 숨 막힌 소리를 냈다.

“설마 그런 건…… 리엄…….”

“아냐.” 오빠가 알리의 어깨에 손을 올렸다. “그런 게 전혀 아냐. 난 아프지 않아. 난…… 여자야.”

방 안의 공기가 정지했다. 멈추었다. 사방의 벽이 옥죄듯 다가왔다. “뭐?”

오빠가 말했다. “그 얘기였어. 난 여자야.”

그 얘기였어? 자기에 대해 사실대로 말할 때, 어떤 식으로 설명할지 좀 더 생각해보지 않았단 말이야? 알리는 ‘난 여자야’라는 한마디 말로는 이해하지 못할 것이다. 틀림없었다.

오빠가 짧게 웃고, 텔레비전 쪽으로 어슬렁 걸어가 음료수를 꿀꺽꿀꺽 마셨다. 캔을 내려놓고 한쪽 손으로 자기 몸을 휙 쓸며 말했다. “네게 보이는 외면? 이건 내가 아니야. 진짜 나는 이 속에 있어.”

“음, 뭐.” 알리가 고개를 기울였다. “리엄, 정말 심오한 얘기네. 우리 모두 그렇잖아. 그렇지?” 알리가 내 쪽으로 눈길을 돌렸다.

정말이지, 오빠는 일을 망치고 있었다. 정말 둔했다.

오빠가 애원하는 눈빛으로 나를 보았다.

안 돼, 오빠. 싫단 말이야.

제발, 레. 매달리는 오빠가 느껴졌다. 도와줘.

맙소사. 왜 나야? “오빠 말은, 오빠는 사실 남자가 아니란 뜻이야.”

단숨에 내뱉다 보니 말이 엉켰다. "오빠 여자야. 트랜스지. 알겠어?"

알리가 얼굴을 조금 찡그렸다. "무슨 트랜스?"

아차, 알리는 그 말을 몰랐다. "트랜스젠더." 내가 말했다. "오빠는 남자 몸을 한 여자야."

알리의 표정은 바뀌지 않았지만 천장의 높이가 바뀌었다. 온 세상이 무너져내렸다. 심장이 가슴속에서 튀어나올 듯 두방망이질 쳤다.

"무슨 말인지 모르겠어." 알리가 눈을 껌벅이며 오빠를 쳐다봤다. "농담이지, 그렇지?" 알리가 자리에서 일어나 오빠의 배를 한 대 치며 "남자들이란" 하고 말했다. 탁자에 놓아두었던 스프라이트를 집어 들고 내 옆에 털썩 앉았다.

"농담이 아니야. 나는 트랜스 여자야. 티걸이지. 네가 타고난 여자인 것과 마찬가지야."

"트랜스라느니 타고났다느니, 도대체 무슨 소리야?" 알리가 스프라이트를 단숨에 들이켰다.

오빠가 나를 응시했다. "그냥 알리에게 보여주는 게 낫겠어."

"안 돼……."

"나한테 뭘 보여주려고?" 알리가 내 말을 잘랐다. "가슴? 가짜 가슴이라도 있어?" 알리가 코웃음 치고 다시 스프라이트를 마셨다.

알리의 손이 떨리고 있었다. 온몸을 떨고 있었다. 오빠도 눈치 챘다. 오빠가 알리슨 앞에 놓인 탁자에 앉아 그녀의 손을 감싸 쥐었다. "내 이름은 루나야." 오빠가 나지막이 말했다. "네가 날 알았으면 좋겠어. 진짜 나를." 오빠의 엄지손가락이 알리의 가느다란 검지를 훑었다. 오빠는 알리의 손을 그녀의 무릎 위에 조심스레 내려놓고 몸을 일으켰다. 방으로 걸어가더니 등 뒤로 문을 닫았다.

"뭘 할 생각이지?" 알리가 물었다.

나는 알리에게 말하지 않아도 되길 기도하며 입을 꽉 다물었다. 이 모든 일이 일어나지 않기를, 이것은 꿈, 악몽이길, 깨어나면 진짜 삶이, 나의 진정한 인생이 펼쳐지기를 기도했다.

알리의 목소리가 떨렸다. "난 리엄이 게이라고 할 줄 알았어. 에이즈에 걸렸다고 말하려는 줄 알았어."

"맙소사, 언니, 아냐." 뒤돌아 알리를 마주 보았다. "그런 게 아냐."

알리는 핏기가 하나도 없었다. "내 말은, 리엄이 게이라면 괜찮아. 게이도 결혼하잖아? 그렇지? 게이도 아이를 갖잖아. 리엄도 변할지도 몰라."

그런 희망에 매달려왔어? 그 오랜 시간 동안? 알리는 착각하고 있었다. 설령 오빠가 게이라고 해도…….

"오빠는 게이가 아니야. 트랜스젠더야. 오빠 겉으로 보이는 사람이 아니야. 언니에게 보여줄 거야. 여자아이 역할을 하고 나타날 거야. 다만, 이건 역할 놀이가 아니야. 이쪽이 진짜 오빠야. 루나. 진짜 그녀야."

알리는 너무나 혼란스럽고 당황스러워 보였다.

내 설명도 오빠만큼이나 형편없었다. 나는 양반다리로 앉아 깊이 숨을 들이쉬었다. "이해하기 어렵다는 거 알아. 설명하긴 더 힘들지만 오빠는 자기가 여자라고 느껴. 오빤 정말로 여자야. 문제는 오빠가 남자 몸을 타고난 여자라는 사실이지. 어떻게 해서, 왜 이런 일이 생겼는진 몰라. 루나는 자기가 여자 뇌를 갖고 태어났다고 했어. 그녀는 자신을 여자라고 생각해. 나나 언니가 우리가 여자라고 아는 것과 똑같아. 본능

적이고 자연스럽게 그래."

알리는 가장 친한 친구가 죽었다는 소식을 방금 듣기라도 한 양 나를 쳐다보았다. 알리에게는 아마 오빠가 가장 친한 친구였을 것이다. 현실에 정면으로 부딪히기 전에는 차마 믿지 못하겠다는 표정. 부인. 진실을 마주하는 데 대한 두려움.

나는 가슴팍과 관자놀이를 가리키며 말했다. "오빠는 '여기'와 '여기'에 있는 그대로의 사람이 되고 싶은 거야. 하지만 생겨야 하는 대로 타고나지 않았기 때문에 그럴 수가 없어. 남자처럼 생겼거든. 그리고 모두 오빠가 남자이길 기대하지. 날마다 이 역할을 맡아 연극을 해야 해. 오로지 혼자 있을 때, 아무도 보지 않고 있을 때만 자신을 드러내고 자유로울 수 있어. 자기 세상에서, 자기만의 세상에서만 사람들이 자신을 봐주길, 대해 주길 바라는 대로 스스로를 드러낼 수 있지. 오빠는 나한테 이렇게 설명했어. 이해하겠어?"

지연 반응. 서서히 찾아오는 깨달음. 원치 않는 이해. 알리가 고개를 세게 흔들었다. "네 말은, 리엄이 저 안에서 여자 옷을 입고 있단 소리야?" 알리가 어깨 너머를 손가락질하며 목소리를 높였다.

"그 이상이야. 오빠는 바뀌고 있어. 그녀는. 언니도 보면 알 거야."

"리엄은…… 크로스드레서야?"

"아냐! 맙소사. 그렇게 부르지 마." 얼굴이 달아올랐다. "같은 게 아냐. 오빠는 언니가 자신의 내면을 알아주길 바라서 옷을 입는 거야. 오빠의 진정한 자아를, 내 말은 그녀의, 루나의 자아를 말이야. 이거에 대해서 온갖 심리학적인 얘기와 전문용어가 있어. 신체 위화감인가 성동일성 장애인가, 잘 모르겠어. 그녀가 나보다 잘 설명할 수 있을 거야."

"그녀?" 알리가 냉소를 띠었다. 캔을 들어 입가에 댔지만 비어 있어서 도로 내려놓았다.

"그건 또 다른 얘기야. 그녀는 여자 옷을 입고 있을 때면 자신을 루나라고 불러주길 원해. 자기가 직접 고른 이름이지. 그리고 '그녀' 라고 해주길 바라. 어렵지는 않을 거야. 정말 여자아이거든."

알리는 차가운 웃음을 띤 채 굳어 있었다.

"그녀가 브래지어를 사 달라고 했던 아홉 번째 생일을 혹시 기억해?"

"아니." 알리가 말했다.

"내 친구들이 하룻밤 자러 놀러 왔을 때, 그녀가 손톱 다듬는 데 푹 빠졌던 일은 생각나?"

"아니." 이번 대답은 빨랐다.

알리는 기억하고 있었다. 나는 알리가 기억하고 있음을 알았다. "언니, 루나의 손톱에는 늘 매니큐어 자국이 남아 있어."

알리가 머리를 흔들었다.

다른 증거의 흔적이, 또 다른 순간들이 있었을 터였다. 그렇게 오랫동안 오빠와 함께 지냈으면서? 루나가 알리로부터 완전히 숨을 수 있었을 리가 없다.

알리가 몸을 숙이고 캔의 귀퉁이를 손톱으로 긁기 시작했다. "너희 둘이서 무슨 장난을 치는 거라면……."

"장난이 아냐."

알리가 나를 쏘아보았다.

"언니, 언니도 봤을 거야."

알리가 입을 열고 뭐라고 말했지만, 나는 방에서 나온 루나에게 정신이 팔려 듣지 못했다. 루나가 나를 향해 쉿 하고 손가락을 입술에 대더니 신어볼 신발 두 켤레를 들고 내 방으로 들어갔다.

다시 알리에게로 시선을 돌렸다. "언니, 미안. 뭐라고 했어?"

"언제 알았어? 언제부터 알았어? 리엄이 너한텐 언제 말했는데?"

말하다. 오빠가 나한테 말했던가?

"얘들아, 서둘러라. 좋은 상품이 다 없어지겠다." 아빠가 손목시계를 차며 복도로 나온다. 나는 부엌 의자에 앉아 있다. 엄마가 내 머리를 땋는다. 오빠는 카운터 앞에 구부정하게 앉아 만화책을 읽고 있다. 아니, 읽는 척한다. 나를 향한 오빠의 시선이 느껴진다. 오빠는 언제나 보고 있다. 지켜보고 있다.

"팻, 서둘러!"

"아휴, 좀 기다려. 왜 그렇게 서두르는지 모르겠네. 어차피 상을 탄 적은 한 번도 없잖아."

아빠가 주먹으로 자기 옆구리를 때리며 스스로에게 말한다. "이봐, 그건 시인하지." 아빠가 내게 윙크하고 내가 씩 웃는다. 아빠는 늘 이겼다. 단지 선물을 나한테 다 줬을 뿐이다.

학교 축제에 가는 길이다. 축제는 재미있다. 나하고 아빠한테는. 6학년인 오빠는 유치하다고 생각한다. 엄마는 다른 엄마들도 다 오니까 간다. 아빠는 나와 두더지 잡기를 네 시간쯤 하고 오빠를 야구공 던지기 코너로 끌고 간다. 오빠는 작년에 우유병을 한 번에 맞춰서 커다란 판다 곰 인형을 탔다. 그 인형을 달라고 오빠한테 애원하고 매달렸다. 오빠는 인색하다. 나한테 절대 아무것도 안 준다.

아빠는 공 던지기에서 매번 무료 상품밖에 못 맞춘다. "이글 초등학교"라고 쓰인 컴퓨터용 연필이다. 아마 아빠 서랍에 한가득 있을 거다.

아빠가 오빠를 가리킨다. "이봐, 아들아, 올해는 오닐가 대혈투다. 이긴 쪽이 다 갖는 거다."

"아빠는 실직해도 골목에서 연필을 파시면 되겠네요."

오빠가 히죽거린다.

"요 녀석 보게……." 아빠가 주먹을 들어 오빠를 위협하지만 활짝 웃는 얼굴이다. "자, 여자팀." 아빠가 손을 든다.

"어서 가자고오오오오."

엄마가 내 머리를 묶고 지친 한숨을 쉰다. 오빠는 현관까지 우리를 따라오더니, 갑자기 주머니에 양손을 집어넣은 채 멈추어 선다. "학교 가서 만나요. 전 알리, 제시카하고 같이 가기로 했어요."

"안 돼." 엄마가 단칼에 자른다. "우리하고 같이 가. 집에 혼자 남겨둘 수 없어. 우리 넷이 함께 가야 해." 놀랍다. 우리가 평소에 한 가족으로 같이 하는 일이 없다고 불평하는 사람은 언제나 아빠였다. 다들 자기 사는 데, 자기 일에 너무 바쁘다고 말하며 매일 아침 꼭 함께 식사해야 한다고 우기는 사람도 아빠였다. 아빠는 아침식사 시간을 우리 가족의 시간이라고 했다.

오빠가 바닥에 대고 발을 왔다 갔다 한다. "알리한테 같이 간다고 약속했어요."

"네가 알리한테 뭐라고 약속했든……."

"팻." 아빠가 끼어든다. "여자친구하고 가게 둬." 아빠가 엄마의 허리를 감싸 안고 문으로 끌어당긴다. 현관 계단에서 엄마가 뒤돌아 방충망 너머의 오빠를 노려본다.

오빠가 보이지 않는 곳으로 자리를 옮긴다. 오빠의 중얼거림이 들린다. *"알리는 내 여자친구가 아냐."*

아빠가 오빠에게 소리친다.

"아들아, 한 시다. 한 시까진 공 던지기 코너에 와야 해. 내기에 돈을 걸어놨어. 나올 때 문단속 잊지 말고."

열 블록을 달려 학교에 간다. 주차장에 들어가는데 생각이 난다. *"엄마, 케이크를 까먹었어요."*

"세상에, 이런. 잭?"

"꼭 해야 해?" 아빠가 신음하듯 내뱉는다.

엄마가 뒤에 앉은 나를 본다.

"케이크워크 경기를 신청한 사람은 엄마잖아요." 내가 꼬집어 말하자 엄마가 무거운 한숨을 쉰다. *"돌아가야겠어요."*

아빠는 투덜거리면서도 차를 돌린다. 차가 집에 들어서자 엄마가 케이크를 가져오라며 내게 열쇠를 건넨다.

에인절 케이크 두 개가 식탁 위, 우리가 놓아둔 자리에 그대로 있다. 아름답고 완벽하다. 양손에 하나씩 들고 집을 나선다. 문까지 갔는데 집 안에서 무슨 소리가 난다. 내가 걸음을 멈추고 주의를 기울인다. 집 안에 누군가 있다.

소리가 다시 들린다. 노랫소리다. 복도 저편에 있는 엄마 아빠의 침실에서 들려온다.

케이크를 카운터에 내려놓는다. 겁을 먹어야 마땅했다. 만약 집에 도둑이 들었으면 어떡하지? 그런데 어째서인지 무섭지 않다. 그저…… 호기심이 인다.

문이 조금 열려 있다. 내가 활짝 연다. 엄마 화장대 앞에 앉아 아랫입술을 내밀고 립스틱을 바르고 있는 소녀에게 시선이 박힌다. 긴 금발에 엄마 옷과 꼭 같은 스웨터를 입고 있다. 엄마 옷이다. 지난주에 아빠가 생일선물로 사 준 캐시미어 스웨터다. 장롱 위에 놓인 라디오에서는 작은 노랫소리가 들려온다. 그리운 옛 노래다. 소녀가 립스틱을 바르던 손을 멈추고 잠깐 노래를 따라 부른다. "처음으로, 당신의 얼굴을 보았어요."

매혹당한다. 이 누구인지 모를 소녀는 자기만의 작은 세계에 빠져 있다. 립스틱 뚜껑을 닫고 갑자기 웃음을 터뜨린다. 조명이 비추는 거울에 비친 자기에게 말을 건다. "알아. 그가 그녀한테 그렇게 말했다니 믿기니?" 그녀가 혀를 쏙 내밀고 어깨를 넘어온 머리카락을 한 가닥 걷어 넘긴다.

내가 조심스럽게 입을 뗀다. "저기요?"

그녀가 화들짝 놀라 돌아본다. 벌떡 일어나다가 화장대 의자를 넘어뜨린다. 그녀를 알아보는 데 잠깐 시간이 걸린다. 그리고 알아본 순간, 나는 입을 딱 벌린다.

"레이건." 립스틱을 바른 오빠의 입술 사이로 내 이름이 숲의 속삭임처럼 새어 나온다.

웃음이 나지만 억지로 참는다. 무언가가 이건 장난이 아니라고 내게 말하고 있다. 어쩌면 오빠의 얼굴에 떠오른 순수한 공포 때문인지도 모른다.

우리는 오랫동안 서로를 바라본다. 우리 둘 다 어떻게 해야 할지 모르는 것 같다. 내가 뒷걸음질 친다.

오빠가 앞으로 나온다. 오빠는 엄마의 스웨터뿐 아니라 진주장신구도 하고 있다. 내 늘어나는 검은색 바지에 엄마의 여름 샌들도 신었다. 가발은 어디서 구했는지 모르겠다.

"레, 제발." 도망치려고 돌아선 내 팔을 오빠가 붙잡는다. "엄마한테 날 여기서 봤다고 말하지 마. 아빠한테도. 제발. 제에발." 오빠가 내 팔을 잡은 손에 힘을 준다. "아빠한테 말하면 안 돼."

나는 긴장을 풀고 돌아선다. "말 안 할게."

오빠가 머뭇거리며 미소 짓는다. "누구한테도 말해선 안 돼. 절대."

나는 오빠의 눈을 깊숙이, 아주 깊숙이 들여다보고 묻는다. "넌 누구야?"

오빠가 엄마의 버릇을 따라한다. 손으로 뒷머리를 쓸어내리다가 목에서 손을 멈추고, 고개를 왼쪽으로 기울여 팔에 뺨을 댄다. 팔꿈치는 가슴께에 있다. 오빠의…… 가슴?

오빠는 브래지어를 하고 있다.

"나는 리아야." 오빠가 시선을 바닥으로 떨어뜨리며 수줍게 미소 짓는다. "리아 마리라고 해."

"그으렇구나." 내가 느릿느릿 말한다.

그녀가 고개를 들고 덧붙인다. "난 여자야."

22

　내 방문이 활짝 열렸다. 알리와 내가 동시에 고개를 휙 돌려 방에서
나오는 루나를 보았다. "나 여기 있어." 그녀가 말했다.

　내게는 물론 충격적이지 않았다. 나는 루나를 위아래로 훑어보고 있
는 알리를 흘끔 살폈다. 알리는 무엇을 보았을까? 청바지에 벨루어 웃
옷을 입은 여자아이였다. 소녀의 볼은 발그레했다. 볼 화장 때문이기도
하고 민망함 때문이기도 했다. 하늘색 아이섀도, 옅은 분홍색 립글로스.
지나치게 화려하거나 괴상한 데는 없었다. 금발 가발을 알리의 취향에
맞춰 하나로 묶었다.

　"게임을 끝내자." 루나가 컴퓨터 쪽으로 걸어와 양탄자 위에 책상다리
로 앉으며 덧붙였다. "내가 널 완전히 뭉개고 있었지. 그래. 백만 점 대
십 점으로 말이야." 모니터가 삐삑 소리를 내며 살아났다.

알리가 일어나 방을 가로질러 가 바닥에 느릿느릿 앉았다. 조이스틱을 들어 올려 무릎 위에 놓았다.

루나가 말했다. "내가 여자라서 널 이기게 해줄 거라고 생각하면 큰 오산이야. 내가 바로 양성평등을 주장할 사람이거든."

"하, 하." 알리가 웃었다.

내 마음이 가벼워졌다. 알리는 받아들일 거야. 모두 다 괜찮아질……

"이런, 맙소사." 알리가 벌떡 일어났다. "엄마한테 집에 가는 길에 우유를 사 가겠다고 했어. 아마 날 기다리고 있을 거야." 알리가 바닥에 놓여 있던 책가방과 지갑을 잡아채고 계단을 뛰어 올라갔다.

루나가 뒤에서 소리쳤다. "나중에 이메일 보내줄래?" 전등이 깜박이고 문이 쾅 닫혔다.

루나는 내 시선을 피했다. 기묘한 웃음을 띤 채, 게임 캐릭터들을 조종하고 바주카포를 쏘았다. 알리의 비명 소리가 허공을 갈랐다. 한 번더, 한 번 더, 또 한 번 더.

내가 현관에 나갔을 때 알리는 차를 뒤로 빼 나가려던 참이었다. 기다려달라고 미친 듯이 손을 흔들었지만 알리의 시선은 백미러에 못 박혀있었다. "언니, 멈춰!" 내가 고함쳤다. 손으로 알리 차의 앞 유리를 두드렸다.

알리의 4러너가 급정지했다. 내가 창문을 내려달라고 손짓했다. 시간이 좀 걸렸다.

"언니, 그녀한테 이러지 마. 그녀에겐 언니가 필요해."

알리가 나를 응시했다. 나를 꿰뚫었다. "그녀한테 이러지 말라고?"

"언니, 받아들이기 힘든 줄 알아. 하지만 이상한 게 아니야, 그냥 다를 뿐이지. 익숙해질 거야."

"왜 말해주지 않았어?" 알리의 목소리에서 분노가 스며 나왔다. "난 우리가 친구라고 생각했어."

"친구야. 언니……."

알리의 매서운 눈초리가 나를 뼛속까지 찔렀다. 눈물이 났다.

알리가 가속페달을 밟자 차가 끽 소리를 내며 차도로 달려 나갔다. 남겨진 내게 먼지를 흩뿌리며 튕겨 나간 타이어에서 모래와 소금이 튀어 올랐다.

다음 날 학교에 갔을 때까지도 나는 내가 알리를 배신한 것인지 아닌지 고민하고 있었다. 내가 알리에게 말해줬어야 했을까? 내가 우리 우정을 배신한 걸까? 알리가 진실을 제대로 받아들이지 못하는 게 내 잘못일까? 거의 밤새도록 이 문제를 생각하며 괴로워했다. 알리가 그녀를 내팽개쳤을 때 루나의 얼굴에 서린 표정이란…….

오빠한테 경고했잖아? 알리가 감당하지 못할 거라고 말했다. 아직은. 결코.

알리가 도망치고 난 후 오빠는 자기 방에 틀어박혔다. 안에서 무얼 하는지는 알 수 없었다. 나라면 그 보물상자를 묻어버렸으리라. 나 자신을 묻어버렸으리라. 오빠는 울지 않았다. 우리 사이를 가르는 벽 너머에서는 아무 소리도 들리지 않았다. 상상할 수 있는 광경이란 그 황량한 매트리스 위에 웅크리고 누워 천장을 응시하며 자신이 사라져버리길 바라는 오빠의 모습뿐이었다.

어쩌면 내가 더 쉽게 해줄 수 있었을지도 몰랐다. 알리가 받을 충격을 덜어주거나 미리 마음의 준비를 시킬 수 있었을지도 몰랐다. 알리가 그 사실을 받아들일 수 있게 몇 가지 힌트를 줄 수도 있었다. 그러면 알리도 어쩌면…….

"어쩌면 뭘?" 나는 소리 내어 반문했다. "평생 사랑했던 남자가 실은 여자였다는 사실을 받아들여?" 그런 상황에 누가 대처할 수 있겠어?

대체 왜 알리는 직접 알아보지 못했던 걸까? 대체 왜 오빠는 알리가 친구 이상이라는 사실을 몰랐던 걸까? 친구 이상이 되고 싶어한다는 것을? 어쩌면 오빠는 알았는지도 모른다. 알았지만 어떻게 해야 하는지 몰랐을지도 모른다.

알리한테 말해. 그러면 되잖아. 나한테 떠넘기지 마. 늘 나한테 떠넘기지 말아줘.

또다시 학교. 학교와 집 중 어디가 더 싫은지 모르겠다. 이제 도망칠 곳이 없다. 직업도 친구도 없다. 사물함 문을 홱 열자 뭔가가 툭 떨어졌다. 집어 올려 보니, 내 이름이 쓰여 있는 카드 크기 봉투였다. 사물함 틈 사이로 누가 집어넣은 모양이었다.

알리? 마음이 죄어왔다. 혹시 저주카드면 어쩌지? 알리는 예전에 자기 지갑에서 돈을 훔쳤다며 그녀에게 따졌던 한 여자아이에게 저주카드를 보낸 적이 있었다. 물론 알리는 결코 도둑질을 하지 않았다. 알리는 그 애가 병적인 거짓말쟁이라고 했다. 알리는 날 그렇게 생각하고 있을까? 오빠와 나, 우리는 둘 다 거짓말쟁이였다.

감당할 수가 없었다. 오늘은 안 됐다. 그저 여기서 나가고 싶었다. 영원히. 카드를 맨 위에 놓인 화학 교과서에 끼워 넣고, 아침 수업 책과 공책을 그러모았다.

오늘의 실험 주제는 화학량론이었다. 멋지기도 해라. 제대로 발음하기조차 어려웠다. 설명을 읽었다. 한마디로 액체와 고체를 섞고 각 구성 성분의 비율을 측정하라는 얘기였다. 과제물에는 빅맥 하나에 든 각 성분의 비율을 알아내라는 문제가 쓰여 있었다. 아, 오빠. 이건 나중에 내가 고등학교 중퇴자로 취직하고 나서 해야 할 계산이었다.

공식을 끄집어낼 수가 없었다. 답답해서 미칠 것 같았다. 부르작은 날 골탕 먹이기 위해 일부러 이런 불가능한 문제를 만들어냈다. 브루작이 교실을 돌아다니며 학생들을 괴롭히는 사이, 나는 혹시 누가 보고 있지는 않은지 조심스레 살폈다. 보는 사람이 있을 리가. 가방에서 오빠의 화학량론 과제물을 빼내 내 공책에 끼워 넣었다. 내 인생을 망치고 있지만 않다면, 리엄은 세상에서 가장 멋진 오빠였다. 아니면 루나 언니거나. 어느 쪽이든.

공책을 펼쳐 오빠의 과제물을 훑어보고 도로 덮었다. 할 수가 없었다. 커닝은 할 수 없었다. 내가 하지 않은 숙제로 A를 받은들 어떻게 만족하겠는가.

스스로가 혐오스러웠다. 난 지나치게 정직했다.

수업이 오 분 남았을 때 브루작이 말했다. "시험지를 채점해보았다. 모르고 있기 괴롭다면 나가면서 자기 답안지를 가져가라. 아니면 내일 수업 시간에 풀이를 들어도 된다." 브루작이 일부러 나를 쳐다봤던가? 고개를 흔들었던가?

나를 포함한 교실의 마조히스트들이 앞으로 나왔다. 나는 복도에 나와서야 답안지를 들여다보았다. 브루작은 답안지 왼쪽, 모든 문제 번호 옆에 빨간색으로 '틀림. 틀림. 틀림'이라고 써놓았다. 맨 위에 적힌 점수를 보니 이십오 점이었다. 그 밑에는 이렇게 쓰여 있었다. "하다못해 오빠한테 도와달라고 하는 게 어떠냐?"

정직 따위 치워버려. 브루작 해답지를 보자.

받은 답안지를 화학 교과서에 쑤셔 넣는데, 알리가 보낸 카드가 바닥으로 팔랑 떨어졌다. 집어 올려 봉투를 살펴보았다. 앞에 쓰인 내 이름을 다시 읽었다. "레이-건." 처음에는 몰라봤다. 날 이렇게 부른 사람은 아빠뿐이었다. 아빠의 애칭이었다. 알리가 어떻게 알았지?

흥. 우린 사실상 같이 자랐다. 백만 번은 들었으리라. 그건 기억하면서 오빠의 브래지어 사건은 잊어버렸다고? 부인(否認)이란 심오하네.

알리가 날 어떻게 생각하는지 정말 알고 싶지 않았다.

그렇지만 알리는 날 어떻게 생각하지? 마조히즘은 부인보다 뿌리 깊다. 나는 봉투를 뜯고 카드를 꺼냈다. 우주에서 찍은 지구 사진이었다. 밑에는 "사랑이 세상을 움직여……"라고 쓰여 있었다.

카드를 펼쳤다. 글은 없고, 폐허가 된 지구 사진만 나왔다. 무슨 뜻이지? 서명도 없었다. 아니, 잠깐. 뒤에 긴 글이 쓰여 있었다.

"레이건에게. 나와 두 번 다시 말도 섞고 싶지 않은 줄은 알고 있어. 원망하지 않아. 난 바보 멍청이지. 내겐 너와 어울릴 자격이 없어……."

누가 썼지? 나는 맨 밑줄을 보았다. "크리스."

크리스? 크리스에게 나와 어울릴 자격이 없다고? 작고 읽기 어려운 필체였다. 마저 읽었다. "신경 쓰기도 싫을지 모르지만, 최소한 직접 만나서 사과하고 싶어. 6교시 전에 체육관에서 만나줄래? 여자애들은 이미 요리할 줄 아니까 가사 수업은 빠져도 괜찮을 거야."

코웃음이 나왔다.

"오지 않더라도 이해해. 가방은 그냥 브루작에게 맡길게."

가방! 내 가방을 가지러 돌아갔었단 말이야? 그 길을? 다정하기도 하지. 사려 깊고. 사과라니. 그가 사과하고 싶다고? 왜? 카드를 자세히 보았다. 다시 읽었다. 한 글자 한 글자를 빨아들였다. 크리스의 필체가 사랑스러웠다. 6교시 전.

6교시? 지금이잖아.

체육관은 이동식 칸막이로 반으로 나뉘어 있었다. 내가 들어간 쪽은 배구 그물로 다시 나뉘어 있었다. 크리스는 보이지 않았다. 놓친 것이다. 당황해서 가슴이 뛰었다. 그는 나를 포기했다. 반대편에 가보려고 몸을 돌리는데, 어떤 소리가 주의를 끌었다. 철컹 하는 소리. 나무 바닥을 쇠로 긁는 소리. 이…… 이 기계괴수가 내게 달려왔다. 완전무장 상태였다. 각반, 가슴받이, 깃털 달린 헬멧.

반짝이는 갑옷을 입은 나의 왕자님. 나는 생각했다. 어리석은 생각이었다. 갑옷은 반짝이지 않았다. 녹슬고 휘고 군데군데 솔기가 터져 있었다.

보안경을 들어 올리고 크리스가 반짝이는 눈으로 나를 보았다. "멋지지, 응?"

무슨 갑옷인지 퍼뜩 알아차렸다. 크리스는 나에게서 자신을 보호하고 있었다. 그래야 마땅했다. 나는 위험인물이었다. "더워 보이네."

"더워. 땀을 이 이상 흘렸다간 녹슬어서 고장 날 거야." 그가 헬멧을 벗고 머리모양을 가다듬었다. 우리는 잠시 입을 다물고 어색하게 서 있다가, 동시에 불쑥 말했다. "미안해."

크리스가 얼굴을 찡그렸다. "네가 왜 미안한데? 일을 망친 사람은 나잖아. 집에 너무 늦게 돌아간 바람에 이제 나하고 말하지 않을 거라고 생각했어. 많은 이유 중에 하나겠지만 말이야."

"나 때문에 네가 혼났잖아. 차 창문을 망가뜨리고 시디를 깨뜨리고, 속도위반 딱지까지 받았지." 그리고 네 기분을 상하게 했어. 나는 더 이상 말하지 않았다.

"레이건, 넌 아무 짓도 안 했어. 데이트를 하려고 몇 주 동안이나 별러왔던 완전 멋진 여자애하고 있게 됐지. 그런데 마침내 여자애가 좋다고 하고 나니 낡아빠진 차는 망가지고 형편없는 운전으로 머리를 박살낼 뻔했어. 돌대가리 데니는 너를 겁에 질리게 했고. 네 목숨을 걸고 미친 놈처럼 운전했어. 옷을 더럽혔어. 혼나게 했지. 바보야. 난 정말 멍청한 놈이야. 바보 멍청이야."

"아냐, 아냐. 내 잘못이야."

"아냐."

"그렇다니까."

우리는 서로를 빤히 쳐다보다가 웃음을 터뜨렸다.

그래, 우스웠다. 가학적인 재미가 있었다. 그래도 웃으니 기분이 좋았다. 돌이켜보니 그 모든 엽기적인 사건들이 전형적인 코미디처럼 느껴졌다. 로렐과 하디, 두 어릿광대.

웃음은 잦아들었지만, 서로를 향한 미소를 거둘 수가 없었다. 마음이 따스해졌다. "내 가방 갖고 왔어?" 내가 물었다.

"아, 그래. 여기." 그가 철컹대며 빙 돌았다. "이쪽입니다."

그를 따라 체육관 뒤로 들어갔다. "이 뒤쪽으로 연극 소도구실이 있는 거 알았어?" 크리스가 어깨 너머로 말했다. "좀 전에 널 기다리다가 발견했어."

그가 가슴받이를 위로 벗고 각반 뒤의 가죽 끈을 풀기 위해 몸을 수그리자, 실내가 눈에 들어왔다. 생각보다 컸다. 나는 소도구실을 알고 있었다. 작년에 연극부가 셰익스피어 축제를 기획했고 오빠와 알리, 나는 〈로미오와 줄리엣〉 표를 샀었다. 막간에 알리와 오빠가 먹을거리를 사러 간 사이, 복도를 통해 대기실로 가는 배우들을 따라가봤었다. 그들이 이 방으로 사라졌었다.

눈이 희미한 실내에 익숙해졌다. 의상, 머리장식, 모자, 가발, 거울을 죽 늘어놓은 긴 화장대가 있었다. "루나라면 여기서 죽어서 천국에 가겠네."

"응?" 크리스가 불쑥 다가왔다.

얼굴이 새빨개졌다. "아무것도 아냐." 레이건, 닥쳐.

"굉장하지?" 크리스가 선반에서 중산모를 꺼내 머리에 쓰고 거울을 보았다.

남자와 거울.

나는 손으로 옷자락을 쓸어보며 의상걸이를 따라 걸었다. 공단, 수단, 시폰. 우단 나이트가운에서 손이 멎었다. 모자가 달린 망토와 한 세트인 끈 없는 에메랄드그린색 가운이었다. 잠시 이 멋진 드레스를 입고 무도회에서 한밤중까지 춤추는 나를 그려보았다. 아니, 춤은 그만두자. 왕좌에 앉아 다른 사람들이 춤추는 모습을 바라보는 거야. 누군가 청하면 출지도 모르지. 아니면 비올레타 역을 맡아 무대에 올라 '나의 마음은 언제나 자유롭게'라고 노래할지도 모르고.

이런 내가 루나더러 드라마 퀸이라고 했나?

등 뒤에서 바스락거리는 소리에 놀라 우뚝 멈추어 섰다. "보지 마." 크리스가 간이 칸막이 너머에서 말했다. "우와, 이것 봐. 정말 나한테 딱이네."

마음속에서 따뜻한 웃음이 피어올라 나를 데웠다. 크리스와 있으면 정말 편안했다. 긴장이 풀리고 희망찬 기분까지 들었다. 어쩌면 이번에 는 어리석은 짓을 저지르지 않을 수도 있었다. 의상걸이 끝부분에 놓인 우산꽂이에 칼, 총, 투창 같은 무기가 들어 있었다. 물론 모두 장식품이 었다. 나는 기병대의 검을 칼집에서 뽑아 들었다. 우와, 무거웠다. 고무 장난감이 아니었다.

칼을 휘둘러 허공을 갈랐다. 휙. 다시 스윽. "앙 가르드." 앞으로 칼 을 찌르며 말했다. "막아봐." 빙 돌아 다시 허공을 갈랐다. 바로 그때 크 리스가 칸막이 밖으로 나오는 바람에 내 칼에 어깨를 세게 맞았다.

비틀비틀 뒷걸음질 치던 크리스가 의상걸이에 걸려 넘어졌다. 수많은 옷이 크리스 위로 우르르 쏟아졌다.

"맙소사." 나는 칼을 집어던졌다. "괜찮아?" 정신없이 옷 무더기를 파헤쳤다.

"비켜. 천천히. 옆으로." 그가 말했다.

순순히 지시를 따랐다. 양팔을 몸에 딱 붙이고 휘청거리며 물러났다. 결국 저질렀네, 레이건. 치명타야.

마치 만화의 한 장면처럼 의상걸이가 바로 섰다. 크리스의 얼굴이 우 단 가운과 짧은 푸들 스커트 사이로 나타났다. "이 연극으로 순회공연을 하자."

적어도 그는 웃고 있었다.

"짜잔." 그가 옷들을 헤치고 뛰어나왔다. "이거 어때? 어울려?"

심장이 멎는 듯했다.

어깨 길이의 금발 가발을 쓴 크리스가 엉덩이를 쑥 내밀었다. "가끔 은 날 보러 오는 게 어때용." 그가 엉덩이를 흔들었다. 플래퍼 드레스의 술이 흔들렸다.

어지러웠다. 속이 메슥거렸다. 여기서 나가야 했다.

"레이건, 잠깐만." 크리스가 도망치는 내 등 뒤에서 소리쳤다. "어디 가? 이번엔 내가 뭘 잘못한 거야?"

그 말에 나는 우뚝 섰다. 천천히 몸을 돌렸다. "아무것도 안 했어. 넌 아무 잘못도 없어. 내가 문제야. 나는……." 뭐라고 하지? 평행우주의 죄수라고 할까? 내 인생에 볼모로 잡혀 있다고 할까? 오빠는 내가 어디 를 가든, 어디로 돌아보든 있었다. 오빠는 살아 있는 악몽이었다. 깨어 날 수가 없었다.

크리스가 길게 한숨을 내쉬었다. "멍청한 질문 하나 할게. 너, 날 좋 아하긴 하니?"

널 좋아하냐고? 아니, 좋아하지 않아. 매일 매 순간마다 널 생각하지 않아. 내 손을 잡은 너의 손길이 어땠는지, 네 체취와 온기를 느끼고 네 가 숨 쉬는 공기를 함께 숨 쉴 만큼 가까이 있을 때 어떤 기분이었는지 결코 되새기지 않아. 나를 감싸 안은 네 품에서 느꼈던 안전함, 특별함, 나를 원하는 사람이 있다는 감각을 기억하지 않아.

크리스와 눈을 맞췄다. 그가 답을 찾아 내 얼굴을 살폈다. 답할 수 없었다. 감히 말할 수 없었다. 크리스가 말했다. "한 번이라도 네 머릿속에 들어가보고 싶어."

나는 짧게 웃었다. "보고 싶지 않을걸."

크리스가 웃었다. 나도 웃었다. 우리의 웃음소리에 기운이 났다. 이 가벼움, 이 해방감. 마치 오랫동안 어두웠던 창문을 파고드는 햇살 같았다.

크리스가 느슨하게 팔짱을 꼈다가 도로 풀고는, 불편해하며 치마를 내려다보았다. "다시 시작할 수 있을까? 다 없었던 일로 하고 그냥 첫날부터? 마치 우리가 처음으로 만나는 것처럼. 사람들로 북적대는 실내에서 서로를 발견하고……."

"화학 실험실."

"좋아." 그가 눈썹을 치켜떴다.

나는 왜 이런 말을 한담?

"우린 가슴 떨림을 느껴." 그가 말했다.

"화학적인 반응이지." 윽, 난 입을 다물어야 해.

"맞아." 크리스가 동의했다. "화학이야. 내가 '안녕'이라고 말해."

"너 키는 얼마야?" 내가 물었다. 맙소사. 이보다 아둔한 말이 있을까? "방금 건 잊어버려. 나도 '안녕'이라고 대답해."

"나하고 데이트하지 않을래? 안전한 곳으로 가겠다고 약속할게. 바보 같은 파티가 아니야. 제시간에 집으로 바래다줄게. 문 앞에서 문 앞까지 배달합니다, 완전 보증." 그가 말을 멈추고 기다렸다.

무엇을? 나에게 데이트를 신청한 걸까? 정말로? 게임은 끝났나? 우리 사이에는 분명 화학반응이 있었다. 우리 둘 다 느끼고 있었다. 더 왕성하게 일어날 것 같기도 했다. 그러길 바랐다. 지금까지 살면서 이토록 바라본 것이 없었다. 하지만 그럴 수 있을까? 그래야 할까?

"나는 이렇게 말해…… '좋아'." 절벽 위에서 끝없이 깊은 바다로 몸을 던지는 기분이었다. 미지, 탐험한 적 없는 곳에 대한 두려움이 밀려왔다. 초조하고 불안했다. 이번에도 망칠까봐 두려웠다.

수업을 알리는 종이 우리를 동화에서 깨어나게 했다. 쿵쿵대는 발소리가 체육관에 울렸다. 크리스가 새된 소리를 질렀다. "아뿔싸, 이 옷 벗어야지." 머리에서 가발을 벗겨냈다. "오 분 뒤부터 훈련시간이야." 그가 서둘러 칸막이 뒤로 들어갔다가 머리를 내밀었다. "금요일 괜찮아?"

"어, 어." 무엇을 하러? 무엇이든. "금요일 딱 좋아."

그가 옷을 갈아입으며 말했다. "전화할게."

나는 태연한 척 문으로 걸어가다가 달리기 시작했다. 온 힘을 다해 '그가 날 좋아한대! 크리스 가라초가 날 좋아해!'라고 외치고픈 충동이 더없이 강하게 일었다. 매점을 지나 달렸다. 세상은 흐릿하고 꿈같았다. 마법의 양탄자를 타고 날아갈 것 같았다. 그때, 남쪽 계단 옆으로 두 명의 형체가 보였다.

복도에 목소리가 울렸다. "변태 새끼."

나는 미끄러지며 멈춰 섰다. 아는 목소리였다. 호잇 두세.

"변태 호모자식."

돌아보니 호잇이 손을 뻗어 루나의 어깨를 때리고 있었다. 그가 루나를 난간으로 밀어붙였다.

루나?

루나가 여기서 뭘 하고 있지?

호잇이 날카롭게 소리쳤다. "지랄 맞은 변태 개새끼!" 목소리가 컸다. 계단을 내려오던 여학생 몇 명이 쳐다보았다. 호잇이 루나의 어깨를 찔러대며 고함쳤다. "변태! 넌 변태야. 그럴 줄 알았지."

루나가 차분히 말했다. "야. 그만둬."

"그만두라고? 뭘 그만둬? 이걸?" 호잇이 손을 뻗어 루나의 가발을 벗겼다. 실핀에 딸려 오빠의 머리카락이 뭉텅이로 빠졌다.

계단에 서 있던 여자아이들이 서로 눈짓하며 낄낄 웃더니 종종걸음 쳐 사라졌다. 그들의 웃음소리가 내 귓전을 울렸다.

교실에서 빠져나온 학생들로 복도가 붐비기 시작했다. 호잇과 루나 사이로 사람들이 밀려들었다. 학생들 머리 위로 루나와 눈이 마주쳤다. 루나가 무언가 말하려고 입을 열었다.

"레이건, 잠깐, 가방을 잊고 갔어."

휙 돌아보았다. 크리스가 나를 보고 웃으며 다가오다가 사람들로 붐비는 계단으로 시선을 옮겼다. 그가 입을 떡 벌렸다.

"고마워." 크리스가 옷 밑으로 숨기고 있던 가방을 내가 낚아챘다. 여자가방을 든 모습을 보이고 싶진 않을 테니 당연했다. "나도 너한테 줄게 있어." 크리스의 팔을 잡고 그의 몸을 빙 돌렸다. 눈을 가늘게 뜨고 재빨리 주위를 살폈다. 표지판을 발견했다. '출구.' "나가자." 크리스의 스웨터를 찢을 듯 잡아당겼다.

우리 뒤로 문이 쾅 닫혔다. 나는 배 속에서 올라오는 욕지기를 가라앉히려 벽에 몸을 기대고 숨을 골랐다.

크리스의 숨도 거칠었다. 복도 끝에서 끝까지 전력질주를 했으니 당연했다. 충분히 멀지 않았다. 결코 충분히 멀지 않았다. 내가 가방을 열고 두툼한 서류철을 꺼내 그에게 건넸다. "자, 내년에 써도 돼." 나는 벽에서 몸을 떼고 반대 방향으로 걸어갔다.

"잠깐만, 레이건. 가방 안에 깜짝선물을 넣어뒀다고 말하는 걸 잊었어."

여기서 나가야 했다. 학교로부터, 크리스로부터, 루나로부터 최대한 멀어져야 했다…….

크리스가 루나를 보고 말했다.

"언제가 전화 받기 좋아?" 크리스의 목소리가 윙윙대는 귓전과 울렁거리는 배 속을 뚫고 들어왔다.

없어. 좋은 시간이란 결코 없어.

23

"어떻게 이럴 수가 있어?" 나는 울부짖었다. "어떻게 나한테 이럴 수가 있어?"

내 흐느낌이 온 방에, 귓전에 메아리쳤다. 어떻게 오빠가 내게 이럴 수가 있어? 어떻게 루나가 학교에 나타날 수가 있어? 사람들은 우리가 가족인 걸 알고 있었다. 크리스도 알고 있었다. 오빠와 나는 이제 결코 떨어질 수 없었다. 나와 루나. 사람들은 늘 나를 트랜스젠더 오빠를 둔 아이, 레이건으로 볼 것이다. 결코 오빠와 따로 떼어 생각할 수 없을 것이다. 결코 나만의 정체성을 가질 수 없으리라.

더 심각한 건, 사람들은 나도 오빠 같다고 생각할 것이다. 그녀 같다고. 다르다고. 나는 다르고 싶지 않았다. 똑같고 싶었다. 나는 나인 채로 받아들여지고, 사랑받고, 호감을 얻고 싶었다.

내가 누구지? 난 그것조차도 알지 못했다.

나는 나 자신보다 루나를 더 잘 알았다. 난 루나가 무엇을 원하는지 알았다. 수용, 사랑. 나와 꼭 같았다.

하지만 루나도 이 전환이 루나에게만 영향을 끼치는 일이 아니라는 사실을 알 터였다. 그녀의 삶에 관계된 모든 사람들에게 영향을 미쳤다. 나에게. 사람들이 루나를 빤히 쳐다보고 손가락질하고 비웃으면 마음이 아팠다. 사람들이 나를 보고 비웃는다면? 농담을 한다면? 루나는 사람들의 농담의 표적이 될 터였다. 내가 표적이 될 터였다. 크리스가 나를 비웃으면 어떻게 하지? 이제부터 크리스가 나를 다른 눈으로 본다면 어쩌지?

견딜 수 없으리라. 나는 오빠가 부끄러웠다. 오빠는 나를 모욕했다. 나를 저버렸다. 어떻게 이럴 수가 있어?

오빠는 나를 배신했다.

머릿속에서 목소리가 들려왔다. "정말? 누가 누굴 배신했는데?"

닥쳐. 그게 무슨 말이야? 늘 자신만 생각하는 사람은 바로 오빠라고. 그녀 자신만.

그 목소리가 물었다. "오빠의 전환이 너와 무슨 상관인데?"

모든 면에서 상관이 있었다. 창피했다. 오빠는 나를 부끄럽게 했다. 루나는 나를 부끄럽게 했다.

목소리가 다시 말했다. "창피하다고. 우와, 루나가 목숨을 걸고 세상 밖으로 나오는데, 넌 창피해? 위험에 처한 루나를 내버려두고 온 사람은 너잖아. 네가 그녀를 호잇과 둘만 남겨뒀어."

나는 전신거울 앞에 서서 거울에 비친 나를 찬찬히 살폈다. 나의 키,

나의 너비, 나의 깊이. 그 결여를. 나는 얼마나 얄팍한 사람이람? 창피해? 난 지저분한 호잇 두세의 손에 루나를 버려두었다. 위험에 내버려두었다. 어떻게 내 친오빠에게, 친언니에게 그럴 수가 있지? 나를 가장 필요로 한 순간에 나는 그녀를 버렸다.

눈앞이 깜깜해졌다. "배신자." 나는 소리 내어 말했다. "위선자." 갑자기 무릎에서 힘이 빠졌다. 나는 바닥으로 무너져 내렸다. "겁쟁이."

내가 배신자였다. 내가 겁쟁이였다. 도움이 필요한 루나를 버렸다. 알리가 그랬듯이 그녀를 배신했다. 루나는 나를 믿었다. 나라는 사람을 믿었다. 루나는 목숨을 걸고 내게 의지했다.

대체 어떤 사람이 다른 사람을 그렇게 믿을 수 있을까? 사랑하는 사람? 난 어떤 동생이었지? 친구? 인간? 나는 루나에게 약속했었다. 나 자신에게 약속했었다. 언제나 루나를 안전하게 지키겠다고. 그래 놓고, 루나가 가장 약한 순간에 그녀를 저버렸다.

나 스스로를 저버렸다.

난 얼마나 하잘것없는 인간인가. 부끄러웠다. 나는 약했다. 두려움에 굴복해버렸다. 사람들의 평판이 오빠를 위험에서 지키는 것보다 더 중요했다. 무슨 평판? 어차피 나한텐 평판이랄 것도 없었다.

무서웠다. 이 과정 전부가. 루나가 사람들 앞에 나설 때마다 사람들이 무슨 말을 하고 어떻게 대할지 생각하면 겁이 났다. 호잇. 그와 같은 다른 사람들. 만약 폭력이 나에게까지 미친다면 어떻게 하지? 완고함, 편견, 증오. 감당할 자신이 없었다. 누가 감당할 수 있겠어? 내게는 그럴 만한 힘도, 강한 의지도 없었다.

"아냐." 그 목소리가 부인했다. 목소리가 커졌다. "아냐! 네 두려움은 정당해. 누구든지 두려울 거야. 넌 사람이야. 인간이라고. 그래, 자기부터 먼저 생각했어. 달아났지. 만약 이번에 루나를 도와준다면 평생 그래야 할 거야. 아무것도 바뀌지 않겠지."

사실이었다. 내가 늘 루나를 구해준다면 아무것도 달라지지 않을 터였다. 무언가는 달라져야만 했다. 우리는 이런 식으로 계속 갈 수 없었다. 우리는 서로를 상처 입히고 있었다.

마지막으로 보았던 루나의 얼굴이 마음속에 또다시 선명히 떠올랐다. 도와줘, 레. 루나는 눈빛으로 애원했다.

싫어, 못해. 내가 답했다.

그리고 내가 그녀 곁에 있어주지 않으리란 사실을 깨달은 바로 그 순간, 루나는 나를 들여다보고 진실을 알았다. 내가 얼마나 겁쟁이인지 알았다.

루나는 그녀가 이 세상에서 정말 외톨이라는 사실을 알았다. 알고 말았다.

눈물이 천천히 차올랐다가 두 눈에서 폭포수처럼 쏟아져내렸다. 이 눈물은 결코 멈추지 않으리라. 영원히.

나는 루나를 위해 울었다.

나를 위해 울었다.

루나를 그대로 두지 않는 세상을 위해 울었다.

침대로 가서 눈을 감고 잠든 기억은 없었다. 하지만 정신을 차려보니 루나가 내 침대 위에서 방방 뛰고 있었다. 날 깔아버려. 그리고 산산조각 난 뼈를 묻어줘. 아무도 결코 찾아오지 않을, 아무 표시도 없을 내 무덤에.

루나의 머리카락이 내 얼굴을 덮었다. "고마워." 그녀가 내 귓가에 속삭였다.

잔인했다. 나는 소리 내어 훌쩍였다.

"무슨 일이야?" 루나가 내 시신을 넘어 침대에서 미끄러져 내려갔다. 침대 옆에 무릎을 꿇고 앉아 같은 높이에서 내 얼굴을 보았다. "레?" 그녀가 조용히 불렀다.

"미안해." 내 목소리는 거칠었다. 그 말밖에 할 수 없었다. 미안해. 내 기분만큼이나 공허하게 들렸다. 너무나 혼란스러웠다. 감정을 추스를 수가 없었다. 오빠를 사랑했지만 전환이 싫었다.

"넌 해야 할 일을 했어."

아냐, 해야 할 일이 아니었어. 내 선택이었어. "거기 호잇과 단둘이 내버려둘 생각은 아니었어. 일부러 그런 게 아냐."

"알아. 그런 처지에 놓이게 해서 미안해. 네가 수업 끝나고 학교에 있을 줄은 생각을 못했어. 내가 생각이 없었어. 이기적인 행동이었지. 네게 지나치게 기대하면서……."

"아냐."

"맞아." 루나가 내 팔을 쥐며 거듭 말했다. "맞아, 레. 난 늘 여기에서 네 어깨에 기대 울고 네게 조언을 구하지. 네게 불공평한 일이야. 오랫동안 공정치 못했어." 루나가 웅크리고 앉았다. "난 너무 이기적이고 내 생각에만 빠져 있었어. 네 기분을 배려하지 않았어. 네게 너무 많이 기댔던 거야. 너무 많이 의지했어."

그렇지 않아. 반박하고 싶었다. 난 동생이야. 나한테는 의지해도 괜찮아. 의지해야 해. 하지만 말이 나오지 않았다. 입 밖으로 밀어낼 수가 없었다. "왜 학교에서 그렇게 입었어? 왜 그래야 했는데?"

그녀가 시선을 떨어뜨렸다. "네 말대로야. 그래야 했어. 나 자신을 시험해야 했어. 내가 이걸 견뎌낼 수 있을지 말이야. 내게 그만한 자신감이 있는지, 매일 그렇게 할 만한 의지가 있는지 알아야만 했어."

매일 그러겠다고? 내 삶이란 결코 주어지지 않으리라. 루나는 이해하지 못했다. 내 기분은 그녀에게 아무 의미도 없었다.

루나가 손을 뻗어 헝클어진 내 머리카락을 얼굴에서 걷어냈다. 그녀의 손길에 움찔하자 루나가 조용히 말했다. "네게 상처를 입혔다면 미안해. 크리스 앞에서 창피하게 해서 미안해. 그렇지만 난 해야 할 일을 했을 뿐이야. 이건 내게 죽느냐 사느냐의 문제야, 레. 전환하지 않는다면 난 살고 싶지 않아."

내 얼굴에서 핏기가 사라졌다. 어떻게 그런 말을 해? 진심일 리가 없었다.

우리의 시선이 부딪혔다. 그 순간, 우리 사이로 이해의 강이 흘렀다. 완전한 이해.

죽느냐 사느냐.

이해했다. 나는 마침내 이해했다. 내가 변화해야 했다. 루나를 받아들이고, 그녀의 전환을 지지하고, 루나를 진짜 인간으로 보아야 했다.

"호잇 때문에 다쳤어?"

루나가 짜증스러운 한숨을 내쉬었다. "개자식. 아니, 살아남았어." 그녀가 내 팔을 꽉 쥐었다. "레, 내가 하고 싶은 말이 바로 이거야. 난 살아남았어. 난 살았어. 난 오늘 스스로를 증명했어. 난 살고 싶어. 살 수 있어. 네 덕분이야. 네가 날 두 발로 설 수 있게 해줬어. 내 등을 밀어줬어. 혼자 마주하게 했어. 결국 나는 그래야 해."

다시 눈물이 차올랐다. 루나가 혼자서 이 일을 해야 한다는 사실이 싫었다. 루나의 몸부림, 루나의 투쟁. 그녀 자신과 나, 그리고 세상 모든 사람과 치러야 할 전쟁이 증오스러웠다. 이건 단지 시작일 뿐이었다.

루나가 일어서서 내 방을 가로질러 전신거울 앞에 섰다. 입고 있던 실크스크린 티를 머리 위로 벗고, 브래지어 끈 아래 왼쪽 어깨를 살폈다. "이런, 멋지네. 흉한 멍이 들겠어. 파운데이션으로 가려질까?" 루나가 몸을 틀어 내게 어깨를 보였다.

주먹만 한 큼직한 상처였다. 호잇이 루나의 몸에 자국을 남겼다. 여자애를 때리며 퍽이나 자랑스러웠겠지. 루나는 이 전환에서 살아남아야 할지도 모르지만, 세상에 혼자는 아니었다. 나는 이불을 걷어 던지고 말했다. "가서 화장품 들고 와. 네 물건 모두 도로 가져와. 아무도 눈치 채지 못하게 완벽하게 가려보자."

약찬장 거울 한가운데에 금이 가 있었다. 전체를 제대로 보며 머리를 땋으려 고개를 이리저리 돌려야 했다. 예전보다 머리가 짧아졌고, 몇 년 동안 머리를 땋지 않아서 어떻게 하는지 잊어버렸다.

오빠가 내 손을 잡았다. "내가 할게."

나는 헝클어진 뭉텅이를 오빠에게 넘겼다.

오빠가 거울에 비친 내게 미소 지었다. 오빠의 얼굴이 반으로 갈라져 한쪽이 더 높게 보였다. 오빠가 문간에 던져놓은 커다란 가방이 보였다. 당혹감이 밀려왔다.

오빠가 내 마음을 읽은 양 말했다. "다시 그런 일을 겪게 하지 않을 거야. 앞으로 학교에서는 여자 옷을 입지 않을게. 내가 할 수 있다는 사실을 안 것만으로 충분해. 매일 얻어맞아 시퍼렇게 멍들고 싶어 안달 난 건 아니거든. 원한다면 학교까지 태워줄게."

온몸으로 안도감이 퍼졌다. 나는 안도하고 싶지 않았다. 나는 루나가 그녀답게 있길 바랐다. 내가 응원하고 있다는 걸 루나가 알길 바랐다. 내가 이렇게 내 사정만 신경 쓰지 않길 바랐다.

오빠가 땋은 머리끝을 묶으며 덧붙였다. "나한테 줄 생일선물을 사러 쇼핑몰에 갈 거야. 뭐 사다 줄까? 어, 신발 한 짝 찾았네."

내가 오빠의 시선을 따라 발을 내려다보았다. "응." 절로 웃음이 나왔다. "크리스가 찾았어." 크리스가 신발을 씻어서 가방 구석에 숨겨놓았다. 신발 안에는 〈반짝반짝 작은 별〉이 나오는 작은 오르골도 있었다. 사랑스럽기도 하지.

오빠가 눈썹을 추켜세웠다. "결혼행진곡이 들리는 것 같은데?"

"닥쳐." 난 오빠를 욕실 밖으로 밀어내고 히죽거리는 얼굴 앞에서 문을 닫았다.

점심을 먹으려고 매점에 가고 있는데, 알리슨이 옆에서 불쑥 나타났다. "오늘 리엄에게 이거 좀 전해줄래?" 그녀가 나에게 선물을 건넸다. "아니면 루나한테든, 오늘 걔가 누구든 말이야."

알리는 어제 일을 들었을까? 그런 소문은 이메일 바이러스처럼 퍼지게 마련이다. 벼락을 기다렸으나 지금까지는 아무 일도 일어나지 않았다. 사람들이 나를 피하고 있대도 알아채기 힘들었다.

선물은 러그래츠 생일 포장지에 싸여 있었다. 고개를 들어 알리를 바라봤다. 그다지 좋아 보이지 않았다. 눈이 시뻘겋게 충혈돼 있었다.

"남자 향수야." 알리가 딱딱하게 말했다. "알았더라면 여자 향수를 샀을 거라고 전해줘. 교환 가능해." 알리가 선물 위에 영수증을 탁 내려놓고 돌아섰다.

"언니."

알리가 속도를 높였다. 홀 한가운데 이르러서야 그녀를 따라잡았다. 내가 알리의 팔을 붙잡았다. "한 가지만 말할게."

알리가 돌아서서 쏘아보았다. 수명이 줄어들 것 같았다. 치어리더 팀 전원이 나타나 웃고 떠들며 지나갔다. 우리는 그들이 사라질 때까지 기다렸다. 내가 목소리를 낮추고 말했다. "오빠는 언니가 지금까지 알아온 사람 그대로야. 그냥 여자로 살면 더 행복할 뿐이야."

알리가 어이없다는 듯 입을 벌렸다가 꽉 다물었다. 하늘을 향해 고개를 저으며 말했다. "하지만 내가 그대로가 아냐. 그럼 난 어떻게 되지? 레즈비언? 그렇다고 내가 레즈비언인 건 아니잖아?" 알리가 내 손을 뿌리치고 종종걸음으로 멀어졌다.

내가 알리의 등에 대고 소리쳤다. "오빨 정말 사랑한다면 상관없을걸."

알리가 고개를 푹 숙이고 가장 가까운 화장실로 들어가버렸다. 레이건, 그 말은 잔인했어. 난 스스로를 꾸짖었다. 너라면 어떤 기분이겠어? 고결하시기도 해라.

알리를 따라가고 싶었지만 달리 뭐라고 말해야 할지 몰랐다. 게다가 알리가 우는 모습은 도저히 볼 수가 없었다.

손에 들린 상자에 눈길이 갔다. 영수증. 우와, 알리는 오빠 생일선물에 65달러를 썼다. 맙소사. 오빠가 지금까지 선물로 받았던 남자 향수가 모조리 변기에 쓸려 내려갔다는 사실은, 알리에게 결코 말해서는 안 될 또 다른 비밀이었다.

65달러. 오빠 생일이 토요일인데 나는 아무것도 사 놓지 않았다.

흠. 이 향수를 루나가 좋아하는 패션(passion)으로 교환할 수도 있었다. 오빠에게 알리의 선물이라고, 알리가 받아들이기 시작했다고 말해도 되겠지.

아니, 그랬다가 진실을 알면 오빠는 더 고통스러울 거다. 이제 오빠에게는 더 이상의 고통도 거짓말도 필요 없었다. 루나의 보물상자에 이미 향수가 3갤런쯤 숨겨져 있지만, 오빠에게 이 선물을 전해주리라.

그날 밤에 크리스가 전화했다. 놀랍게도 하루 종일 나를 찾아다녔다고 했다. 수업 전후에 사물함 앞에서 기다렸는데 내가 오지 않았다고 했다. 전율이 일었다. 크리스가 정말로 나를 기다렸다.

"날 피하는 거니? 또?"

"아냐, 절대 아냐." 피했던가? 어쩌면. 아마도. 그랬다. 크리스는 루나를 보았다. 어떻게 반응할까? 이제 나를 다른 시선으로 볼 터였다. 오빠를 변태라고 생각할 것이다.

"결석했어? 아픈 건 아니지?" 걱정스러운 목소리였다.

나를 걱정했다. "아냐." 웃음이 나왔다. "아침에 사물함에 들르지 않았어. 수업 끝나고도 그렇고." 무언가를 발견할까 두려워 하루 종일 사물함에 가지 않았다. 쪽지. 불량배 무리. 호잇의 복사판들. "오빠 생일선물을 사려고 수업이 끝나자마자 나왔거든."

크리스가 아무런 대꾸도 하지 않았다.

크리스가 물어볼까? 오빠에 대해 농담을 할까? 아무 말이 없었다. 전화가 끊어졌나? "여보세요?"

"그래서, 음." 크리스가 목을 가다듬었다. "화학 해답지는 어디서 났어?"

내가 참고 있던 숨을 내쉬었다. "묻지 마."

"갖고 싶지 않아? 아니면 벌써 복사해뒀어?"

"아니, 난 내가 망해서 브루작이 날뛰어도 상관없다고 마음먹었어. 그냥 내년에 화학을 재수강할래. 아니면 다른 과목을 듣거나. 유전학이라든가. 여자애들은 재생산에 능하다고 들었거든."

크리스가 웃음을 터뜨렸다. 진짜 웃음이었다. 나도 웃음이 터졌다. 긴장이 풀렸다. "금요일 밤에 문제가 좀 생겼어."

심장이 멈췄다. 이럴 줄 알았다. 끝난 것이다. 크리스는 감당하지 못했던 것이다.

"엄마가 결혼 전에 함께 식사하자고 그날 나하고 누나더러 오래."

좋은 핑계였다. 크리스가 언제부터 핑계거리를 궁리했을지 궁금했다. "레이건?"

"으응, 괜찮아." 나는 얼른 대답했다. 소멸. 전화를 끊어. 내파해야 해.

"그러니 토요일로 바꿔도 될까? 갑작스러운 얘기라서 다른 계획이 있을지도 모르지만……."

눈앞이 빙빙 돌았다. 계획? 무슨 계획? "문제없어."

"그래? 좋아, 잘됐다." 기뻐하는, 안도하는 목소리였다. 그래도 나만큼은 아니리라.

"몇 시에 데리러 갈까? 영화를 보면 괜찮겠다고 생각했어. 식사를 먼저 해도 좋고."

식사? 포크와 나이프를 들고? "날 칼 근처에 두고 싶지 않을걸."

"그 정도 위험은 감수해야지." 크리스가 웃음기 어린 목소리로 말했다. "난 네가 무섭지 않아. 기억하라고, 나한텐 갑옷이 있잖아."

"쳇, 그 갑옷이 퍽이나 도움 되더라. 무서워하는 게 좋을걸." 내가 경고했다. "아주 무서워하라고."

크리스가 또 웃었다. 나도 웃었다. 거의 두 시간이 그렇게 흘렀다. 시시한 이야기들. 농담. 웃음. 크리스는 오빠 이야기를 꺼내지 않았다. 나역시 하지 않았다. 그 화제는 한 번도 나오지 않았다. 적절한 타이밍이 없었다.

과연 적절한 타이밍이 있을까?

그 질문의 답은 쉬웠다. 나는 그저 가능한 한 오랫동안 전혀 상관없는 일인 척하고 싶었다. 그랬던 것 같다.

24

토요일 아침 내 방에서 고개를 내밀었을 때, 오빠는 아직 샤워 중이었다. 좋았어. 나는 오빠 방으로 몰래 들어가 침대 위에 생일선물을 놓았다.

　아니다. 선물 둘 곳을 다시 생각했다. 상자가 너무 작아서 오빠가 보지 못하고 위에 앉을지도 몰랐다. 나는 오빠의 보물상자 위에 '루나-틱'에게 쓴 카드와 함께 선물을 놓았다. 이걸 못 볼 리는 없겠지.

　위층에 올라가보니 엄마는 청색경보 비상사태였다.

　"이중예약이라니 무슨 소리야? 그런 짓은 안 되지!" 엄마가 휴대폰에 대고 새된 고함을 질렀다. 귀가 얼얼했다. 아빠마저 신문을 내려놓고 얼굴을 찌푸렸다. "뭐, 선착순이잖아. 뭐야?" 엄마가 가슴을 들썩이며 상대의 말을 들었다. "젠장, 앤디! 지금 이 주 뒤에 있을 결혼피로연 자리를 어떻게 찾아?"

맙소사. 바륨 한 알 더 드세요.

카운터 위에 크리스피 크림 도넛 상자가 열린 채 놓여 있었다. 하나를 집어 먹었다. 엄마가 케이크를 굽지 않은 이래로 오늘가의 전통적인 생일 아침이었다.

"누가 우리 요리 때문에 식중독이 걸렸대?" 엄마가 헐떡거렸다. "아이고, 맙소사아."

식중독? 나는 도넛을 상자 안으로 도로 떨어뜨렸다. 어쨌든 속이 거북했다. 크리스와 만날 때까지 여덟 시간이 남았다. 뭘 입지? 벌써 옷장을 두 번이나 샅샅이 뒤지고, 옷이란 옷은 모두 바닥에 세 번이나 펼쳤다. 그런데도 '멋진 데이트'라고 외치는 옷이 한 벌도 없었다. 루나의 전문성이 필요했다.

엄마는 지하실 문이 열리고 오빠가 나타날 때까지도 보건국의 단속에 걸린 요리 담당자에 대해 열을 내고 있었다. 오빠라기보다는…… 언니.

"안녕." 루나가 부엌으로 걸어 들어왔다. 아빠는 루나에게 등을 돌리고 있었지만, 엄마는 그녀의 모습에 시선을 못 박았다. 엄마가 목소리를 높였다. "앤디, 빈즈 앤 프랭크를 내놓을 순 없어!" 엄마가 의자를 돌려 우리를 등졌다.

루나가 레몬 도넛을 골라 식탁으로 가져왔다. 새 옷이었다. 짧은 청치마와 노란색 스웨터로 짝을 맞추고 갈색 곱슬머리 가발을 골랐다. 루나는 자리에 미끄러지듯 앉으며 작게 노래하기 시작했다. "나의 생일을 축하합니다."

초현실적이었다. 나는 루나를 위해 당혹감을 억지로 삼켰다. 물론 전환의 다음 단계는 이것일 터였다. 언젠가는 해야 할 일이었다. 그렇지만……

루나가 나와 눈을 맞추고 윙크를 했다. 그녀의 얼굴에는 온갖 감정이 뒤섞여 있었다. 강인함, 저항, 두려움. 아니, 공포.

"루나, 생일 축하해." 내가 오렌지 주스를 들어 건배했다.

"고마워." 루나가 우유 잔을 들어 내 컵에 부딪히며 대답했다.

바로 그때 아빠가 알아보았다. 아빠가 돌아보더니 흥분해서 목소리를 높였다. "대체 무슨……"

"앨런 로젠버그에게 연락해서 우리 쪽에 문제가 생겼다고 해. 상황을 설명해. 아니, 내가 직접 하는 게 낫겠다. 당신은 우리가 한 번이라도 이용한 적이 있는 호텔, 강당, 부동산에 모두 전화해서 가능한 장소가 있는지 알아봐. 다시 전화 줘." 엄마가 종료 버튼을 눌렀다. 흠 소리를 내고 우리 쪽을 돌아보았다. 엄마의 시선이 루나를 향했다가 통과해버렸다. 무언가, 무엇이든 다른 생각을 하면서 실제로는 주목하고 있지 않은 대상에 시선을 두고 있을 때처럼 말이다. 루나가 엄마에게 미소 지었다. 엄마가 보일 듯 말 듯 고개를 흔들었다. 시선을 내려 식탁에 놓인 일정수첩을 팔락 넘겼다.

아빠가 말했다. "이게 대체 뭐니? 무슨 졸업이벤트 같은 거야? 네가 이번 주 공연 담당이냐?"

루나가 입술을 축였다. 그녀는 크렌베리 색 립스틱을 바르고 있었다. 루나가 무릎 위로 양손을 꼭 맞잡고 말했다. "아빠, 전 성전환자예요."

숨이 턱 막혔다. 나는 루나에게서 성전환자(Transsexual)라는 말을 들은 적이 없었다. 늘 트랜스젠더라고 했다. TG나 트랜스. 성전환자라니. 그건 다른 수준이었다. 더 노골적인 선언이었다.

"이름을 루나로 바꾸고 싶어요. 찬성해주시면 좋겠어요. 엄마도요."
루나가 탁자 맞은편 끝에 앉은 사람에게 말했다. 엄마는 대체 왜 저래?
아빠에게 돌아가서. "제가 진실로 어떤 사람인지를 표현하기 위해 스스
로 선택한 이름이에요."

엄마의 대답은 혼잣말이었다. "식중독? 그게 내 책임이야?" 아빠는
고개를 뒤로 젖히고 웃음을 터뜨렸다.

루나가 나를 보았고, 내 눈 속에서 죽었다.

아빠가 숨을 고르며 말했다. "굉장하네." 손을 뻗어 루나의 등을 두드
렸다. "이번 농담은 내가 사마."

"아니에요." 루나의 시선이 아빠를 뚫어질 듯 바라보았다. "전 이런
사람이에요. 사실 전 항상 이런 사람이었어요."

정적. 실내의 분위기가 바뀌었다. 아빠의 표정이 가라앉더니 차갑게
굳었다. 엄마가 일정수첩을 한 장 넘겼다.

아빠가 내 쪽으로 고개를 홱 돌렸다. "내게 거짓말했군! 오빠가 게이
가 아니라고 했잖아." 손가락질하며 나를 추궁했다. "직설적으로 물어
봤는데 거짓말을 했어."

"왜 늘 제게 뭐라고 하죠? 처음에는 알리, 이제는 아빠……."

"알리가 뭐라고 했는데?" 루나가 기대에 찬 얼굴로 내 말을 잘랐다.

내가 움찔했다. "아무 말 없었어. 잊어버려."

루나가 눈을 몇 번 깜박이더니 한숨을 내쉬었다. "이 문제에서 레는
빼세요. 레와는 아무 상관없어요." 한 손으로 가슴팍을 누르며 덧붙였
다. "이건 제 일이에요, 아빠. 저요."

아빠의 얼굴에 나타난 표정이란…… 뭐랄까, 부인? 혐오? "네.

가. 뭔. 데." 아빠의 목소리가 섬뜩해 몸이 움츠러들었다.

루나가 침을 삼켰다. "말했듯이, 성전환자예요. 부담스러우면 TS라고 하시든가요. 전 여자여야 했고, 여자이지만 몸을 잘못 타고났어요. 선천기형이라고 생각하세요."

"선천, 뭐?" 아빠가 고함쳤다.

"아니에요." 루나는 중얼거리더니 도넛을 들어 입으로 가져갔다. 도넛을 든 손이 떨렸다. 루나는 도넛을 씹고 또 씹었다. 윗입술에 작은 레몬색 크림 방울이 맺혔다.

아빠가 변형했다. 무엇으로 변했는지는 모르겠다. 아빠의 얼굴과 몸이 부풀며 일그러지는 것 같았다. 엄마의 휴대폰이 울렸다. 엄마가 휴대폰을 낚아챘다. "아니, 앤디. 거긴 안 돼. 번햄-그랜트에는 휠체어가 못들어가." 엄마가 일어서서 침실로 걸어갔다.

진짜로 그냥 나가버렸다. 눈이 멀었나? 귀가 먹었나?

"엄마!" 내가 소리쳤다.

"냅킨 좀 건네줘." 루나가 내게 말했다.

냅킨 통을 들어 건너편에 앉은 루나에게 주었다. 루나가 억지로 옅게 미소 지었다. "고마워."

아빠가 으르렁대는 개처럼 이를 드러내고 말했다. "넌 병들었어." 씩씩대며 오빠를 비난했다. "병들었어."

루나가 도넛을 내려놓고 손을 닦은 다음, 의자를 뒤로 밀고 일어나 침착하게 대답했다. "이제 나가야겠어요. 네일숍에 예약했거든요."

내가 얼른 거들었다. "같이 갈까?"

루나가 나와 눈을 맞췄다. 답은 '같이 가고 싶어'였다.

일어나려고 식탁을 짚는데 아빠가 큰 소리로 꾸짖었다. "어디 갈 생각이냐? 앉아!" 벌떡 일어난 아빠가 지갑에서 차 열쇠를 꺼내며 현관으로 걸어가는 루나를 맹렬히 지나쳐 현관문을 꽉 막아섰다. "그렇게 입고는 못 나간다. 마치…… 광대 같아. 내려가서 갈아입어라."

루나가 발끈했다. "싫어요. 이게 저예요. 제가 선택한 제 진짜 모습이에요."

"내 집에서는 안 된다. 절대 안 돼." 아빠가 주먹 쥔 팔을 들어 올렸다.

놀란 내가 의자를 넘어뜨리며 일어섰다. 그들 사이에 끼어들려고 달려 나갔다. 비명을 질렀다. "안 돼요, 아빠. 안 돼요! 멈추세요!"

아빠가 왼손을 펴서 나를 막았다. 몸에 닿지 않았는데도 그 힘이 벽돌처럼 내 가슴을 쳤다. 숨을 쉬기가 힘들었다. "레이건, 가만히 있어라. 이건 리엄과 내 문제다."

"루나예요."

아빠의 주먹에 힘이 들어갔다. 손마디가 허옇게 질렸다. 들어 올린 팔이 부들부들 떨렸다.

움직일 수가 없었다. 목소리가 나오지 않았다. 나는 시공간 안에 얼어붙은 채 서 있었다. 나는 의도에서나 실제에서나 치명적일 일격이, 루나의 얼굴에 가해지는 광경을 떠올렸다. 아빠는 덩치가 크고 힘이 셌다. 그리고 지금까지 본 어느 때보다도 분노하고 있었다.

루나는 머리를 똑바로 들고 기다렸다. 마치 아빠에게 해보라는 듯 맞서고 있었다. 몇 초가 똑딱똑딱 지나갔다. 아니, 몇 년이.

아빠가 천천히 주먹을 풀었다.

온몸의 힘이 빠져나가 쓰러져버릴 것 같았다.

루나가 문손잡이를 잡으려고 아빠를 돌아서 갔다. "실례할게요."

그녀의 귓가에 대고 아빠가 말했다. "이 문을 나선다면 돌아올 생각 말아라."

"아빠!" 내가 날카롭게 소리쳤다.

루나가 손잡이를 잡은 채 한참을 서 있었다. 딱딱한 나무속을, 아무 것도 없는 무(無)의 세계를 뚫어질 듯 응시했다.

제발요, 나는 기도했다. 더 이상 아무 일도 일어나지 않게 해주세요.

"리엄, 나는 진심이다."

루나의 팔이 축 늘어졌다. 그녀의 어깨가 내려앉으며 온몸의 뼈가 부서지는 것 같았다. "아빠, 제가 아빠를 몹시 실망시켜왔다는 걸 알아요. 아빠가 원하는 아들이 되지 못해서 죄송해요. 죄송해요." 그녀가 자신의 몸을 보호하듯 양팔로 감싸 안고, 거실을 터벅터벅 가로질러 지하실 계단으로 향했다. 치명적인 핵폐기물 같은 패배감이 허공에 떠돌았다.

"아빠를 증오해요." 내가 내뱉었다. "혐오해요!" 돌아서서 엄마가 아직도 통화 중인 안방으로 들어갔다. 아직도!

"전화 끊어요." 엄마에게 명령했다.

엄마가 나를 흘끔 보았다.

"끊.어.요." 내 목소리에 담긴 독기에 나도 놀랐다. "앤디, 나, 나가봐야 해." 엄마가 어르듯 말했다. "다시 전화할게. 더 스프링스의 대회의실을 알아봐줘. 알겠지?" 전화를 끊고 엄마가 피곤한 한숨을 쉬었다. "왜?"

"왜냐고요? 엄마, 좀 알아들어요. 여기서 무슨 일이 일어나고 있는지 알아요?"

엄마가 손에 든 휴대폰을 내려다보았다. "이럴 시간이 없어. 오늘은 안 돼." 엄마가 휴대폰을 귀에 갖다댔다.

내가 성큼성큼 걸어가 엄마의 휴대폰을 낚아채 반대편으로 던졌다. 벽에 금이 갔다.

"레이건!"

"엄마!" 엄마 코앞에 대고 고함쳤다. "왜 나갔어요? 오빠는 전환하고 있어요. 무슨 말인지 이해하세요?" 물론 엄마는 이해하지 못했다. "그녀가 성별을 바꾸고 있다고요."

엄마가 빠르게 눈을 깜박이더니 말했다. "왜 지금 그래야 한다니. 오늘은 그럴 시간이 없어. 피로연장을 잡지 못한 결혼과 보건국의 조사를 받고 있는 요리업체……."

"닥쳐요."

엄마가 입을 딱 벌렸다. "뭐라고 했니?"

"닥치라고요. 한 번이라도 제 말을 좀 들어요. 오빠는 엄마를 필요로 해요. 루나에게는 엄마가 필요해요." 우리 모두 엄마가 필요하다고요. 늘 그랬어요. 나는 말하지 않았다.

"루나." 엄마가 혀를 찼다. "걘 그런 이름을 어디서 구했다니?"

뒤이은 엄마의 행동은 믿기지 않았다. 엄마는 바닥에 떨어져 있던 휴대폰을 집어 들고 번호를 누르기 시작했다.

"엄마, 제발……."

"레, 감당이 안 돼!" 엄마가 신경질적인 어조로 비명을 질렀다. "오늘은 안 돼."

"*나라면 감당 못할걸. 불쌍한 캐럴, 잭이 날 떠나기라도 하면 어떻게*

할지 막막해. 절대 혼자서 대학 수업을 듣고, 집안일을 하고, 두 아이를 키우진 못할 거야. 게다가 캐럴은 애가 넷이잖아." 엄마가 고개를 젓는다. "가엾은 캐럴."

엄마는 옆집에 사는 카마초 부인과 얘기하고 있다. 우리 집 뒤뜰 안락의자에 앉아 아기 풀장에서 찰박이며 놀고 있는 나, 케이티, 리엄을 지켜보는 중이다. 케이티가 소리친다. "엄마, 이거 봐." 케이티가 풀장 가장자리에 기어올라 자리를 잡고 준비하더니 물속으로 뛰어든다. 우리에게 물이 튄다.

"아가, 멋지구나." 카마초 씨가 말하고 엄마와 얘기를 계속한다. "공동 예금 계좌도 싹 털어 갔대."

"설마!" 엄마의 눈이 가늘어진다. "개자식."

오빠가 소리친다. "엄마, 나 봐요." 오빠가 케이티를 따라하지만, 이번에는 나를 익사시킬 만큼 물이 많이 튄다. 상관없다. 재미있다. 우리는 함께 까르르 웃는다.

"최소한 아이들을 데려갈 순 있었잖아."

엄마의 말에 카마초 부인이 웃음을 터뜨린다. 둘이 함께 웃는다.

케이티가 일어서서 수영복의 엉덩이 부분을 잡아당긴다. 발을 높이 들어 수영장에서 나와 잔디밭을 달려간다. "엄마, 너무 따끔해요." 케이티가 다리 주위 레이스 고무를 잡아당겨 늘인다.

"어휴, 이런. 다리 부분 레이스가 너무 딱딱하고 눌어붙는다고 생각했는데." 부인이 엄마에게 설명한다. "얘가 어떻게든 이 헬로 키티 수영복을 입어야겠다잖아."

오빠가 내게 묻는다. "이거 할 줄 알아?" 수영장 가장자리를 따라 도롱뇽처럼 바닥을 기어간다. 내가 오빠를 따라한다. 한 바퀴 돌고 나니 뛰어오는 케이티가 보인다.

벌거벗고 있다.

"엄마, 나도 벗어도 돼요?"

엄마가 지친 듯 손을 대충 흔든다. "그러렴."

케이티가 도로 뛰어 들어오는 사이, 내가 옷을 벗는다.

오빠가 선헤엄 치는 척하지만, 나는 오빠가 사실 바닥에 앉아 있다는 것을 알고 있다. 오빠가 케이티와 나를 번갈아 본다. 케이티에게 도롱뇽 되는 법을 가르쳐주고 셋이서 수영장을 돌며 논다. 무언가 움직임이 느껴져 내가 고개를 든다. 오빠가 수영복을 발목까지 내려 걸어찬다. 오빠가 자기 몸을 내려다보며 물속에 가만히 서 있다.

케이티가 오빠를 가리키며 낄낄 웃는다. 나도 웃는다.

오빠가 페니스를 움켜지고 당기기 시작한다. "벗겨." 오빠가 속삭이듯 말하더니 허우적거리며 케이티에게 다가간다. "벗겨."

"알았어." 케이티가 일어선다.

카마초 부인의 목소리가 들린다. "리엄이 뭐 하는 거지?"

"리엄!" 엄마가 새된 소리를 지른다.

"거기서 나와." 엄마의 날카로운 목소리가 무서워서 우리는 일제히 움츠린다. 엄마가 정원을 달려와 오빠의 손을 움켜쥐고 수영장 밖으로 끌어낸다.

"벗겨요." 오빠가 엄마에게 말한다.

"뭘 벗겨? 수영복은 어쨌니?"

"엄마, 벗겨줘요." 오빠가 다시 자기 페니스를 잡아당긴다.

"그만해." 엄마가 오빠 손을 찰싹 때린다. "나쁜 짓이야." 엄마가 잔디밭에 떨어져 있는 오빠 수영복을 집어 들어 탈탈 턴다. 오빠가 엄마를 피해 물러선다. "싫어요." 오빠가 우는 소리를 한다. "이거 벗고 싶어요. 벗겨, 벗겨, 벗겨." 오빠가 페니스를 때리고 발을 구르며 날뛰기 시작한다.

수영장 안에 있는 케이티와 나는 오빠에게서 멀리 떨어진다.

"아들, 그만둬. 지금 당장 그만둬!" 엄마가 명령하지만 오빠는 고함을 지른다.

"싫어! 싫어, 난 아들 아냐." 오빠는 아기처럼 굴고 있다. 우리는 손으로 입을 가리고 숨죽여 웃는다.

엄마가 오빠의 팔을 꽉 잡고 슬라이딩 유리문 쪽으로 끌고 간다. "방으로 가. 얌전하게 굴 수 있을 때까지 나오지 마." 엄마가 오빠를 집 안으로 밀어 넣는다.

"아가씨들, 괜찮니?" 카마초 부인이 우리 옆에 쪼그려 앉는다. 우리가 고개를 끄덕인다.

"몸 아랫부분을 서로 만지면 안 돼." 부인이 목소리를 낮추고 말한다. "알겠니?"

내가 힘껏 고개를 끄덕인다.

"리엄이 시켰어요." 케이티가 말한다.

"아니, 안 그랬어." 케이티를 보고 찡그린다.

엄마가 다시 밖으로 나와 크게 한숨을 쉬고 카마초 부인에게 말한다. "때가 됐나봐. 정말 손이 가지 않는 아이였는데, 레이건보다 훨씬 편했어. 잭이 '이제 곧 녀석의 테스토스테론이 반응하기 시작할걸' 하고 말하곤 했지." 엄마가 눈을 찡긋한다. "오늘 그러기로 했나봐."

카마초 부인이 웃음 짓는다. "남자아이들이란, 난 아들이 없어서 다행이야."

두 어른은 다시 자리에 앉아 이야기를 계속한다.

케이티가 말한다. "도롱뇽 인형 놀이 하자."

"싫어." 나는 살라만다 놀이를 그만둔다. 케이티에게 화가 났다. 케이티는 거짓말쟁이다.

집 안에서 전화벨이 울리고 엄마가 안락의자를 밀며 일어선다. 문을 여닫는 소리가 난다. 잠시 후 엄마의 비명 소리가 허공을 가른다. "무슨 짓을 한 거니? 맙소사, 그 칼 내려놔." 엄마가 오빠를 두 팔로 끌어안고 나타난다. "코니, 리엄을 응급실에 데려가야겠어."

카마초 부인이 달려간다. "무슨 일인데?"

"얘가 자기…… 다리를 베었어. 레이건 좀 봐줄래?"

"물론이지. 잭에게 전화할까?"

"아니." 엄마가 얼른 대답한다. "아니, 내가 해결할 수 있어. 잭까지 알 필요는 없어." 엄마가 무어라 더 말하지만 내 눈에는 그녀의 다리로 흘러내리는 피만 보인다.

엄마는 알고 있었다. 나는 방문 앞에 서서, 휴대폰을 귀에 대고 방 안을 걸어 다니는 엄마의 등을 응시했다. 엄마는 계속 알고 있었다.

왜 오빠를 돕지 않았지? 왜 오빠 곁에 있어주지 않았지? 오빠가 다르다는 사실을 왜 인정하지 않았지? 엄마는 오빠의 삶을 훨씬 편하게 해줄 수 있었다. 오빠를 여자아이처럼 키울 수 있었다. 왜 안 그랬지?

아빠. 그렇겠지.

아빠는 몰랐다. 아빠에게 말했어야 했다. 그 오랜 시간 동안 아빠는 오빠를 운동, 운동으로 괴롭혔다. 비현실적인 기대로 힘들게 했다. 아빠는 오빠가 스스로를 실패작처럼, 부적격 아들처럼 느끼게 했다.

그 결과, 아빠도 자신이 부적격 아버지라고 느꼈다.

엄마는 아빠가 오빠를 있는 그대로 받아들이고 이해할 수 있는 시간을 줄 수도 있었다.

의문과 함께 또 다른 기억이 떠올랐다. 오빠가 엄마의 약을 훔쳐 자살을 시도하고 내가 약을 모두 변기에 흘려보냈을 때, 엄마는 왜 우리를 추궁하지 않았지? 불같이 화내지 않았지? 약이 다 어디로 갔는지, 왜 묻지 않았지?

알고 있었으니까.

일부러 약을 내놓았으니까. 의도적이었다. 오빠가 쉽게 가져갈 수 있게 했다. '자, 리엄.' 엄마의 생각이 들렸다. '마음껏 먹으렴. 숙면에 도움이 돼. 고통을 누그러뜨릴 거야.'

천천히, 멍하니, 나는 엄마의 방에서 뒷걸음질 쳤다.

세상에. 나의 엄마는 괴물이었다.

25

　루나에게는 말하지 않았다. 엄마 얘기를 꺼내고 싶지 않았다. 확인하고 싶지 않았다. 이미 루나는 오늘 하루치로 충분한 일을 치렀다. 오늘은 루나의 생일이었다. 그녀는 가발은 벗었지만 치마와 스웨터는 그대로 입은 채로 노트북을 딸각거리고 있었다. 게임 코드를 짜는지 뭔가 일을 하고 있었다. 원래 상태로 돌아와 있었다. 위장의 세계로 돌아와 있었다.

　루나를 홀로 두고 싶지 않았다. 오늘만은. 이렇게는. 홀로 두지 않으리라. 나는 소파에 앉아 텔레비전을 켜고 밤새 연속 상영하는 영화를 찾았다.

　"오늘 밤에 데이트 있지 않아?"

　루나의 목소리에 화들짝 놀랐다. 완전히 멍하니 있는 줄 알았는데.

　"슬슬 준비하는 게 좋을걸. 네 머릴 손질하려면 꽤 시간이 걸릴 거야."

내가 코웃음 쳤다. "집에 남아서 너나 놀려먹을 생각이야."

루나가 앉은 채 책상 의자를 한 바퀴 빙 돌렸다. "레, 날 아기 보듯 봐줄 필요 없어."

"그런 거 아냐." 얼굴이 달아올랐다.

"그런 거 맞아. 해고당하게 한 일로 지금까지 날 벌줄 셈이야?"

리모컨을 루나에게 던졌다. 그녀가 날아오는 리모컨을 잡았다. "우와, 야구 선수로 나서야겠다."

그녀는 웃지 않았다. "또 그러는구나. 너 그거 정말 잘하지."

"뭐?"

"사람들에게 죄책감 느끼게 하기."

내가 작게 흥 소리를 냈다.

"난 괜찮아." 루나가 내게 리모컨을 도로 톡 던졌다. "내 걱정은 그만해. 나 때문에 크리스와의 데이트 약속을 취소할 생각도 하지 마. 만약 그런다면 정말, 정말 속상할 거야." 루나가 입술을 삐죽 내밀고 뿌루퉁하게 말했다.

불이 깜박였다. 우리가 동시에 고개를 획 돌렸다. 계단이 삐걱거리더니 이곳에서 다시 볼 가능성이 가장 낮다고 생각했던 사람이 나타났다.

"이봐." 알리가 계단참에 섰다. 알리의 표정은…… 결의?

"안녕." 루나가 벌떡 일어섰다. "안녕, 알리."

알리의 시선이 루나의 몸을 훑었다. "생일 축하해." 알리의 목소리가 그녀의 자신감에 반하며 흔들렸다. "안녕, 레." 알리가 내게 미소를 지었다.

"안녕."

루나나 내가 채 반응하기 전에— 우리가 어떻게 반응할 생각이었든지 — 알리가 컴퓨터 쪽으로 춤추듯이 걸어가 조이스틱을 집어 들었다. "끝낼 게임이 있었지. 그 지랄 맞은 골목을 어떻게 빠져나가는지 알아야겠어." 알리가 루나의 발치에 털썩 주저앉았다.

루나가 눈을 휘둥그레 뜨고 나를 쳐다봤다. 내가 어깨를 으쓱했다. 지금 내 혈관을 타고 흐르는 이 감각은 희망일까? 이 느낌이 루나도 채우고 있었다. 루나의 키가 커지는 것 같았다. 혈색이 밝아지고 눈빛이 더 선명해졌다.

알리가 무릎 위에 올린 조이스틱을 양손으로 쥐고 길게 숨을 내쉬었다. "얼마가 지나야 괜찮아질지는 모르겠어." 알리가 우리 사이를 채우고 있는 허공에 대고 말했다. "힘들어. 알아?" 루나가 알리 옆으로 천천히 몸을 낮추었다. "알아." 그녀가 조용히 대답했다. "아무리 오래 걸려도 괜찮아."

알리가 떨리는 숨을 내쉬었다. 가슴이 들썩였다. "게임 끝내도 될까?" 알리가 루나의 품에 조이스틱을 쑤셔 넣고 자기 것도 손에 쥐었다. "이것 때문에 악몽을 꿔."

루나가 플레이 모드를 켜고 깔개 위에 더 편히 자리 잡았다. 다리를 접고 치맛자락을 다듬었다. "아홉 살 때부터 틀어. 그 생일에서 다시 시작하고 싶어." 알리가 고개를 돌려 처음으로 루나를 똑바로 마주 보았다. "진심으로 그 옷을 입고 있는 건 아니지?"

루나의 등이 뻣뻣하게 굳었다. "왜. 이 옷이 뭐가 잘못됐는데?"

"스웨터 세트라니, 정말이지." 알리가 다시 화면을 보고 버튼을 눌렀다. 알리 클론의 비명이 허공을 갈랐다. 으아아아악! 비명이 메아리칠 때 알리가 덧붙였다. "패션에 대해 레이건에게 물어보고 있는 건 아니어야 할 텐데."

"언니!" 내가 소리쳤다.

알리는 들은 척하지 않았지만, 그녀의 웃음기가 느껴졌다. 내 가슴이 터질 듯 노래로 가득 찼다. 나는 알리를 사랑했다. 지금까지 그 어느 때보다 더 사랑했다. 친언니처럼 사랑했다.

영화관에 앉아 루나와 마지막으로 나눴던 대화를 머릿속으로 떠올리고 있었다. 크리스가 내 어깨를 슬그머니 감싸 안았다. 알리는 마침내 알리 으악 게임에서 이기고 돌아갔다. 루나가 져준 것 같았다. 루나는 바닥에 구부정하게 앉아 마더보드에 케이스를 덮어 조립하고 있었다. 루나에게 입고 나갈 옷을 골라달라고 말했다.

"안 돼, 레. 일을 끝내야 해. 남은 시간이 별로 없어."

남은 시간이 별로 없다니. 무슨 뜻이지? 누구를 위해? 왜?

"레이건, 어디 있어?" 크리스가 내 어깨를 두드렸다.

"뭐?" 내가 화들짝 놀라며 현재로 돌아왔다.

"넌 가끔 정말 멀리 사라지는구나. 알고 있어?" 크리스가 귓가에 속삭였다. 영화는 상영 중이었다. 언제 시작했지? "뭐 잘못됐어? 오늘 밤에 여기 그다지 있고 싶지 않은 것처럼 보여."

예리하구나. 오늘 아빠, 엄마, 알리와 있었던 모든 일 때문에 마음이 무거웠다. 괴로웠다. 루나를 머릿속에서, 마음속에서 끄집어낼 수가 없었다. 불가능하리라. 루나는 알리의 수용에 대해 내가 생각한 만큼 기뻐

하지 않았다. 나는 루나가 다나 인터내셔널의 노래를 부르며 날아다닐 줄 알았다. 그러나 루나는 그러는 대신에 시무룩해지고 말수가 줄었다. 내게 거리를 두는 태도를 보였다.

"레이건?"

어? 맙소사. "미안해."

고개를 숙이고 크리스에게 말했다. "네…… 탓이 아니야. 정말 여기에 너와 함께 있고 싶어."

뒤에 앉은 커플이 조용히 하라고 쉿 소리를 냈다. 크리스가 내 어깨에 올렸던 팔을 내리고 일어서더니, 팝콘 통을 팔에 끼고 내 손을 잡았다. "나가자."

거절하지 않았다.

차에 돌아와 크리스가 말했다. "얘기하고 싶어?"

그래. 세상 다른 모든 일보다 이 일에 대해 말하고 싶었다. 무슨 일이 일어나고 있는지 말하고, 오빠에 대해 솔직히 밝히고 싶었다. 이 일을 세상 밖으로, 내 밖으로 끄집어내 대면하고 크리스가 어떻게 반응할지 보고 싶었다.

머릿속에서 '말해!'라고 소리쳤지만 입이 떨어지지 않았다. 나는 할 수 없었다. 이 비밀은 너무나 오랫동안 내 속에 있었기에 이제 나의 일부였다. 이 일을 말한다는 건, 나 자신을 열어 보이는 거였다. 상처, 조소, 상실을 향해.

크리스가 입을 열었다. "우리 삼촌 중에 게이가 있어."

"그래서?" 그를 홱 돌아보았다. 오빠는 게이가 아니야! 울고 싶었다. 오빠가 게이였으면 좋겠다. 더 쉽게 납득할 만할 것이다. 최소한 더 이해

받으리라.

"그냥, 나는 그런…… 쪽을 받아들이는 데 문제가 없다는 말이야."

크리스는 몰랐다. 어떻게 알겠는가? 크리스에게는 말할 수 없었다. 말로 표현할 수가 없었다.

누군가를 신뢰한다는 것은 내게 버겁도록 새로운 일이었다. 나는 준비가 되어 있지 않았다. 무서웠다. 사실대로 말한다면 크리스를 잃을지도 몰랐다. 그는 내가 이제 막 찾아낸 사람이었다.

크리스가 나를 지켜보며 기다렸다.

그가 얼마나 오래 기다려줄지 궁금했다. 나는 긴 한숨을 쉬고 소리 낼 수 있는 유일한 말을 했다. "못…… 하겠어…… 아직은."

"알았어." 그가 재빨리 대답했다. "문제없어. 난 괜찮아."

그 말대로였다. 크리스는 괜찮은 남자였다. 하지만 여기에 일분이라도 더 앉아 있다간 내가 괜찮지 않은 사람이 될 터였다. "가도 될까?"

"분부대로 합지요." 크리스가 시동을 걸고 나를 집까지 데려다주었다.

스파이더 옆에 차를 댄 뒤, 크리스가 몸을 틀어 나를 마주 보았다.

"미안해." 크리스가 비난하기 전에 얼른 말했다. 날 만난 일을 얼마나 후회하는지 말하기 전에, 내가 기다린 보람이 없는 여자라는 결론에 이르렀다고 하기 전에. "미안해." 왜 사과하는 사람은 늘 나일까? 나에 대해, 루나에 대해, 이 세상의 잘못된 온갖 일에 대해.

불 꺼진 어두운 지하실은 으스스했다. 오빠가 벌써 잠자리에 들었을 리는 없었다. 크리스가 팔을 뻗어 내 손을 잡았다. "집안일이야. 너 때문이 아니야." 내가 우물거렸다.

"이봐, 집안 문제는 사람을 지치게 하지." 크리스가 애써 가볍게 말했다.

내 자신에게 화가 불쑥 치밀었다. 나를 특별한 존재로 느끼게 하고, 저녁을 사고, 영화관에 데려가고, 나와 함께 시간을 보내고 싶어하는 멋진 남자와 이렇게 함께 있으면서도, 나는 오빠가 무엇을 하고 있을지 어떤 기분일지만 생각했다. 그런 모습이었던 오빠를 생일인 오늘 밤에 홀로 두지 말았어야 했다는 생각뿐이었다. "남은 시간이 별로 없어." 오빠는 그렇게 말했었다.

"나는 얘길 잘 들어주는 사람이야." 크리스가 고개를 기울이고 나와 눈을 맞추려 애썼다. "너희 난장판 얘길 해주면 나도 우리 집 얘길 할게. 우리 집은 언제든지 너희 집을 이길 만한 문제 가정이거든."

내가 코웃음 쳤다. "얼마까지 걸 수 있어?"

크리스가 눈썹을 치켜세웠다. 날 압박하려는 태도가 아니었지만, 나는 압박감을 느꼈다. 준비가 되어 있지 않았다. "가야 해." 나가야 했다. 당장.

서둘러 문을 열고 현관으로, 오빠에게로 달려가는 나를 크리스가 쫓아왔다. 나는 달과 별을 찾아 하늘을 쳐다보았다. 아무것도 없었다. 아무것도 빛나지 않았다. 영원한 어둠. 크리스가 내 손을 잡았다. 만약 지금 그가 키스하려 한다면 난 울음을 터뜨리겠지.

크리스는 키스하지 않았다. 그저 내 손에 깍지를 끼고 살그머니 쥐었다. "다음 주말에 어떻게 할지, 내일 전화해도 돼?"

이래도 나를 만나고 싶다고? 마조히스트가 틀림없구나. 내가 고개를 끄덕였다면, 그건 그저 고개를 들지 못할 만큼 머리가 무거웠기 때문이었다.

지하실에 가보니 어지러워지고 넓어진 공간이 눈에 들어왔다. 누군가 짐을 옮기고 다시 정리해놓았다. 오빠의 컴퓨터 네 대가 모두 켜져 있었다. 모니터에 화면보호기가 깜박였다. 이번에는 마천루가 아니었다. 숫자였다. 모니터를 따라 숫자가 한 줄로 흘러 다녔다. 오빠가 평소에 노트북을 올려두는 탁자 위는 깨끗이 치워져 있었다. 슈퍼맘이 방 전체를 휩쓸고 지나간 것 같았다. 남의 집 슈퍼맘이 말이다.

오빠, 루나가 저녁 내내 청소를 한 게 틀림없었다. 청소. 이사할 때 하는 청소? 이 세상을 떠나면서?

오빠 방으로 쳐들어갔다. 오빠는 침대 위에서 코를 골고 있었다. 여전히 스웨터와 치마 차림이었다. 서랍장 위 디지털시계에 9:02라는 숫자가 깜박였다. 나는 안도의 한숨을 쉬며 방문을 조심스레 닫았다.

유감스럽게도 루나의 청소병이 내 방까지 미치진 않은 모양이었다. 평소처럼 난장판이었다.

수렁에 빠진 기분이 들었다. 깊고 어둡고 모서리가 날카로운 구멍이었다. 절벽에서 밀려 떨어지다가 삐죽하게 솟아난 바위에 온통 찔린 것 같았다. 온몸이 멍들고 다쳐서 너무나 지친 기분이었다. 나는 침대에 누워 눈을 감았다.

26

번쩍!

눈을 번쩍 뜨고 눈부신 빛에 눈을 가렸다.

"레, 일어나." 누군가의 손이 내 어깨를 짚었다. "부탁이 하나 있어."

나는 눈을 가늘게 뜨고 불쑥 다가온 흐릿한 형체를 살폈다. 루나였다.

"지금 몇 시야?"

루나가 손목시계를 확인했다. "네 시 반."

"새벽?" 억지로 몸을 일으켜 앉았다. 삭막한 밤기운이 창으로 스며들어왔다. 여전히 달빛은 없었다. 머리 위 전등만 거슬리게 번득였다.

"나하고 같이 가줬으면 해." 루나가 내게 깔끔하게 갠 옷다발을 건넸다. 내 옷이었다. 나더러 입으라는 것 같았다.

루나는 트랙슈트에 맞춘 치마를 입고 구두를 신고 있었다.

"쇼핑몰은 몇 시간 더 있어야 열어." 나는 하품을 하며 투덜거렸다.

루나가 내 이불을 걷었다. "서둘러. 십 분 안에 나가야 해."

옷을 갈아입으라고 루나가 나갔다. 방을 나서니 계단에 서서 나를 기다리고 있었다. "몰래 빠져나가야 해. 아빠가 밤새도록 텔레비전을 보셨거든."

"알아." 내가 역사상 남을 초단기 데이트를 끝내고 귀가하던 길에 마주친 우리는 서로를 노려봤다. 아빠와 나는 딱히 말을 섞을 상황이 아니었다. 아빠는 사실 텔레비전을 보고 있지도 않았다. 그저 팔짱을 끼고 시체처럼 뻣뻣하게 소파에 누워 있었다.

"겨우 잠드셨어. 깨서 우릴 붙잡으시면 안 돼." 루나가 손가방을 어깨에 걸쳤다. "우릴 막으시거나."

"어디에 가는데?" 나는 루나를 따라 발끝으로 계단을 올랐다. 삐걱거리는 소리가 나지 않았다. 루나가 음향효과를 해제한 모양이었다.

우리는 무사히 아빠 옆을 지났다. 아빠는 바닥에 빈 맥주병을 놓아둔 채 곯아떨어져 있었다.

루나가 스파이더의 비밀번호를 눌렀다. 우리는 차에 들어가 조용히 문을 닫았다. 커다란 엔진 소리에 움츠렸지만 집 안의 불은 켜지지 않았다. 문도 열리지 않았다. 루나가 차도로 나섰다.

나는 우리가 주간고속도로를 탈 때까지 기다렸다가 입을 열었다. "우리가 어딜 가는 중이든, 그 옷차림으론 눈에 띌 거야."

루나가 우쭐했다. 진심이었다. 멋있었다. 맞춤복인 웃옷은 값비싼 흰 양모였고 남색 블라우스와 짝을 맞춘 펌프스를 신었다. 앞머리를 가지런하게 다듬은 어깨 길이의 새 금발 가발을 썼는데, 매혹 그 자체였다.

틀림없이 이게 그녀가 자신에게 한 생일선물일 것이다.

운전에 집중한 루나의 눈에 고속도로의 가로등 불빛이 비쳤다. 하지만 그 반짝임은 그녀의 눈에서 나오는 것 같았다.

다른 생각이 반짝 떠올랐다. "있잖아, 마음에 들었어?" 내가 귓불을 가리키며 물었다. 내가 준 생일선물을 잊고 있었다.

루나가 오른쪽 귓불에 손을 댔다. "쏙 들었어." 내 쪽으로 고개를 돌리고 말했다. "고마워. 완벽한 선물이야."

내가 고른 선물은 나란히 놓으면 보름달이 되는 반달 모양 금귀고리 한 쌍이었다.

도시의 경계를 지나자 루나가 속도를 높였다. 새벽 이 시간의 도로는 한산했다. 게다가 오늘은 일요일이었다. 일요일이지? 어젯밤이 전생처럼 느껴졌다. 루나에게 엄마와 아빠 이야기를 하고 싶었지만 그 화제를 어떻게 끌어들여야 좋을지 몰랐다. 혹은 뭐라고 해야 할지. 그분들은 부모로서 시험받았고 낙제당했다. 빵점이었다.

속도가 너무 빨라 못 볼 뻔했다. 표지판. "공항에 가?" 나는 사방을 둘러보며 확인했다.

루나의 표정은 바뀌지 않았다.

심장 박동이 빨라졌다. 가슴이 쿵쿵 뛰었다.

차가 출발 승객 진입로로 들어섰고, 루나가 단기 주차장에 자리를 잡았다. 그녀가 문을 열고 내렸다.

"여기서 뭐 할 건데?" 차에서 내려 루나를 따라가며 말했다. 루나가 트렁크를 열고 뚱뚱한 여행가방과 기내용가방, 노트북이 든 처음 보는 가죽 서류가방을 꺼내더니 내게 기내용가방과 노트북을 건넸다.

심장이 갈비뼈를 부술 듯이 뛰었다. "가르쳐줘. 지금 뭐 하는 거야?"

루나가 엘리베이터로 향했다. 하이힐이 돌바닥에 부딪히며 또각거렸다.

"루나……."

"아, 이런." 루나가 우뚝 멈추어 서더니 돌아섰다. "코트를 놓고 왔네. 가져올래?" 내게 차 열쇠를 건넸다. "비밀번호는 6940128이야. 기억하겠어?"

아니. 아무 생각도 못하겠어.

"레?"

"다시 말해봐."

"6940128."

숫자를 머릿속으로 되풀이해 읊으니 운이 붙었다. 694, 0128. 694, 01, 28. 뒷좌석에 있던 코트를 들자 밑에 봉투가 하나 있었다. 앞에 루나의 분홍색 잉크로 "엄마, 아빠께"라고 쓰여 있었다. 목이 메었다. 봉투 옆에는 내 앞으로 된 카드가 붙은 노드스트롬 선물상자도 있었다.

문을 쾅 닫았다. 이건 꿈이었다.

루나는 매표소 옆에서 보안요원의 질문을 받고 있었다. 맙소사. 루나가 겁에 질린 표정으로 고개를 끄덕이고 있었다. 내가 서둘러 다가가는 사이 보안요원이 다른 요원에게 손짓하더니 둘이서 속닥거렸다. 루나에게서 몸을 돌리고 자기들 가슴께를 가리키며 킬킬 웃었다. 화살이 내 심장을 꿰뚫듯 마음이 아팠다.

매표소에 도착해보니 첫 번째 보안요원이 루나의 운전면허증을 돌려주며 "죄송합니다만 탑승을 허가할 수 없습니다"라고 말했다.

루나가 노트북과 가방을 들고 씩씩대며 내게로 왔다. "웬 난리람." 루나가 소곤거렸다. "도로 갈아입어야 해."

그녀가 실내를 죽 훑더니 화장실이 있는 복도로 걸어갔다. 내가 뒤따라가 루나의 옷자락을 잡아챘다. "지금 대체 뭐 하고 있는 건지 얘기 좀 해줄래?"

"뻔하지 않아?" 루나가 시선을 피하며 대답했다. "내가 돌아올 때까지 짐 좀 봐줄래?"

루나가 서류가방과 기내용가방을 내 발밑에 놓더니 고개를 푹 숙인 채 여행가방을 끌고 여자화장실로 들어갔다. 나는 루나가 나오면 가만두지 않기로 마음먹고 그녀를 기다렸다. 매표원 한 사람이 화장실 쪽으로 다가오길래 내가 서둘러 말했다. "저기 한 칸이 방금 넘쳤대요."

그녀가 인상을 쓰며 되돌아갔다.

몇 분 뒤 루나가 브래지어와 가발을 벗고 블라우스에 헐렁한 바지 차림으로 돌아왔다. 립스틱은 지웠지만 눈 화장은 그대로였다. 루나가 축 늘어진 내 손에서 서류가방을 받아 들려고 몸을 숙였다. "아이라이너를 깔끔하게 칠하는 데 사십오 분이나 걸렸어. 절대 안 지워."

루나는 매표소로 사납게 걸어가 체크인을 했다. 이번에는 통과였다.

나와 다시 랑데부한 루나가 내가 바닥에 질질 끌고 있는 코트를 보더니 가져가 먼지를 털었다. 서류가방 주머니에 항공권을 꽂고 시계를 확인했다. "이륙 시간까지 아직 한 시간이 남았네. 뭐 먹으러 갈래? 난 배고파."

"싫어. 지금 뭐 하는 짓인지 설명해줬으면 좋겠어." 내가 씩씩댔다.

루나가 고개를 들어 내 머리 위쪽을 살피며 대답했다. "시애틀에 가.

테리 린이 내가 자리 잡을 때까지 묵어도 되는 빈 방이 있다고 했어. 월요일에 자기 상담사가 나를 바로 받아줄 수 있는지 알아보겠대."

"뭐 하러?" 내가 거의 비명을 지르듯 말했다.

루나가 마침내 나를 보았다. "사정(evaluation). 변화를 시작하기 위해서야. 해리 벤저민 표준 치료를 시작하기 위해서지. 의사들이 규칙에 얼마나 집착하는지에 따라, 진짜 삶을 경험해보기 위해 1년 동안 여자로 살도록 요구받을지도 몰라. 그런 다음에 성전환 수술에 나를 추천해줄 심리상담사 두 명의 추천서를 받아야 해. 이건 문제없을 거야." 루나가 다시 주위를 살폈다. "가자. 크로와상 먹자." 루나가 잰걸음으로 복도를 걸어갔다.

루나를 따라가려고 서둘렀지만, 머리는 저 뒤에 처져서 그녀가 한 말을 이해하려고 애쓰고 있었다. 루나가 시애틀에 간다. 성전환 수술을 받으러. 루나가 떠난다.

루나가 커피숍에 들어가 계산대 앞에 서서 칠판에 쓰인 메뉴를 살폈다. 라떼와 초콜릿 크로와상을 주문하고 내게 물었다.

나는 싫다고 머리를 저었다. 싫어. 싫어. 싫어. 싫어.

루나가 점원에게 말했다. "크로와상 두 개랑 오렌지 주스요."

루나가 쟁반을 받아 들고 자리에 앉았다. 나는 그녀를 따라갔다. 일요일 오전 다섯 시 반에는 사람이 별로 없었다. 정비반 직원들. 수하물 담당자 몇 명. 나는 작은 비행기가 활주로를 달려 이륙하는 창밖을 응시했다. 맞은편에서 루나가 크로와상을 게걸스레 먹었지만, 나는 먹을 수가 없었다. 속이 아팠다.

마치 소리 내어 생각하듯이 루나가 말했다. "에스트로겐 처방전도 직접 받아야 해."

"뭐?" 루나가 먹고 있던 호르몬제가 에스트로겐이었구나. 그녀가 항 안드로겐과 레이저 제모, 그래도 필요할 경우의 가슴 성형수술에 대해 떠들어댔다.

그래도? 나는 루나의 가슴을 흘끔 보았다. 가슴을 키우고 있었나?

에스트로겐. 그제야 생각이 났다. 엄마가 에스트로겐을 먹고 있지 않았던가? 처방전에 대해 뭐라고 말했었다. "엄마 약찬장에서 호르몬제를 훔치고 있었어?" 아니면 엄마가 잘하는 대로 알고도 못 본 척하고 있었을까? 오빠에게 틈을 주면서. "엄마가 오빠 또 죽이려고 했어?"

"뭐?" 오빠가 얼굴을 찡그렸다. "무슨 소리야?"

나는 고개를 돌려버렸다.

"엄마는 절대 날 다치게 하지 않아. 엄마는 그런……."

"엄만 알고 있지. 원래 알고 있었지? 그렇지?" 내가 다시 그녀를 마주 보았다.

루나가 눈을 감고 고개를 숙였다. 한숨을 쉬었다. "엄마가 날 엄마 방에서 붙잡았던 일 얘기한 적 있던가?"

"아니. 언제?"

루나가 손을 들어 커피를 한 모금 삼켰다. "처음이 아니었어. 늘 꽤 장히 조심한다고 생각했지만, 알잖아. 거울에 정신이 팔리면 몇 시간이 훌쩍 지나지." 루나가 침울한 미소를 지었다. "마지막이 아마 내가 열 살인가 열한 살 때였을 거야. 다들 어디 갔었는지 모르겠지만 내가 뭘 입고 있었는지는 확실히 기억해. 엄마의 네글리제와 브래지어를 입고, 엄마 하이힐을 신고 마당 중고장터에서 샀던 가발을 썼어. 화장을 하고 있는데 느닷없이 엄마가 나타났지. 마스카라 빗으로 눈을 찌를 뻔했다니까." 루나는 아득한 기억을 떠올리며 눈을 깜박였다.

"엄마는 그만두라고 했지. '지금 당장 그만둬.'" 루나의 엄마 흉내는 완벽했다. "그만두려고 하면 그만둘 수 있는 양 말이야. 엄마는 제대로 이해하지 못했어. 그 필요에 대해서. 알아? 레, 네게 비밀로 하기 싫었어. 엄마가 알고 있다는 걸 네가 알아야 한다고 생각했어. 하지만 엄마가 경고했지. '리엄, 누구에게든 절대 말하지 마. 특히 레이건에게는 절대 안 돼. 레이건과 얘기하다가 네 아빠가 듣기라도 하면 어떻게 하니? 이러고 있는 널 보면 아빠가 어떻게 하겠어? 그게 아빠에게 어떤 짓일지 알아? 그가 너에게 무슨 짓을 할지 알아?'" 루나가 입을 벌리고 얕은 숨을 내뱉었다.

맙소사, 엄마. 절 믿어주셔서 고맙기 그지없네요. 루나가 아빠를 두려워하는 것은 당연했다. 그래, 그녀는 아빠가 무슨 짓을 할지 알고 있었다. 루나를 닥치게 하거나 쫓아내거나. 실제로 일어난 일 그대로였다.

"그게 가장 힘든 부분이었어. 엄마와 나 사이에 이런 묵시적 진실이 있다는 것이. 진실이 '말해서는 안 되는 일'이라는 것이." 루나가 느릿느릿 고개를 저었다. "그래, 엄마는 처음부터 알고 있었어. 그저 진실을, 혹은 나를 어떻게 감당해야 할지 모르셨을 뿐이지." 루나의 입가에 희미한 미소가 번졌다. "뭐, 내 열네 살 생일 때 아끼시던 태피스트리 가방을 선물로 주시긴 했어." 루나가 고개를 숙인 채 킥 웃었다.

나는 웃지 않았다. 우습지 않았다.

루나가 한 모든 말이 머릿속을 빙빙 돌며 나의 생각과 기억에 뒤섞였다. 엄마에 대해서는 그 어느 때보다 혼란스러웠다. 엄마는 괴물일까,

희생자일까? 아니면 그냥 엄마일 뿐일까. 엄마에 대해 성급히 단정 지었던 걸까? 아아, 그랬길 바랐다.

루나가 앞으로 하려는 수술에 대해 이러쿵저러쿵 늘어놓았다. 후골을 절개하고 얼굴 윤곽을 고친다나. 정신을 차려보니 루나는 이렇게 말하고 있었다. "머리가 어서 길었으면 좋겠어. 가발은 이제 지긋지긋해."

"학교는 어쩌고?" 내가 루나의 말을 잘랐다. "그냥 자퇴할 거야? 대학은? 장학금은?"

"지금은 그것까지 생각할 수가 없어." 루나가 커피 잔을 비우고 탁자에 내려놓으며 덧붙였다. "졸업하기에 충분한 학점을 들었다고 생각해. 아니라면 검정고시를 쳐야지. 하지만 대학은……." 루나가 다시 고개를 저었다. "아직은 때가 아냐. 내겐 나를 위한 시간이 필요해."

"그래, 너 말이지." 내가 으르렁거렸다. "언제나 네 일이지. 언제나 그랬어."

루나가 내 눈을 응시했지만 마주 바라볼 수가 없었다. 눈앞이 흐려지고 시선이 천장으로, 바닥으로, 계산대로…… 흩어졌다. 루나를 제외한 사방으로 흩어졌다. 감당할 수 없었다. 감당하고 싶지 않았다.

루나가 탁자 위로 손을 뻗어 내 팔을 살짝 건드렸다. "레, 줄곧 네게 짐이었지?"

"아냐." 목에 돌덩이가 걸린 것 같았다.

"나뿐만 아니라 너를 위한 일이기도 하다는 걸 알 거야."

"무슨 뜻이야?"

"너도 알 거라고 생각해."

몰랐다. 몰랐었다. 맥박이 빨라졌다. 심장이 터질 것 같았다. "다 취소할게. 다. 내가 한 말은 다 진심이 아니었어. 아무 때나 내 방 써도 돼. 학교에서 입고 싶은 대로 입어도 돼. 상관 안 해. 가지 마. 떠나지 말아 줘."

"가야 해."

"아냐!" 나는 비명을 지르고 있었다. 가슴이 아팠다. 목구멍이 불타는 것 같았다. 어떻게 이럴 수가 있어? 어떻게 이렇게 그냥 짐을 싸서 떠나버릴 수가 있어? 그녀에게는 이곳에서의 삶이 있었다. 내가 있었다. 그녀는…….

"알리는 어쩌고?"

"알리가 뭐?"

"알리한테 말도 안 하고 떠날 생각이야?"

"이메일을 썼어."

"아, 이메일을 썼구나." 내가 루나를 흉내 내며 비꼬았다. "알리가 참 중요한 사람 대접을 받았다고 기분 좋다 하겠다. 알리는 괜찮아. 아니라도 괜찮아지겠지. 그냥 시간이 필요할 뿐이란다아."

"나에겐 시간이 없어. 난 기다릴 수 없어. 누구도." 루나가 내 팔을 쥐었다.

아니, 이럴 순 없어! 그녀의 손을 뿌리쳤다. "어떻게 떠날 수가 있어?" 내가 거듭 말했다. "어떻게 갈 수가 있어?"

루나가 고개를 기울이고 조용히 말했다. "내가 어떻게 머무를 수 있겠어?"

우리는 오랫동안 힘겹게 서로를 바라봤다. 루나가 양팔로 자기 몸을 감싸며 덧붙였다. "우린 결국 서로를 증오하게 될 거야."

"난 결코 널 증오하지 않아. 내 오빠인걸."

"네가 아니라 아빠 얘기야."

아빠. 늘 아빠에게로 돌아왔다. 루나의 말이 옳았다. 더 이상 참을 수가 없었다. 내가 울음을 터뜨렸다.

"이런, 레." 루나가 자리에서 일어나 탁자를 돌아 내 옆으로 왔다.

"제발." 내가 흐느꼈다. "가지 마. 아빠도 생각이 바뀔 거야."

"그럴지도 모르지." 루나가 차분히 말했다. "그러길 바라. 하지만 나는 지금 이 일을 해야 해."

울음이 격해졌다. 루나가 내 어깨에 팔을 둘렀다. 나는 루나의 품에 얼굴을 묻고 나를 맡겼다. "그분들 잘못이 아니야. 알겠지?"

그녀는 내 마음을 읽었다. 난 부모님이 너무나 미웠다.

"누구의 잘못도 아니야. 네가 부모님을 원망하지 않았으면 좋겠어. 하늘이 나를 이렇게 태어나게 했어. 난 그저 그 이유를 모를 뿐이야."

눈물이 멈추지 않았다.

루나가 탁자 너머로 몸을 구부려 의자 위에 놓인 서류가방을 집어 들었다. 여행용 티슈를 꺼내 내게 건넸다. "날 여기 남겨두지 마. 같이 데려가줘." 내가 애원했다.

루나가 내 뒷머리를 쓰다듬었다. "안 돼."

내가 훌쩍이며 말했다. "너 없이 내가 무엇을 할 수 있겠어?"

"살아. 행복해져."

"못해!" 울부짖었다. 루나의 무릎 위, 뼈와 살과 눈물의 덩어리 위로 쓰러졌다.

"못해."

"레, 제발." 루나가 쉰 목소리로 속삭였다. "이러지 마. 날 울리지 마. 일단 시작하면……."

루나의 가슴이 들썩였다. 루나는 내 등을 문지르고 내가 고개를 들어 코를 풀 때까지 안아주었다. 사람들이 쳐다보았지만 상관없었다. 누가 무어라고 생각하든 아무래도 상관없었다.

공항 안에 안내방송이 울려 퍼졌다. "피닉스 행 시애틀 타코마 도착 아메리카 웨스트 337 항공 탑승 수속이 곧 시작됩니다. 탑승하실 승객 여러분들은 보안 검색을 통과해주십시오."

루나가 나를 가볍게 밀어내고 가방에서 항공권을 꺼냈다. 속이 뒤집혔다. "내가 탈 비행기가 아니네." 루나가 항공권을 도로 앞주머니에 집어넣으며 내게 웃음을 지어 보였다. "기운 나는 이야기를 하자. 네 섹시한 새 남자친구 얘길 해줘."

나는 손바닥으로 눈가를 닦았다. "남자친구 아니야."

"아직은 말이지." 루나가 눈썹을 들썩였다.

산소통을 밀며 지나가던 여자가 우릴 보고 얼굴을 찡그렸다. 나는 루나에게 입을 삐죽거렸다. "어젯밤엔 어디 갔었어?" 루나가 물었다.

"뭐? 아, 저녁 먹고 영화 보러 갔었어."

"뭐 봤는데?"

"모르겠어."

"오호라."

팔꿈치로 루나를 찔렀다. "그런 거 아냐. 영화관에 오래 안 있었거든."

"오호라." 루나가 또 추임새를 넣었다.

나는 혀를 쑥 내밀었다.

짐을 내버려두지 말라는 보안 규칙에 관한 방송이 흘러나왔다. 루나가 물었다. "개하고 또 데이트할 거야?"

머리가 돌아가기 시작했다. 어젯밤에 저녁을 먹을 때는 스파게티 소스를 흘리지 않아야 한다는 데 온통 생각을 집중하느라 크리스가 무슨 말을 했는지 싹 까먹고 있었다. 그의 초대. 그의 어머니의 결혼식. "응. 다음 주 토요일이야. 엄마가 결혼하는데 결혼식하고 피로연에 와주면 좋겠대."

"우와, 재미있겠다."

"그래, 엄청." 문득 우스운 생각이 떠올랐다. "만약 엄마가 그 결혼 웨딩플래너라면 장난 아니겠다."

루나가 웃음을 터뜨렸다.

나는 루나를 흘겨보았다. 돌연 두려움이 찾아왔다. "뭐 입고 가지? 결혼식에 한 번도 안 가봤는데. 너라면 어떻게 행동하겠어? 넌 어떻게 하는데?"

"차 안에 널 위한 선물이 있어. 집에 가서 열어봐. 지금 갖고 있는 건 다 버리고 새로 시작해. 레, 네 삶에 색을 입혀봐. 네게 필요한 일이야. 어떻게 행동해야 하는지는 쉬워. 너답게 하면 돼."

"나답게 말이지. 알았어. 난 내가 누군지도 몰라."

"시애틀 행 유나이티드 에어라인즈 875 항공이 4번 출구에서 탑승 수속을 시작합니다. 아직 탑승하지 않은 승객 여러분께서는 보안 검색대를 통과하셔서……."

루나가 의자에서 일어섰다. 나는 비틀거리며 일어났다. 루나가 내 손을, 양손을 잡고 내 눈을 들여다보며 미소 지었다. "난 네가 누구인지 알아. 레이건, 너는 내 어린 여동생이야. 아름다운 여동생이야. 난 늘 널 정말 질투했어."

"아, 그렇겠지."

"정말이야. 넌 아름다워."

내가 코웃음 쳤다.

"아름다워." 루나는 내 반응에 놀란 것 같았다. "자신을 본 적이 있니?" 루나가 내 손을 놓고 자기 엉덩이에 양 주먹을 댔다. "레이건 오닐."

"내가 내 거울 쓸 시간이라도 있었나."

"날 봐." 루나가 검지로 내 턱을 들었다. "넌 아름다워. 내면과 외면 모두. 친절하고 너그럽고, 상냥하고 다정해. 넌 세상에서 제일 다정한 사람이야. 넌 날 구했어. 너도 알고 있겠지. 레, 네가 곁에 있지 않았다면, 그 오랜 시간 동안……." 루나의 목이 메었다. 내 눈에 눈물이 차올랐다. 우리는 서로 고개를 돌려야 했다.

루나가 고개를 숙이고 나에게 똑바로, 나에게만 말했다. "모르겠니? 난 늘 너 같은 소녀가 되고 싶었어."

나는 떨리는 입술을 깨물었다.

루나가 서둘러 짐을 챙겼다. "가야 해." 나는 탁자에 남은 쓰레기를 정리했다. 마음을 정리하려고 했다. 우리는 보안 검색대 표지판을 따라가 줄 맨 뒤에 섰다. 우리 앞에 선 남자와 여자가 루나를 한 번씩 다시 쳐다봤다. 루나가 그들에게 웃음 지으며 말했다. "제 속눈썹 뷰러가 금속 탐지기에 걸리지 않았으면 좋겠네요."

그들이 시선을 떨어뜨렸다. 내가 루나를 찰싹 때렸다. 루나가 줄에서 빠져나와 나를 옆으로 끌어당겼다. "잊어버릴 뻔했어." 그녀가 바지 앞주머니에 손을 쑤셔 넣더니 차 열쇠를 꺼냈다. 내 손목을 쥐고 손바닥 위에 열쇠를 놓았다. "네 거야."

입이 떡 벌어졌다. "뭐?"

"나한텐 필요 없을 거야. 새 걸 살지도 모르지. 아마 폭스바겐으로, 고치면서 타고 다닐 수 있는 낡은 레트로 비틀로 말이야." 루나가 씩 웃었다.

농담인가?

"비밀번호 기억해?"

기억하고 있었다. 암호는 이제 노래 같았다.

"혹시 잊었을 때를 대비해서 컴퓨터 화면보호기에 번호를 넣어놨어. 모니터 네 대 모두 번호가 떠다니고 있을 거야."

나한테 스파이더를 준다고? 설마.

루나가 내 굳은 손가락을 접어 열쇠를 쥐어주었다.

"다음 분." 보안요원이 우리에게 손가락을 흔들었다. 루나가 나를 정면으로 응시했다. "잘 가라고 말하지 마." 그녀가 위협하듯 명령했다. "이건 이별이 아니야. 새로운 만남이야. 나는 이 순간을 새로운 시작으로 생각하겠어. 나한테 그런 의미니까 말이야. 재탄생이야. 난 삶을 다시 시작하려고 해. 다음에 우리가 다시 만날 때면, 넌 날 알아보지도 못할걸."

"바로 그게 무서워." 내가 중얼거렸다.

"이런, 레." 루나가 화난 듯 한숨을 내쉬었다. 마치 내가 철없는 아이인 것처럼. 실제로 나는 딱 그런 기분이었다. 작고, 길 잃은, 곤란에 처한 어린아이. 루나가 서류가방과 어깨에 걸치고 있던 기내용가방을 내려놓았다. 가방 위에 코트를 놓고 내 팔을 꽉 잡았다. "넌 날 잃는 게 아냐. 난 늘 널 위해 여기 있을 거야. 알아들었어?" 루나가 나를 살짝 흔들었다. "날마다 이메일 보낼게. 너도 답장 쓰는 게 좋을걸. 채팅을 해도 돼. 자정 어때?"

"관둬. 난 잘 거야. 이제부터라도 그럴 계획이야. 하지만 이메일은 쓸게. 약속해."

루나와 내가 서로의 눈을 들여다보았다. 그리고 동시에 서로 끌어안았다. 마치 우리의 목숨이 달린 것처럼 서로에게 매달렸다. "사랑해." 그녀가 말했다.

"나도 사랑해."

루나가 포옹을 풀고 짐을 들었다. 보안요원이 루나의 신분증과 항공권을 확인하는 괴로운 시간 동안, 나는 루나가 검사에 걸릴까봐, 거부당할까봐 두려웠다.

이 두려움은 언제나 나와 함께일까? 그녀와 함께일까?

보안요원이 루나를 통과시켰다. 루나가 두 걸음 내딛더니 돌아보았다. 눈으로 나를 찾더니 미소 지었다. 아우라가, 열기가 그녀를 감쌌다. 나에게 키스를 날리는 루나의 온몸이 빛나는 것 같았다.

나비의 날개처럼 내 뺨을 스치며 내려앉는 루나의 키스를 느꼈다. 그 느낌이 나를 들어 올려 멀리 날려 보냈다. 갑자기 온 세상의 무게가 사라지고, 내가 팽창하며 자라나는 느낌이 들었다. 이것이 바로 루나가 자유로워질 때의 기분이리라는 깨달음이 찾아왔다. 그녀는 우리를 둘 다 자유롭게 했다.

나는 루나가 금속탐지기를 지나 출구로 들어갈 때까지 지켜보았다. 루나는 등을 곧게 펴고 당당히 걸어갔다.

자랑스러웠다. 그녀의 동생이란 사실이. 그녀의 친구인 것이.

불현듯 깨달았다. 이제 두 번 다시 오빠를 보지 못하리라. 리엄. 가슴속에 텅 빈 동굴 같은 구멍이 열렸다. "괜찮아." 마음속 목소리가 다정하게 속삭였다. "오빠는 괜찮을 거야. 그는 행복해."

그러길 바랐다. 세상 그 무엇보다도, 나의 오빠가 행복하기를 바랐다.

오빠의 일부는 영원히 나를 떠나지 않으리라. 오빠의 힘. 오빠의 용기. 한 인간으로서 오빠의 본질은.

한 걸음 또 한 걸음 뒷걸음질 쳤다. 뒤돌아섰다. 걸었다. 더 빨리 걸었다. 달렸다. 문으로. 출구로. 입구로. "잘 가, 오빠." 나는 머릿속을 채우는 음악이 되도록 큰 소리로 말했다. "반가워, 레이건."

독자 가이드

1 ★ 성역할 기대에 부담을 느끼나요? 어떤 경우인가요? 그런 기대가 여러분과 친구들의
행동에 어떤 영향을 미치나요?

2 ★ 자신이 반대 성이라고 상상해보세요. 어떤 좋은 점과 나쁜 점이 있을까요? 가장 힘
든 점은 무엇일까요?

3 ★ 이 책은 남성으로 태어났지만 자신을 여성이라고 생각하는 트랜스젠더에 관한 이
야기를 담고 있어요. '트랜스젠더'를 어떻게 정의할 수 있을까요? 트랜스젠더는 게
이나 레즈비언과 어떤 점에서 다를까요?

4 ★ 자신을 '트랜스'나 'TG'라고 부르는 사람들에 대해 알게 된 점 외에, 이 책이 탐구
한 보다 일반적이고 친숙한 주제들은 무엇인가요?

5 ★ 어린 시절 루나가 트랜스젠더임을 드러낸 신호로 무엇이 있나요? 루나는 남자아이
에 대한 성역할 기대에 어긋나게 행동했나요? 사람들은 루나의 행동에 어떻게 반응
했나요?

6 ★ 여러분은 왜 이 이야기가 루나의 여동생인 레이건의 시각에서 쓰였다고 생각하나
요? 만약 여러분의 형제자매가 트랜스젠더라면 어떤 기분이 들까요?

7 ★ 루나와 레이건처럼 엄청난 비밀을 지켜야 하는 상황에 놓인 적이 있나요? 어떻게 했나요?

8 ★ 『루나』 같은 소설이 여러분이 자신과 다른 사람들을 이해하고 그들에게 공감하는 데 도움이 된다고 생각하나요? 어떤 점에서 그런가요?

9 ★ 이 책의 후속편이 있다면 루나에게 어떤 일이 생길까요? 레이건은 어떻게 될까요? 루나와 레이건에게 어떤 일이 일어나길 바라나요?

10 ★ 『루나』가 논쟁적인 책이라고 생각하나요? 그렇게 생각하거나, 생각하지 않는 이유는 무엇인가요?

프레드 C. 마티네즈 Jr.는 열여섯 살 트랜스젠더였다. 트랜스젠더임을 숨기지 않고 학교에 다녀 화장과 옷차림 때문에 등 뒤로 놀림을 받기도 했지만, 쾌활한 성격이었고 집에서는 사랑받는 막내였다. 프레드라는 이름도 싫어하지 않았으나 가까운 사람들에게는 F. C.라고 불렸고, 내킬 때면 좋아하는 가수의 이름을 딴 비욘세라는 별명으로 불러 달라고 하기도 했다. 프레드는 근처 축제 구경을 하러 나갔다가 일주일 뒤 '구덩이'라고 불리는 후미진 계곡 구석에서 돌에 맞아 죽은 채 발견되었다. 프레드의 어머니는 형체를 알아볼 수 없게 망가진 시신에 남은 머리띠로 자식의 신원을 확인해야 했다. 그리고 얼마 지나지 않아, 그날 밤에 "벌레 같은 호모 새끼를 쳐주고 왔다"고 자랑했던 범인이 체포되었다. 범인은 열여덟 살이었고, 레즈비언의 아들이자 두 아이의 아버지였다.

줄리 앤 피터스는 꿈에 찾아온 '루나'라는 트랜스젠더에게서 영감을 얻어 이 소설을 쓰기 시작했다. 저자는 『루나』를 쓰기 위해 지역 성소수자 센터에서 많은 사람들을 만났는데, 자신의 경험을 기꺼이 나누고 전하고자 하는 사람들의 이야기를 들으며 이들의 진짜 삶을 소설에 담는 것이 그들의 분투를 오히려 사소한 것으로 왜곡하게 될지도 모른다는 회의에 빠져 집필을 중단했다. 그러나 그렇게 결심한 바로 다음날 신문에서 마티네즈 살인사건에 관한 기사를 읽었다. 마티네즈는 처음에 동성애자로도 보도되었으나, 저자는 기사를 읽으며 마티네즈가 트랜스젠더였음을 깨닫는다. 그리고 사건 자체뿐 아니라 사건을 받아들이는 방식에서 사회의 무지와 폭력을 절감하고 『루나』의 탈고를 결심한다. (저자는 이 우연이 책을 끝내라는 운명적 신호처럼 느껴졌다고 말한다) 몇 년 후 세상에 나온 『루나』는 물론 마티네즈에게 헌정되었다.

저자는 『루나』 이전에도 청소년의 성적 지향에 대한 고민과 갈등을 다룬 소설을 꾸준히 발표해왔다. 그 자신 커밍아웃한 레즈비언으로 처음에는 어린이를 위한 동화책을 썼으나, 직접 레즈비언 청소년들의 사랑 이야기를 써 보는 것이 어떠냐는 편집자의 권유를 받아들여 2000년부터 10대를 대상으로 한 작품을 발표하기 시작했다.

청소년 독자들을 대상으로 한 첫 소설인 『 '정상'의 정의(Define Normal')』도 좋은 평가를 받았으나, 서로 사랑에 빠진 고등학교 졸업반 소녀들이 자신의 정체성을 받아들이기 위해 노력하는 과정을 다룬 2003년 작 『너는 비밀(Keeping You a Secret)』이 출판 전부터 큰 화제가 되며 작가의 이름을 널리 알렸다. 이어 만 2년에 걸쳐 쓴 『루나』로 미국 작가들에게 가장 큰 영광 중 하나인 전미 도서상 최종후보에 올랐다.

이후에도 어머니와 어머니의 파트너인 조가 헤어지면서 두 엄마 사이에서 한 사람을 선택해야 하는 상황에 놓인 소년 니콜라스의 고민과 갈

등을 담은 『엄마와 조 사이(Between Mom and Joe)』와 애인의 폭력에서 벗어나지 못하는 관계의 고통을 이야기한 『분노: 사랑 이야기(Rage: A Love Story)』등, 이성애 중심인 청소년소설계에서 성소수자 청소년들을 주인공으로 삼은 힘 있는 소설을 꾸준히 발표하고 있다. 최근작은 집단 따돌림과 청소년 자살을 조명한 『네가 이 글을 읽을 때면 나는 죽고 없을 거야(By the Time You Read This, I'll Be Dead)』이다.

피터스는 청소년들이 '밝고 건강한 생활'을 강요받는 현실에서, 사실 성장이란 고통과 부정을 동반할 수밖에 없음을 현실적으로 그린다. 쉽고 편안한 답을 내놓는 대신 등장인물들과 함께 괴로운 현실을 마주 보게 한다. 그러면서도 인간에 대한 믿음과 미래에 대한 희망을 잃지 않고 그 모든 것을 지탱하는 용기를 찾아낸다. 저자는 이 책에 대해서도 "'다름과 다양성'의 담론을 초월해 자매지간의 사랑의 힘에 호소하길 바라고, 그것이야말로 프레드와 성별정체성으로 고민하는 모든 사람들에게 경의를 표하는 길이라 생각한다"고 말한 바 있다.

이 책은 희망적으로 끝났을지언정 해피엔딩은 아니다. 어쩌면, 아니 틀림없이, 루나와 레이건은 더 많은 도전을 마주하고 또다시 상처 받으리라. 그럼에도 역자이기 이전에 한 명의 독자로서, 나는 그들이 살아남아 행복하기를 간절히 바란다. 갓 번데기에서 나온 그들과 우리 모두에게 젖은 날개를 펼쳐 튼튼하게 말릴 기회가 주어지기를 바란다. 이 책이 바로 나의 이야기인 독자들은 물론이고, 그렇지 않다고 생각했던 독자들에게도 '우리'의 이야기로 받아들여지길 바란다. 바로 당신이 낮의 하늘을 자유롭게 날아오르기를 바란다.

역어가 정립되지 않은 상황에서 올바른 번역을 위해 노력했으나, 소설의 글맛과 원문을 고려해 고민 끝에 선택한 결과에 부족한 점이 있다면 물론 모두 나의 책임이다. 표현의 부재는 이해의 부재를 반영한다. 앞으로 이 이슈에 대해 더 많은 책들이 소개되어 우리 말로 우리 사회에 대해 편안하게 이야기할 수 있는 날이 오길 바란다.

출간을 위해 노력해주신 궁리출판과 시간을 내어 감수해주신 트랜스젠더인권활동단체 지렁이 분들께 진심으로 감사드린다.

2010년 2월

정소연

추천웹사이트

한국성적소수자문화인권센터 http://www.kscrc.org

한국퀴어아카이브 '퀴어락' http://queerarchive.org

추천도서

『더블 해피니스』, 스기야마 후미노, 예문, 2007.

『방랑소년』, 시무라 타카코, 학산문화사, 2007.

『I.S.(아이에스): 남자도 여자도 아닌 성』, 로쿠하나 치요, 학산문화사, 2005.

『메리 튜즈데이』, 이빈, 학산문화사, 2003.

『다르게 사는 사람들: 우리 사회의 소수자들 이야기』, 김비 외, 윤수종 편, 이학사, 2002.

추천영화

〈3xFTM〉, 김일란 감독, 2009(다큐멘터리).

루나

1판 1쇄 펴냄 2010년 2월 22일
1판 3쇄 펴냄 2011년 9월 23일

지은이 줄리 앤 피터스
옮긴이 정소연

주간 김현숙
편집 변효현, 김주희
디자인 이현정, 전미혜
영업 백국현, 도진호
관리 김옥연

펴낸곳 궁리출판
펴낸이 이갑수

등록 1999. 3. 29. 제300-2004-162호
주소 110-043 서울시 종로구 통인동 31-4 우남빌딩 2층
전화 02-734-6591~3
팩스 02-734-6554
E-mail kungree@kungree.com
홈페이지 www.kungree.com

ⓒ 궁리출판, 2010. Printed in Seoul, Korea.

ISBN 978-89-5820-180-9   03840

값 12,000원

* 이 책의 번역 원고료 일부는 아름다운재단의 공익변호사기금을 통해
  소수자의 인권을 보호하는 공익변호사그룹 공감(http://kpil.org)에서 쓰입니다.